古典詩歌研究彙刊

第十六輯

龔鵬程 主編

第2冊

南朝山水詩的美學藝術研究（上）

陳忠業 著

國家圖書館出版品預行編目資料

南朝山水詩的美學藝術研究(上)／陳忠業 著 -- 初版 -- 新北市：
花木蘭文化出版社，2014〔民 103〕
目 4+230 面；17×24 公分
（古典詩歌研究彙刊 第十六輯；第 2 冊）
ISBN 978-986-322-820-2（精裝）
1.山水詩 2.詩評
820.91   103013514

ISBN-978-986-322-820-2

9 789863 228202

古典詩歌研究彙刊
第十六輯　第二冊　　　　　　ISBN：978-986-322-820-2

南朝山水詩的美學藝術研究（上）

作　　者　陳忠業
主　　編　龔鵬程
總 編 輯　杜潔祥
副總編輯　楊嘉樂
編　　輯　許郁翎
出　　版　花木蘭文化出版社
社　　長　高小娟
聯絡地址　235 新北市中和區中安街七二號十三樓
　　　　　電話：02-2923-1455／傳眞：02-2923-1452
網　　址　http://www.huamulan.tw 信箱 hml 810518@gmail.com
印　　刷　普羅文化出版廣告事業
初　　版　2014 年 9 月
定　　價　第十六輯 21 冊（精裝）新台幣 32,000 元

南朝山水詩的美學藝術研究（上）

陳忠業 著

作者簡介

陳忠業

學歷：玄奘大學中國語言學系研究所博士班畢業

經歷：中華科技大學專兼、任講師

　　　陸軍專科學校兼任國文科講師

　　　萬能科技大學通識中心兼任講師

　　　耕莘健康管理專科學校全人中心兼任講師、助理教授

　　　國立空中大學人文學系兼任講師、助理教授

專論：碩士論文：《謝靈運詩境研究》、〈「論唐代節俗詩」以清明、上巳、寒食節考析〉

研究方向：六朝詩歌、文藝美學、文藝心理學、比較文學

提　　要

　　是書以《南朝山水詩的美學藝術研究》為題，探究南朝山水詩歌正處於中國詩學的轉捩點上，在山水詩歌的審美藝術上對此時期的重要性。這時代在中國的歷史上，是一個紛亂的年代，然在詩歌品第與文學批評上卻開啟了新頁，詩歌體例上出現重大的變革，從古體詩進入近體詩的震盪期；這時期除詩歌的內涵，承招隱詩、遊仙詩、玄言詩進而田園與山水、詠物詩的時代；詩歌文學出現了多樣性，更是百家爭鳴。以往學者們對山水詩歌的研究，論述重點都以我國傳統詩歌審美藝術為基礎；是書雖然以南朝山水詩的美學觀為主軸，然其內容藉導入西方詩歌文藝美學審美與文藝心理審美的觀點，來窺視中西方詩歌美學思想。

　　本書分成兩個部分來談論南朝山水詩的美學藝術；第一部分，第二章至第五章主要論點仍以中國國傳統詩歌審美藝術為主，依朝代采螺旋式分章設節來探討。第二部分；從第六章到第八章，分別將西方完全心理學的美學概念，蘇珊朗格的情感與形式與藝術問，及阿恩海姆的視學藝術、符號美學等，藝術審美觀念與南朝山水詩的美學審美藝術之形成做一研究與探討，以了解中西詩歌美學藝術審美觀念的異同，獲得顯著的成效；研究發現西方的文藝美學理論，與中國詩歌美學藝術是具體融合且是鑲嵌不悖的。

目

次

上　冊

第一章　緒　論

　　南朝山水詩是中國山水詩奠基的時代，因此本論文以「南朝山水詩的美學藝術研究」為論文題目，雖然此論文是以南朝山水詩的美學藝術為研究對象，然論文中引入了西方的美學思維作為論文中論述的中心，希望藉此研究的探討了解南朝山水詩人的美學觀與審美藝術，跟西方審美藝術觀的發展關係，以下為此論文的研究過程與形式的說明。

第一節　研究動機與目的

　　從文學史的角度來說「南朝」有兩種不同的說法，一個是指在建康定都的六個朝代，三國的吳、東晉、劉宋、蕭齊、蕭梁、陳。另一個說法指的是，劉宋之後在建康定都的宋、齊、梁、陳四個朝代；這四個朝代從東晉亡，劉裕建立宋開始（420～589）歷經不到兩百年的時間，國祚更迭頻繁是紛擾多變的年代，在國家體制上，南北分裂，在哲學思辯上，玄佛義理興盛；文學上出現了山水詩、永明體及宮體詩；文學批評上，劉勰的《文心雕龍》，鐘嶸的《詩品》；詩歌藝術上從五言古詩進入到重視聲律，七言詩的奠基。尤其山水詩在此一時期從帶著玄理嬗變成獨立審美的山水詩，詩歌意境在當時的詩人寫意謀篇下出現清麗新聲。在美學上書法與繪畫表現最為

璀璨。文學彙編上劉義慶的《世說新語》、《幽冥錄》，蕭統的《文選》，徐陵的《玉臺新詠》等，文風鼎盛。

一、研究動機

　　南朝山水詩的美學藝術研究動機，其論題乃接續筆者碩士論文後之研究主題，唯碩士論文研究題目僅限於對南朝詩人《謝靈運的詩境研究》為論題的開端，理論上以研究謝靈運詩歌裡的意境探討為主；碩士論文是筆者進入詩學理論研究入門的基石；此次博士論文研究動機，希望在之前的研究基礎下，從研究論述上能夠突破以往的研究侷限，以開拓文論新視野，因此繼康樂的詩歌意境論析之後，將論文題目訂為「南朝山水詩的美學藝術研究」，在研究理論與方向上改變往日的論述重點，將西方美學藝術文論的觀點，注入命題研究題材之中，剖析南朝山水詩人的審美過程、審美態度、審美意境及詩歌美學藝術為論題重心。

　　論文題目未定前，翻檢兩岸的博、碩士論文，了解目前兩岸研究的成果與研究概況，筆者發現，山水詩的理論議題，已開始注意到美學的研究與探討，而其內涵底蘊仍未脫離中國詩歌美學的研究以人為範疇的方向，因此激發筆者之研究動機，希望與前面的研究論題有別，以西方完形心理美學的觀點作為論題研究的重心，來探究南朝山水詩歌的美學審美藝術。

二、研究目的

　　藉由對南朝山水詩美學藝術探索，發掘南朝山水詩歌的美學及審美藝術；詩歌的創作涉及的面向非常廣泛且複雜，詩歌裡面所蘊藏的是詩人的思想，對審美思維與觀念，及其在社經背景不同下，即使在同一處所，同一時序、同一個詩題都會出現不的意涵與意境，就拿〈蘭亭詩〉為例，王羲之、孫綽、謝安在同一個時日、同樣的地點，詩歌的用字遣辭就會不一樣，這似乎不需要有什麼驚訝

地，看他們的背景我們就可以略知端倪，王羲之是當時的世族之後，是書法家，孫綽重玄理詩歌的內蘊，當然玄理多一些，謝安亦是當時世族家庭，文學上與軍事上甚至玄理上都有傑出的表現，詩歌的涵義就有許多差異性。

　　此論文題目研究的目的，希望透過研究了解南朝山水詩人，對山水自然觀的理念爲何？對自然山水的審視情況？涉入自然山水的目的爲何？如何描摹自然山水？對自然山水的理趣爲何？詩的用字遣辭等，都是我們研究的目的。

　　另一個研究目的，筆者希望結合西方美學理論的觀念，來探究我國山水詩的美學藝術特徵。筆者將以完形心理學的理論及相關的美學理論，作爲基石探討我國古典詩歌、美學觀念的異同？在西方美學文論對我國古典山水詩歌的藝術審美異同，如何從阿恩海姆的《視覺符號理論》、蘇珊·朗格的《情感與形式》與《藝術問題》，山水詩的色彩觀及山水詩的感通等幾個議題作剖析與窺探，期能洞悉南朝山水詩人的美學思想哲理，或審美觀念的轉移上所發生的變化與銜接，皆爲筆者研究的目的，希望這些設論能夠了解南朝山水詩的美學藝術思想，盡到綿薄貢獻。

第二節　研究範圍與限制

　　本論文的研究範圍從劉裕代東晉（420）年起迄於陳後主叔寶（589）年止；以建康（今南京）爲都邑的四個朝代，（宋、齊、梁、陳時期）的山水詩爲研究範圍；針對此期間的山水詩歌的美學藝術爲研究主題。在研究限制上，史籍繁複，檢視困難，部分詩人的各別文集不足，雖有逯欽立的《先秦兩漢魏晉南北朝詩》、丁仲祜《全漢三國晉南北朝詩》，及丁成泉的《中國山水田園詩集成》可供查考，但仍有所不足。研究中發現的問題分析說明如下：

一、研究範圍

　　本論文的研究範圍以南朝的四個朝代爲主，在山水詩的沿革論述上仍起於先秦時期《詩經》、《楚辭》、《老子》、《莊子》、下逮《漢賦》以及魏晉的詩歌與文論，論述其美學藝術裡詩、辭、賦與文學承先啓後的漸進式切入研討主題，南朝山水詩的美學藝術的論題範圍；做有系統的回顧及對前人美學藝術的見解，提出引述說明並分析其時空因素下，當時的美學藝術論述裡對美的要求，翻閱文本檢索資料進行分析比較，歷代對自然美的觀點異同，及早期先民對山水自然對象的認知，及其接近自然、接受自然爲審美藝術對象的開始，這對後來的研究範圍有重要的影響。因此，論題假設時依年代序列式的編排研究，當然前期的研究是論題重心的前置作業，如果沒有此段資料的佐證或資料蒐集不足，將使論文欠缺完整性，對研究結論還是會出現邏輯上的問題。雖然論題「南朝山水詩的美學藝術研究」，其所涉略的是斷代文學、美學前期的思維理則，造成研究的缺陷或前後文無法聯繫，對這研究的成果就會造成許多瑕疵與難以解釋的關鍵論點，前面是研究的鋪陳，南朝山水詩的美學藝術爲研究的重點，除了研究範圍的確定，當然論題範圍的研究重點亦放在山水詩的美學藝術，筆者希望以西方美學的理論，結合我們已有的美學研究成果，再進一步的進行研究比較，讓山水詩的美學意涵不僅只限縮在中國的思維裡，對西方美學理論，在相似與不足下，更是本研究所需釐清的研究範圍。

二、研究限制

　　本研究的限制在於專家文本的論述不足，在研究的過程中，中國已經有自己對美學藝術的論述，而其論述在統整上散落在各個文集、詩話或詩評鑑賞集中，欠缺脈絡的美學審美藝術觀念，在資料比對與整理過程中，西方與兩岸間對同一命題，在語詞或詞彙的表意上容易造成誤解，例如我們的文本資料是「意象」，西方的文本則出現所謂

的「所指」；我們的「意境」，西方是所謂的「能指」。這是東西方在
名詞解釋或釋義上所出現的不同；兩岸間詞語的不同，然意義相同的
詞彙如「通感」我們的「感通」造成文義與釐清上的困難。研究文本
如前述，是可以充分的查考每位詩人的詩歌理趣，唯別集不足，目前
的別集裡以《謝靈運詩集校注》注本最多，其次《謝宣城集校注》、《鮑
照詩集註》、《江文通詩集注》，《何水部詩集》、《陰、何詩集注》、《沈
約詩集校注》等其他詩集散佚，臺灣有些集注本並無發行，對研究者
來說搜集資料，在時間上相對繁複冗雜。美學資料雖然亦有學者進行
整理然也是大陸最為齊全，各校館藏不一，以詩話來說，簡體版本從
宋朝到清朝有整套完整的詩話彙編，在文藝資料的彙整、分類都是研
究時最大的限制因素。

　　坊間圖書不易收集，臺灣的書店以前可以在坊間書店購得，需要
的類書、文本，臺北市重慶南路可說是文學的寶庫，近年來圖書出版
社已不復存在，書店的書已沒有古籍、類書可以收藏購置，在研究圖
書與資料取得諸限制下，複印資料不易保存，有些資料的借閱更有歸
還的問題，在學校館藏不足等限制因素下都造成研究上很大的限制。

第三節　文獻回顧與檢討

　　論文命題，最先考量的是文獻資料的收集與取得，對研究所產生
的成果影響最為嚴重，所以文獻的探討與回顧，是論文研究最重要的
程序與步驟。

一、文獻回顧

　　林文月在《謝靈運及其詩》（1958）的碩士論文後，南朝山水詩，
詩韻內涵受到許多前輩，及後學者的重視，多年來累積研究成效綜整
概略如下，試舉幾篇碩、博士論文的研究成果作一些回顧，在碩士論
文部分：

表一　與南朝山水詩相關的碩士論文

姓　名	學　校	論　文　題　目	研　究　主　題	年
王來福	東海大學	謝靈運山水詩之研究	謝靈運山水詩	1970
王延蕙	中國文化大學	六朝詩歌中之佛教風貌研究	六朝詩歌中之佛教風貌	1999
方韻慈	臺灣大學	謝靈運山水詩分期研究	謝靈運山水詩	2008
李海元	政治大學	謝靈運與鮑照山水詩研究	謝靈運與鮑照山水詩	1986
莊明鳳	玄奘大學	謝靈運山水詩文學美研究	謝靈運山水詩文學美	2009
郭美黛	高雄師範大學	六朝山水記遊文研究	六朝山水記遊文	2008
陳頤眞	淡江大學	六朝之江南及其文學——以香草、山水與歸魂爲主	六朝之江南及其文學——以香草、山水與歸魂	2005
陳美足	玄奘大學	謝靈運山水詩之研究	謝靈運山水詩	2002
劉明昌	成功大學	謝靈運山水詩藝術美探微	謝靈運山水詩藝術美	2006
賴淑雯	彰化師範大學	謝朓、李白山水詩比較研究	謝朓、李白山水詩	2007
鄭義雨	東海大學	謝靈運山水詩之研究	謝靈運山水詩	1994

（1997 年前摘自政大社會科學院，1997 年後碩博士論文取自國圖）

表二　與朝山水詩相關的博士論文

姓　名	學　校	論　文　題　目	研　究　主　題	年
邢宇皓	河北大學	謝靈運山水詩研究	謝靈運山水詩	2005
施筱雲	玄奘大學	六朝山水詩畫美學研究	六朝山水詩畫美學	2007
郭本厚	上海師範大學	六朝游文化視野中的山水詩研究	六朝游文化視野中的山水詩	2010
陶玉璞	清華大學	謝靈運山水詩與其三教安頓思考研究	謝靈運山水詩與其三教安頓思考	2006

黃麗容	中國文化大學	李白樂府詩色彩之研究	李白樂府詩色彩	2003
張滿足	高雄師範大學	晉宋山水詩研究	晉宋山水詩	1999
張娣明	臺灣師範大學	魏晉南北朝詩學研究	魏晉南北朝詩學	2008
蘇怡如	臺灣大學	中國山水詩表現模式之嬗變——從謝靈運到王維	中國山水詩表現模式之嬗變——從謝靈運到王維	2008
蕭淑貞	臺灣師範大學	魏晉山水紀遊詩文之研究	魏晉山水紀遊詩文	2006

（1997年前摘自政大社會科學院，1997年後碩博士論文取自國圖）

　　我們從上表碩、博士論文的論題來看，可以發現六朝或南朝的研究都集中在南朝山水詩人謝靈運的研究，不管是分期或美學觀念，大部分都是延續林文月的研究底蘊，沒有更為突顯的研究論題；或是山水遊記，「遊」或許受到文選的影響，研究者認同的觀念，文選中將山水詩列為「遊覽詩」，此時期的詩學更在玄學與佛教的思想的陶冶下，失意的士族消極晏遊暢遊於山水之間，更產生遊的概念，士大夫的山水詩孕育而生，因此山水詩的美學藝術研究的內涵，仍離不開中國文藝美學觀的範疇，研究重點皆放在詩歌的美與詩人的人格特質，為研究的內涵。

　　博士論文亦復是，研究的範圍僅比碩士論文更為擴大與廣泛，論點中加入了一些象徵美學的議題，如聯結「楚辭」、「漢賦」的擬人的轉化觀念，或山水畫的美學藝術的論說與研究。因此我們從這些文獻的回顧裡會發現，前人的研究是受到拘束的，並沒有開創性的理論出現，還是以傳承以往的研究概況繼續保持成果。

　　此次筆者的論文希望在突破過去研究的藩籬，從另一個角度與方向切入研究，讓以後的研究，提供新的理路，不要在故有的框架下，做同樣的研究，雖然這些理論與概念，早已散見已其它期刊論文，還沒有以論文形態作為研究主體，希望此研究能有所突破或帶來新意。雖然所用的論點在十九世紀初已經形成，近年來美學理

論，因大陸的改革開放，譯書風氣盛行，這些理論目前仍受到學術界的重視，在研究過程中也發現一些盲點，可以繼續作爲以後持續研究的方向，也是推動我繼續尋根究柢的最大動力。

二、文獻檢討

　　南朝山水詩的美學藝術研究，在文獻上從國家圖書館博士論文的檢索與借閱，前人的研究都針對人的部分作的研究最多，或泛論式的研究，當然對美學的研究也可以看見一些成果，也僅限於對個別詩人的研究或詩、畫的研究，研究主題仍以國內現有的思維爲研究重點，並沒有引論外國的理論，並結合我們的文學藝術作一種新的研究嘗試。所以在研究文獻上，能提供參考的部分非常有限。當然這不是國內研究者的水準問題，是文獻引導的問題；翻檢文獻時，並沒有研究者從西方心理學、文藝美學詩學相結合的論題，作爲我國文學理論的研究論述，如南朝或某個詩人的詩文，引用西方的角度作文獻切入，進行文藝美學與藝術審美研究。筆者希望嘗試引用西方文學理論作爲研究主調，透過這樣的文學研究的提出能夠引起注意，並在文學研究上有所貢獻。

　　從文獻檢討上我們發現，以往的詩學研究皆以制式傳統的論述爲研究重點，從詩歌表面文字的意涵，詩人的時代背景爲研究論述主調；然古典詩學思維皆受到歷代詩學、詩話影響，通過演繹、歸納等分析方法成爲研究主流。筆者發掘從西方文學理論研究法，來言就中國詩歌文學理論，是有許多值得借鏡與參酌的地方，尤其在詩歌意象、意境，詩人的感觀思維、視知覺、觸覺、聽覺、味覺、嗅覺與情感之感通及詩歌美學藝術；對中國古典文學或詩學，以西方文獻資料所提供的理論和觀念，從中國詩歌藝術上去分析卻有顯著的價值意義，可以跳脫古典的文學研究模式，從新的思維面對南朝山水詩的美學藝術，無論從意象、意境的分析，或回溯詩人作詩時的視覺感官刺激與情感形式的交流或色彩物理現象，都可以得出

新的觀點與論述，對本論文理論建構上給予實質的幫助，讓筆者對詩歌的研究起了更宏觀的作用與影響。

臺灣對中國詩歌文學研究，少有從西方的文學理論作為實證基礎，這是我們研究論題相對弱的部分，他們較重視文本的實證結果，而未注意實證主義與象徵主義、唯美主義的論證，這些西方文學流派的引論，對本論文研究相對以往的研究成效，更賦予了研究新義，因此文獻上的運用與探討比較偏向完形心理與意象派理論層面的文學觀，因此間接影響了研究方法與研究步驟的進行，其主旨希望改變傳統桎梏的面向，帶動新的研究觀念，即活絡研究理哲，對將來研究提供新的思維與方向。

我們僅就博士論文部分作一文獻探討，多數論文研究方向都以人物為主題，南朝時期又以謝靈運與陶淵明的研究述量最多，其它就是一些綜合性的研究，如六朝山水詩畫研究、六朝游文化視野中的山水詩研究、山水詩與三教、晉宋山水詩、或魏晉南北朝詩學研究、山水詩的嬗變謝靈運到王維、魏晉紀遊詩文研究，從上面的論文題材看來，雖然都是以山水詩、山水文學或山水畫、或山水詩與宗教的關係，甚少提到美學藝術的部分，如施筱雲的研究論文談到美學，也僅是中國一般傳統的美學思維，簡言之，就是詩畫表面的美學，未將詩人與山水詩、畫中景物的構形造境，與對詩人內心深層的美學藝術形成的過程，做詳細的剖析與研究。陶玉璞將研究重點置於山水詩與宗教關係上，對美學及山水審美藝術較少涉及。張滿足的論文雖對晉宋山水詩的研究，亦涉及山水詩的美學的部分，唯她的研究僅依據詩人的山水詩作探論，美學藝術的部份略為不足。蘇怡如的論文強調的是山水詩的嬗變，詩人對詩人及詩風的影響及轉變。而蕭淑貞所研究的是山水紀遊詩、文，此研究並不是以詩人的山水詩研究為出發點，也不一定是針對山水，只要是與山水有關的詩或文都是研究的部分，對山水詩的美學與審美藝術並未深入的研究；因此我的論文研究，可以彌補以上論文在美學審美藝術

上之不足，筆者從南朝山水詩的美學藝術作切入，融入山水詩的感通，朗格的情感與形式，阿恩海姆視覺傳達，卡夫卡的完形心理學、色彩學等，是本篇論文的研究主軸，對南朝山水詩與詩人心理層面的內在聯結，從山水景物與詩人審美內在蘊思做深入的研究，希望藉此凸顯山水詩的美學審美藝術觀念。

第四節　研究方法與步驟

　　一篇好的論文最重要的工作就是如何研究，研究的方法與途徑很多，理論形式也不少，而哪些研究法對我們的研究最有效用，能夠引導我們從對的方向去哀斂我們要的資料為我所用，那是很重要的概念，進入研究領域接受到許多研究議題與研究方法，哪一種研究方式對我們的研究論題最切中，研究時就要有所抉擇與分析，才能達到事半功倍的成效。

一、研究方法

　　勞思光在《新編中國哲學史》提到四個研究方法；（一）系統研究法，（二）發生研究法，（三）解析研究法，（四）基源問題研究法。[註1] 此研究即以此研究方式做研究方式，但以往的演繹，歸納法在邏輯上，並未忽略其重要性，這理論在研究方法上已經屬於通論，在此不在篇幅中複論。試以此四種方法為研究方式檢視最後研究成效。

（一）文本研究法

　　文本研究法即為勞思光的發現研究法。重視歷史真實性的研究者，喜用「發生研究法」，所謂發生研究法，著眼於一個觀念如何發展變化，對問題發生的啟始做一種描述，研究者可以將所研究的問題依照發生的先後次序，如果有足夠資料可以利用那是可以的（如二到五章），這是最詳盡的。詩歌的美學研究亦是如此，對每一位詩人的

〔註1〕勞思光著《新編中國哲學史・論中國哲學史研究方法》（桂林：廣西師範大學出版，2005 年 10 月），頁 4。

人格特質，對美學觀念的觀點一一按順序，依照其出現的前後次序繕寫入詩歌美學藝術研究中。這種作法是十分繁重的工作，因爲每一個詩人都要兼顧，才寫成一篇研究論文，所費的精神是十分驚人的，這種研究無法成爲理論，往往就是資料的堆疊，呈現的結果小處見精，大處朦朧，毫無所得。

系統研究法容易流於主觀，而讓理論失眞；發生研究法雖保持資料，卻只見零星的眞實，而未見研究事實。

（二）系統研究法

所謂系統研究法，就是將所敘述的思想作系統的陳述的方法。我們將陳述的成爲我們的理論，系統研究法自然是有其長處的，系統研究法注重的是敘述原來的思想理論脈絡，本來是應該的，不過會出現兩種問題；

第一種情形；當在建立理論時，雖然有一定的理路，但有時仍免不了有一些歧出的觀念。特別是他自己發現自己理論系統有困難時，每每會臨時的補救或表面補救，這種補救措施往往會敗的，但對研究者卻有很重要的意義。因爲這樣會透露出問題的眞象，更暗示下一步的研究發展方向。如果研究時不重視旁歧的問題，他的研究必有遺憾，若這思想變化很快時，那問題會更多。

確實在系統的研究上，常會出現歧出的問題，而這問題的發生代表這修正錯誤研究方向的開始，在修正過程中卻也發現新的問題，或新的研究方向，往往研究時會忽略小問題，然這卻是大問題的開始。因此本論題研究時確實發生如是的問題（如六到八章），山水詩的研究是很平常的研究議題，而美呢？可會忽略一些細節而發生論題方向的錯誤，以致不可彌補，所以研究過程中，任何問題的出現都是不可忽略的，否則研究方向的錯，會影響到研究結果的。

第二種情形與此相反，有些研究者只在某些議題上具有卓見，其他問題卻很淺薄，或許受到傳統的制約，或爲時尚左右，雖有一

些理論脈絡,卻與許多與他所認知的不相關,一個用系統研究的人,在敘述問題時,總覺得不夠精準,而去修改問題,或給與補充,毫不知那是無意義的,卻造成與原來的結果不同。形成「失真」,「失真」有時會發生很大的錯或更大的錯。

以上兩種情形是比較慎重的研究時所發生的問題,系統研究時;研究問題時應避免以自己的研究論題爲出發點,沒有顧慮到別人的觀念或想法,研究的成果只有貶抑他人,造成對別人的隔膜。系統研究法雖然有種種的問題,但畢竟可以完整呈現一個理論,這是他的長處所在。

(三)解析研究法

近年來因電腦的盛行,邏輯解析速度快速,所以用的人越來越多,以前理論是存在的,但很少人用;現在就比較多人(文史資料的建檔),因爲現在要處理的資料一次多筆,不是人工可以完成的,所以這個方法值得推動;尤其文史工作者的研究,它可以透過符號邏輯而達到統計解析與檢索的功能,資料的解析與儲存,在文學研究或藝術解析上,一次多筆資料同時進行整理,卻是文學資料工作的資料庫。

假若我們今天研究美學藝術,研究者是以西方的心理學理論,與之我們的山水詩人的心理覺知過程如何?它可以透過邏輯系統的解析與運算,而獲得初步的成果,當然還需經過人的思維處理,畢竟它是機器,資料的來源,還是取決於研究者的給予,當然它對一些邏輯思維運算來說,解讀、判讀還是需要經過研究者的判斷經驗,否則同樣會有與研究結果錯誤的結果出現,而影響研究計畫的推行。

我們的研究過程從上述的三種方法來運作各有利弊,如果能各取所長,或截長補短,就可以得到好的研究結果。

本研究依循這三種方法,並輔以邏輯思考、歸納、分析後完成本篇論文,但這論題的核心問題,出現在第四個問題上就是基源問

題的研究法，除了滿足上面三個條件外，它還需滿足三個條件：1、事實記述的真實性；2、是理論闡述的系統性；3、全然判斷的統一；首先，研究不可以失真，或所謂真實性，它都必須滿足研究者的需要。其次，研究敘述前人理論與思想，不能鱗光指爪，必須要有一貫的脈絡系統，將其明確的表達出來，不可落於空泛零散，回歸系統性的問題，這才能滿足文學研究必需的條件。第三，人類心靈的發展，智能的成長，必須有一定的鑑賞與判斷力，這是文學研究必須滿足的條件。這些條件的滿足就是第四種研究法。

（四）基源問題研究法

是以邏輯意義的理論還原到起點，而以文學考證工作為助力，以統攝各別議題為依歸。首先我們要整理我們研究的理論，並有基本的了解，一切人或物或思想理論，根本上必須找到我們要研究的問題，整合脈絡一步步的針對命題研究，找出提供解答的過程，我們就稱這過程乃基源問題。

透過這些研究方法我們可以一步一個步驟的滿足研究方法，從詩人的生平，詩作的數量，描摹寫意的內涵，當時的心理情狀，從完形心理，視知覺的感知程序，情感與形式，及其所呈現斑爛的色彩，從直觀進入微觀的研究過程，完成研究工作。

（五）文藝美學研究法

以文藝美學研究法作為研究途徑，可以使論題的討論方向更為明確，從多向度，多角度的文藝美學研究，可以更豐富，亦可從更多的透視點到線到面，做完整的文藝美學研究。胡經之在《文藝學美學方法論》中提出文學研究方法，沒有所謂終極的研究方法，它是具有生命力的隨著實踐的程度不斷推移，所以研究文藝美學方法論時須把握四個研究觀點：

1、必須具備寬廣的文化視野和學術批判眼光，要運用新的研究方法分析作品結構、人物心態，語碼符號、意義增殖的問題，更應具

備形式轉變的重要意義，對繁縟的新方法要加以分析與學術批判，以推動文藝學研究方法的推陳。

2、運用一般批評模式分析現象時，必須注意其適用性、可行性。研究文學批評方法，其目的不是盲目套用或移植到文學研究中，而是力求打破舊思維、舊格局，給我們新的啓示，拓展研究新領域與新視野，尤其運用符號學、現象學、結構學、解釋學，解構法等方法，對文學研究時，應注意的問題。必須從文學審美對象作研究，單純對文學作品字、義、句的量化精確分析，更不可背離文學審美的價值。文學審美研究更應針對對象的獨特性與層次性，從而採用相應的研究方法。

3、應注意研究方法的互補性。我們研究文學而面對一個整體，運用不同方法進行研究，一方面要從具體方法模式出發，對某一方面作研究，另一方面，也應看文學整體各種方法互相補充，互相協調，從而從作者、作品、讀者、社會文化的向度、空間上全面把握，方能窺到文學審美特徵和審美價值所在。

4、文學研究方法的目的是向讀者揭示文學奧秘。文學批評的重要性是可以充當讀者與批評對象之間的中介，通過新的視野的探索，見人之所未見，言人之所未能言，引導讀者深入細膩的賞析。文學研究越是採用新的方法，從新的視野進行研究，容易陷入晦澀，而讓讀者生畏，文學研究本來是中介卻變成障礙，模糊研究焦點。文學研究應以準確的傳達文學現象，而不要拘泥於文學研究的方法，方能讓人真正理解文學與對文學文體審美的把握。

這不僅是文藝美學研究法的目的，也是我們文藝美學文學研究的初衷。（註2）

二、研究步驟

依據研究法的方式完成我的論文研究步驟，各章的研究方法如

〔註2〕 胡經之、王岳川主編《文藝學美學方法論》(北京市；北京大學出版社，1995年4月)，頁23。

下：

　　第一章緒論透過系統分析的步驟，說明研究動機與研究目的，研究範圍與研究限制的界說，研究的過程中確實遇到一些限制因素，文本的蒐集，資料的統整，資料的獲得，獲得資料後的系統分析與歸納；研究文獻回顧與文獻檢討，分析歸納文本，與解讀文獻內容，對文獻資料作邏輯演繹及對論題提出的反思，決定可行的研究命題以彌補前人研究成果之不足。

　　第二章從先秦山水文學的美學藝術爲論述的開端，這是論文系統研究的開始，從先秦迄今山水一直與我們生活的生活息息相關。第一節從《詩經》裡山水與美學藝術在當時的發展，推演其邏輯過程，第二節《楚辭》裡山水美學藝術觀，《楚辭》裡的山水美學藝術如何呈現。第三節老莊思想對山水美學藝術觀的影響，老莊美學的思想內涵。

　　第三章，透過系統研究與基源研究爲主，從兩漢、魏、兩晉山水美學的藝術氣象爲研究重點，仍以系統化的研究方式姜研究過程分成兩個部分，一爲兩漢賦興起的原因與過程，在談及漢賦的山水美學藝術表現，二爲從魏晉山水美學藝術的醞釀，是否因隱逸之風及遠災避禍，求仙、長生而涉入山水，開始體認到山水的美，而醞釀山水美學的形成。

　　第四章，爲南朝山水詩的演變，本章從發生研究法並輔以系統與解析研究等研究方法進入研究主題；第一節晉、宋時期山水詩在魏隱逸風尚，進入到江南山水美的地域，山水遊賞的觀念孕育而生，再談齊梁山水詩的遞嬗關係。

　　第五章以基源問題爲研究基礎輔以解析研究法，論述南朝山水詩的審美態度，南朝的山水詩已經開始進入到審美的主體，人對山水有神的觀念，在隱逸與避禍，道教佛教進入山林後，山水不再神秘。接著談南朝山水詩的創作藝術，分析「意象」、「意象群」成爲「意境」的過程。第三節論南朝山水詩的美學藝術結構過程，及如

何造境。

第六章仍以發生研究法與解析研究法即文藝美學研究法，探究南朝山水詩的藝術感通，藝術感通與通感的名詞釋義，第一節說明山水詩人的詩水感通的形式與過程，第二節談山水詩人色彩感通的問題，色彩代表人的特質，所以我們從詩人色彩字的使用可看出詩人的情緒、感情。第三節談古典詩人的審美感通的問題。

第七章，以解析研究法與基源研究法即文藝美學研究法，探析南朝山水詩的完形心理藝術觀探究，從山水詩的完形心理學理論，看山水詩人的完形美學觀，再論山水詩的完形意境的形成，及南朝山水詩的完形意境論，並從時間與空間來做論述。

第八章，探發生研究法與系統研究法即文藝美學研究法及現象學研究法，了解南朝山水詩的情感與形式為探討重點，第一節分析山水詩的情感與形式與西方的情感形式觀念，其次談山水詩的符號美學，我國的符號藝術與西方符號藝術的名稱釋義。

第九章對前幾章論述不足或遺漏的部分與問題及詩人，歸納統整，在此章裡做補充與進一步說明。

第十章結論。

第二章　先秦山水文學的美學藝術

　　詩，是文學藝術中最古老、最成熟，且影響最爲深廣的文學藝術，……結繩記事的蒙昧時期，就應有口頭流傳的詩歌。〔註1〕特別是詩歌的吟詠傳唱，除了傳達敬天畏神的意旨外，便是對山水文學的闡發，雖然此時的山水文學並不是眞實的審美藝術，但其過程卻是山水文學美學藝術的基石；然美學藝術最早的文學作品就是《詩經》、《楚辭》剡是傳承中國古老哲學裡傳統的美學思想藝術。

第一節　《詩經》山水的美學藝術

　　《詩經》是我國商周部族時期的詩歌總集，它上承殷商，下啓春秋戰國，是一部充分流露當時山水審美藝術的詩集。我們可以發現詩裡所描摹的一草一木，或山或水，花草鳥獸蟲魚都具備了美的意識，始終有著濃郁地美的思維，這種美學的觀念是來自於對山水景物的情感，體現當時人們生活經驗與詩人複雜及豐富的美學精神內涵，在客觀的物象下，透過詩歌對山水審美觀的美學經驗，寄寓於詩篇的鋪陳，醞釀出山水美學藝術。

〔註1〕　秦惠民著《中國古代詩體通論・詩體的起源與原型詩歌》（武漢：華中科技大學出版社，2001年3月），頁1。

一、《詩經》山水的美學呈現

　　在中國古代的美學藝術中，詩歌占有重要的地位。之所以如此乃因為早期的藝術發展裡，詩歌是最為原始的文學形式，也是詩、歌、舞三位一體的綜合藝術。《毛詩・序》說：「詩者，志之所之也。在心為志，發言為詩。情動於中而形於言，言之不足故嗟嘆之，嗟嘆之不足故詠歌之，詠歌之不足，不知手之舞之，足之蹈之也。」〔註2〕從《詩經》的篇章來看，發現了一個現象，詩裡涉及山水與花草鳥獸蟲魚等生物的描繪篇什者眾，且多數詩章皆具審美意義，論其原因應該在於周的統治者不再操弄，如商紂的野蠻統治手段，人民在思想上才有機會發展理性的文學，進而擺脫從愚昧地鬼神崇拜，轉變到「敬天保民」的觀念讓詩歌之吟唱得以在此時出現，導致後來把「民」放在「神」之上，認為「民」是「神之主」。這在古代思想史上的發展無疑是重大的突破。先秦美學就是隨著這一理性思潮的高漲而發展起，與原始圖騰巫術活動產生於不同的審美藝術，等同於人類對自身超出動物性慾望，滿足其價值和尊嚴的意識是不可分開的。〔註3〕

（一）《詩經》裡山水神靈

　　在殷商士族裡有著萬物有靈的觀念，山水被蒙上神秘的色彩，受這遺風的影響呈現出山水的意識，已表達對山川神靈的膜拜，祭祀山水靈魂，更將現實中周人的尊祖觀念雜糅其中，祭神嗣祖，結合山水。「崧高維嶽，駿極於天。維嶽降神，生甫及申。維申及甫，維周之翰，四國於蕃，四方於宣。」〔註4〕（〈大雅・崧高〉）除了對山水生殖的崇拜外，對山更懷著一種神秘感，在萬物有靈的直接感召下，山被賦予了與天同樣崇高，可與人間來往溝通的梯階。祭

〔註2〕　趙敏俐撰〈關於中國古代歌詩藝術生產的理論思考〉收錄於《中國詩歌研究》（北京市：北京大學出版社，2003年），頁57。

〔註3〕　李澤厚、劉綱紀主編《中國美學史・第一卷・第一章・先秦美學概觀》（北京市：中國社會科學出版社，1987年7月），頁60。

〔註4〕　陳子展著《詩三百解題・大雅・崧高》（上海市：復旦大學出版社，2001年10月），頁1057。再援引此書時僅於引文後加註頁碼。

祀山川也變成政治現實的目的「於皇時周！陟其高山。隋山喬嶽，允猶翕河。敷天之下，裒時之對。時周之命！」（1214）（〈周頌・般〉），是《詩經》中唯一首以祭祀山川為主題，描繪周天子登山而祭的詩篇。周人的觀念裡大山有大神、小山有小神、水有水神，在這一首詩中再一次獲得實證，這種祭祀行為被後人保留下來，成為統治者君權神授與追求長生的藉口與手段。譬如〈大雅・大明〉、〈大雅・下武〉、〈周頌・時邁〉據〔唐〕孔穎達說（574～648）：「武王既定天下，而巡行其守土諸侯。至於方岳之下，乃作告祭，為柴望之禮。」〔註5〕便將其融入周人的神祇裡的敬祖觀念，這種思維還一直延續至今。受原始山水生殖崇拜的影響，並以這種觀念為主體，注入了現實的衍生物並反映現實願望與要求。一則開始與情事相結合，暗喻生命起源；一則視山或水仍為神秘之處，為不可測之人所居，為非常之物所藏，……暗含一種生命的印記或表明一種志向和寄託。〔註6〕《詩經》裡反映的大致上是周人原始宗教觀念轉換為物質功能的思維，再從精神內涵的功用直接從敬畏、崇拜到〈鄭風・溱洧〉與水的親暱嬉戲。

　　藝術史的形成不論是藝術創作力還是藝術感染力，只能在這個範圍內，從五官所及的世界視為觀察之範圍來研究。由此，整個審美原理成為人類社會歷史發展的成果。〔註7〕我們可以理解一切的審美開始是人類，五官視界對物象的聚斂後所形成的一種感覺，透過這樣的感受成為美的價值判斷，而後傳承為歷史美學，因此，美不是由人體的單一器官決定，是人整體的感覺既所謂舒適或不安時

〔註5〕　〔漢〕毛亨，〔漢〕鄭玄，〔唐〕孔穎達疏，龔抗雲等整理《十三經注疏・毛詩正義・周頌》北京市；北京大學出版社，2000 年 12 月）〈般〉，頁 1617。

〔註6〕　鍾書林撰《〈詩經〉中山水描寫的現代闡釋》收錄於《周口師範學院學報》（周口；周口師範學院，2002 年 7 月第 19 卷第 4 期），頁 21。

〔註7〕　馬馳著《盧卡奇美學思想論綱・第三章・審美人性復歸的途徑》（長春市；東北師範大學出版，1998 年 5 月），頁 88。

的反饋作用而得知是謂美學。而這種對物象的舒適與否影響了早期人類的活動，不安時幻化成神祉而轉為對其崇拜，更用神話來提高此一物象特有的力量，當時人類的活動即為山野林壑，因此對山水的審美問題及演變從《詩經》裡的描述可一窺端倪。

周部族的人們，生活上仍呈現茫然及缺乏自覺性，雖有《詩經》詩歌的吟詠，但對自然的審視仍是漠然的。《詩經》裡對山水景物雖有美的描摹，卻沒有完整的山水詩。山水景物在當時充其量也不過是被用作比興，以傳達某種意念或情感的象徵物。如〈周南‧桃夭〉「桃之夭夭，灼灼其華。」（25）又如〈秦風‧蒹葭〉「蒹葭蒼蒼，白露為霜。」（467）〈陳風‧澤陂〉「彼澤之陂，有蒲與荷。有美一人，傷如之何。」（622）而〈小雅‧采薇〉「昔我往矣，楊柳依依。今我來思，雨雪霏霏。」（625）舉幾例以為佐參，這都在證明當時人民的樸實審美的一面；詩裡已充滿了對大自然生命的美與個人精神生活，將感情活動連繫在一起，以全景的表現方式卻很少，若要達到情景交融的詩篇那就更是少了。王士禎（1634～1711）於《帶經堂詩話》云：「詩三百篇，於興觀群怨之旨，下逮鳥獸草木之名，無弗備矣，獨無刻畫山水者。間亦有之，亦不過數篇，篇不過數語。如『漢之廣矣』、『終南何有』之類而止。漢、魏間詩人之作，亦與山水了不相及。迨元嘉間，謝康樂出，始創為刻畫山水之詞，務窮幽極渺，抉山谷水泉之情狀，昔人所云『莊老告退，而山水方滋』者也。宋、齊以下，率以康樂為宗。至唐代王摩詰、孟浩然、杜子美、韓退之、皮日休、陸龜蒙之流，正變互出，而山水之奇怪靈閟，刻露殆盡；若其濫觴於康樂則一而已矣。」〔註 8〕所言甚為妥貼。

（二）山水審美的道德化

山水比德，山水之美，自古以來眾所皆然，而遊歷山水，更是人

〔註 8〕 王士禎著，張宗柟纂集，夏閎校點《帶經堂詩話‧卷五》（北京市：人民文學出版社，1963 年 11 月）頁 115。

所喜好。

　　山水之所以美，美在何處呢？其實這個問題？孔子（B.C551～
B.C479）早在《論語・雍也》中說：「知者樂山，仁者樂水；知者動，
仁者靜；知者樂，仁者壽」的美學觀念中提出說明。﹝註9﹞劉向（B.C77
～B.C6）《說苑・雜言》更記錄了子貢（B.C520～B.C446）反問孔
子的話說：「君子見大水必觀焉，何也？」孔子回答道：「夫水者君
子比德焉；……」﹝註10﹞，孔子的這段話只在說明對自然美欣賞過
程中的一種現象，而精神特質不同的人對自然審美也會有所不同
的。朱熹（1130～1200）正是從這個角度來解釋孔子的這段話，朱
熹說：「知者達於事理而周流無滯，有似於水，故樂水；仁安於義理
而厚重不遷，有似於山，故樂山。」﹝註11﹞孔子這個「山水比德」的
論述觀念就這樣確立在自然美的「比德」論題上。按照孔子的命題和
「比德」的理論，自然物之所以美，雖然同自然物本身的某些特性有
關，但決定的還是在於審美主體，把自然物的這個特性和人的品德聯
繫起來。﹝註12﹞劉寶楠（1791～1855）在《論語正義》中說：

> 知者樂水，樂謂愛好，言知者性好運其才以治世，如水流
> 不知已止也。仁者樂山者，言仁者知性好樂如山之安固，
> 自然不動而萬物生焉。知者動者，言知者常務進，故動。
> 仁者靜者，言仁者本無貪欲，故靜。知者樂者，言知者役
> 用才知，成功得志，故樂者。仁者壽者，言仁者少思寡欲，
> 性常安靜，故多壽老也。﹝註13﹞

﹝註9﹞　楊樹達著《論語疏證・卷六・雍也篇》（上海市；上海古籍出版社，
　　　　1986年2月），頁145。
﹝註10﹞〔漢〕劉向撰，向宗魯校鄭《説苑校證・卷十七・雜言》（北京市；
　　　　中華書局，1987年7月），頁434。
﹝註11﹞葉朗著《中國美學史・第三章孔子美學》（臺北市；文津出版社，1999
　　　　年7月），頁43。〔宋〕朱熹注《四書章句集注・論語・雍也》（北京
　　　　市；中華書局，1983年10月），頁90。
﹝註12﹞葉朗著《中國美學史・第三章孔子美學》，頁44。
﹝註13﹞〔清〕劉寶楠注疏《十三經清人注疏・論語正義・雍也》（北京市；
　　　　中華書局，1990年3月），頁238。

孔子是從君子的人格修養來說「知者」、「仁者」所應有的品格特徵，所謂「仁者樂山」，就是「言仁者」的「無私」、「汎愛眾」比德美的特徵，所以令人愉悅。至於「智者」所以「樂水」後來儒家的回答是：「夫水者，君子比德焉。」水的特徵「似德」、「似人」、「似義」、「似智」、「似勇」、「似善」、「似正」與儒家的倫理道德有著廣泛的相似特徵，因而為儒家理想中的「智者」、「君子」較為接近。即以「比德」來解釋應當合理。〔註14〕孔子山水之樂，中國人愛好山水的特殊觀念，比起其他民族相對於強烈許多。中國有無盡的奇山異水，給我們帶來無限的精神上的慰藉，因此，中國人喜歡遊山玩水最主要的原因，自古以來文人雅士就與山水結上不解之緣，除了愛山外還依戀著水呢！在孔子看來，山水具有智者，仁者的胸懷，何以乎所有崇高美德，因而山水是美的，因此智者仁者都喜歡它。〔註15〕孔子的思維經過了一些思想家的不斷闡發，其意涵更含有道德內蘊。在人們欣賞自然美景時，除得到愉悅的心情，也證實山水的美可以讓人體悟許多人生的道理，滋養洗滌我們的道德心靈世界。水的美，美在於它的無私，所經之處必能讓萬物滋長生意盎然，似仁、似德；山的美在於花草樹木長於斯，飛禽異獸生於斯，所有的瑰寶暗聚於山野林壑，萬物滋生孜孜不息不覺疲憊，讓生靈去用而無需設限。

如此在儒家的心裡賦予山水有如崇高的君子般的品格，如司空圖（837～908）所謂的崇高之美。這種自然美的觀念，在我國美學史上影響深遠，我們也習於這「山水比德」的審美藝術觀念，來形朔山水美的審美形象。「德」的盛衰貫穿了西周的歷史，影響了西周的更迭，這些都可從《詩經》中山水描寫裡窺得其澳。周人藉山水的讚頌，對他們的長者或他們尊崇愛戴者，以山水的時空特性為長輩、尊者祝禱祈壽。質言之，從《詩經》語意上周人的倫理秩序

〔註14〕〔清〕劉寶楠注疏《十三經清人注疏・論語正義・雍也》，頁239。
〔註15〕林雍中〈中國古代山水文學中的美學思想〉收錄於《北京聯合大學學報》（北京市；北京聯合大學出版社，1988年第1期），頁1。

已相當完備。相較於水，山更是用來比擬尊者的意象，如南山，我們現在不也是以南山來祝賀長輩一樣。除了正面表述山水的常態狀況，相反的周人也會用山水的變化來隱喻常規失序的社會問題，《詩經》裡我們也不乏看到這樣的篇章。像〈衛風・碩人〉「河水洋洋，北流活活，施罛濊濊，鱣鮪發發，葭菼揭揭。庶姜孽孽，庶士有朅。」〔註16〕喻出嫁的隊伍秩序整齊，山水帶著一份情感的種子相因發展與繼承。再則，隨著周人審美觀念的孕育，山水自然已嵌入周人的意識裡，長期將山水人格化、神化，雖然都只是在各別的一些詩句中，卻可以認識到周人審美態度已開始強化，人跟山水有密不可分的影響。也常藉山水來做一些抽象的描寫，如〈齊風・敝笱〉將人與水間的態勢恰如其分的帶出，而〈大雅・常式〉就是利用抽象之描摹人的神態等，因為人跟山水互相的類比，用山水形勢喻人，借山水的分布來曉諭人的態度，用山水比喻統治者的次序，可以確認周人已對山水的情感精神昇華至互為表裡，當然這對當時而言是一種較粗略的觀念，但將詩歌融入山水來說卻要到南朝時才得到實踐。

　　從周人山水觀念的形成原因來分析，筆者有三點看法；第一、周人尚未從山川神靈的膜拜的原始觀念裡完全擺脫；第二、周人注重的是部族人民的教化較少關注審美的議題；第三、當時周人有繁重的生活壓力，當然對山水審美的興趣與薰陶，有一定的現實因素。這些因素使周部族在跟山水相處時，也逐漸認識了山川的真實面；破除神秘的面紗揭開它的神奇面相，開始對山水越來越接近，更能用客觀的方式去看待山水。從神秘的山水崇拜到擬人化山水的過渡，不難看出周人對山水觀念的認識還存有一分靈秀的意識。今天我們談周人的一切實際上離我們有相當長的一段時日，我們僅能從現有的文獻資料的記載，或目前仍保留下來的文物進行推論，還有前人研究的成果做歸

〔註16〕〔清〕王先謙集疏《十三經清人注疏・詩三家義集疏・卷三下・衛風》，〈碩人〉頁286。

納，比對《詩經》中的記載，或多或少都會觸碰到周人對山水的意識及其現實原因，我們從孔子的「仁者樂山，知者樂水」提出把山水的神靈置於審美的價值觀上，發現跟現實社會的生活脈動有其正相關的成因。

（三）《詩經》山水的審美

《詩經》裡有許多詩篇涉及山水與花草鳥獸蟲魚等之自然摹寫，因此這些作品多數兼具審美意涵。在先秦的時代中，山水景物被作為審美的對象那是必然的，《詩經》中的那些詩人對山水自然更具濃郁的審美情緻。這情思恰可反應出當時社會的民情風俗，同時反映出詩人對山水審美的雅趣，透過他們對自然環境的觀察，更有系統的將審美價值作客觀的呈現。

《詩經》的研究者不乏那些針對自然物的動態，或靜態物象的研究與敘寫，當然其中亦包括了風、雨、雷、電等自然界的現象，這些抒寫與描繪既存在著審美之特殊性及寓意性於其中，當然我們更要反思一下《詩經》裡的論者是不是將山水自然景緻當作審美對象呢？大體上周人在開始接觸山水的初期，對自然物會產生一些神秘的傳說與神話故實，藉由經常的互動和自然山水相處，對山川景物認識的層面擴大了，從開始的敬畏變成審美而不再是敵對或異己，進一步認為它們是生活中不可或缺的一部分，是人類生命環境裡必須存在的；人們開始對自然產生興趣，當然《詩經》也已具備這些條件，自然山川、景物就理所當然成為審美的對象。而那些有關山水神靈傳說，間接成為流傳的神話題材，人們對自然不在存著畏懼、退縮而是展現堅韌的壯志，征服與克服自然環境的威脅，積極的去面對求取生活裡的共生、共榮的生活條件更在生存裡改造自然、創造自然。在理解自然界的迴環往復等自然現象裡的種種徵候，根據粗淺的認識與瞭解，人們對自然的審美即開始提升，人類的文明進步也悄然的來到。我們從《詩經》中讀到這樣的篇章〈小雅·

信南山〉:「信彼南山，維禹甸之。畇畇原隰，曾孫田之。我疆我里，南東其畝。上天同雲，雨雪雰雰，益之以霡霖。」（814），〈大雅·文王有聲〉:「豐水東注，維禹之績。四方攸同，皇王維辟」（961），〈周頌·天作〉:「天作高山，大王荒之。彼作之矣，文王康之。」（1121）這證明了，《詩經》的時期，周人已征服自然、改造自然，環境已經成爲周部族的生命自決與使命。正因爲這樣的觀念下開始超越宗教，藉詩歌推波成一篇篇美麗的樂章及壯麗雄偉的畫面，悄然間進入新的歷史時代。如劉大杰在《中國文學發達史》說:「〈大雅〉中的〈生民〉、〈公劉〉、〈皇矣〉、〈綿〉、〈大明〉五篇，可稱爲這種民族史詩的代表。」〔註17〕由此可見，在那個時代的周人對自然來說已不會是一種恐懼或敵對，是生產環境和人類生活中的一部分，人民對自然可以更進一步的將山水作爲審美意識與勞動生產的對象，山水審美藝術更形成與時俱進的歷史文學，成爲時代藝術文化演變過程之一部。

　　《詩經》裡雖然沒有一首專爲描寫山水自然地詩作，但是詩篇中卻有大量摹劃山水和自然景物的詩句，這些詩章都是以比興爲目的，究其原因來說就是審美藝術的歷程。例如:「關關雎鳩，在河之洲。」（〈周南·關雎〉）寫新婚之美。「桃之夭夭，灼灼其華。」（〈周南·桃夭〉）興喻夫妻之好。〈周南·螽斯〉「螽斯羽，詵詵兮！」祈頌能多子多孫。〈邶風·凱風〉「凱風自南，吹彼棘心。」說的是感念父母育養。〈小雅〉「昔我往矣，楊柳依依。」敘說著與親人話別。〈衛風·淇奧〉「瞻彼淇澳，綠竹猗猗」，來形容女子的容貌。〈邶風·谷風〉「習習谷風，以陰以雨」來譬喻君子之德。〈小雅·天保〉「如山如阜，如岡如陵。」來祝他人福壽延年。《詩經》裡用自然山水來作比興的話語不勝枚舉，從植物、動物山林、石材或自然界的現象風、雨、雷、電，舉凡一切自然景觀都能成爲比興，這都足茲證明，早期周人對山

〔註17〕劉大杰著《中國文學發達史·第二章·周詩發展的趨勢及其藝術特徵》（臺北市；華正書局，2001 年 4 月），頁 47。

水自然的審美態度。

　　當時的詩人將山水風光與景物納入詩中，美學藝術的特點相當濃重，更可說明詩人對山山水水自然美的本質，有他們獨到深刻的理解。也可證實當時的周社會和自然界密切的關係。綜合而言，這些詩歌所描述的自然，無不與社會的活動息息相關，當詩人詠嘆他們的歌謠，表情達意中即已具備自然審美的觀念並將其融入詩中。

二、《詩經》山水的藝術形式

（一）《詩經》山水描寫的詮釋

　　《詩經》裡對山水的描述讓我們更認識先秦時代的山川湖泊，地理風物及特殊的地域風貌。據欒梅的統計《詩經》裡出現「山」字、山名或與山有關的意象的詩章計六十三篇之多，出現「水」字或與水有關的意象詩歌有八十四篇，因而《詩經》中的山水意象有深究必要。〔註18〕又據李金坤的統計更細膩了，他就《詩經》裡面「山」字出現的次數是六十六次，比欒梅多三次，如果再統計有關丘、陵、巖、谷、巘、岡等字的話有一百一十九次，其中〈國風〉四十六次，〈大、小雅〉六十四次，〈周頌〉九次。就「水」來說？共出現三十次，雖沒有山字多，若加上水部相關的字像：隰、川、海、河、流、泉、澗、池、沼、濱、澤、淵、泮、淛、涘、湑、渚、洲、潦、湯湯、滔滔、泱泱、減、淺、深等，計有二百八十八次之多，總數為山的兩倍。其中〈國風〉一百七十三次，〈大、小雅〉一百零三次，〈周頌〉十二次，而河流有二十餘條，如關中涇、渭、洽、漆、沮、豐等，山西境內汾、揚之水，河南、山東境內洛、溱、洧、寒泉、肥泉、濟、汶等，涉及江、漢共有十五篇詩作，提及二十七次的河字，到底是專指或泛指黃河就各有許多不同意見。〔註19〕唐

〔註18〕欒梅撰〈《詩經》中的山水〉收錄於《牡丹江教育學院學報》（牡丹市：牡丹江市教育學院編輯部，2007年第4期），頁1。

〔註19〕李金坤撰〈《詩經》至《楚辭》山水審美意識之演進〉收錄於（太原市：山西大學師範學院，2001年第1期），頁37。

宋以前詩、文中提到的「河」即專指黃河。又據錢穆先生云：「中國
文化的發生，精密言之，並不賴於黃河本身，它所依憑的是黃河的
各條支流，每一支流之兩岸和其流進黃河時，兩水相交的哪一個角
落，卻是古中國文化之搖籃。」﹝註20﹞這更進一步說明了《詩經》
代表源於黃河流域的北方中原文化；而審美的觀念與意識也是隨北
方文化共同演進。

　　我們從「水」的審美觀念來說；由上述統計《詩經》所描摹的區
域是非常廣闊的，「水」的描寫同樣離不開比興的筆觸，如〈邶風‧
谷風〉云：

> 習習谷風，以陰以雨。黽勉同心，不宜有怒。
> 采葑采菲，無以下體。德音莫違，及爾同死！
> 行道遲遲，中心有違。不遠伊邇，薄送我畿。
> 誰謂荼苦，其甘如薺。宴爾新昏，如兄如弟。
>
> 涇以渭濁，湜湜其沚。宴爾新昏，不我屑以。
> 毋逝我梁，毋發我笱。我躬不閱，遑恤我後！
> 就其深矣，方之舟之。就其淺矣，泳之遊之。
> 何有何亡，黽勉求之。凡民有喪，匍匐救之。
>
> 能不我慉，反以我為讎。既阻我德，賈用不售。
> 昔育恐育鞠，及爾顛覆。既生既育，比予於毒。
> 我有旨蓄，亦以御冬。宴爾新婚，以我御窮。
>
> 有洸有潰，既詒我肄。不念昔者，伊余來墍。(125)

〈谷風〉的主題屬棄婦詩，從朱熹的《詩經集傳》、方玉潤（1811
～1883）的《詩經原始》，到今人高亨的《詩經今注》和程俊英的《詩
經譯注》等皆取此說。〈谷風〉共分六章；第一章是妻子對狂怒不已
之丈夫的勸說，希望他不要遺棄自己。第二章，寫被棄的妻子回顧
自己辛勤經營起來的家，遲遲不忍離去。第三章是妻子對自己被棄
的辯解和憤怒之情，以及對子女已不能顧及的悲痛。第四章寫妻子

﹝註20﹞錢穆著《中國文化史導論‧第一章‧中國文化的地理背景》（北京市；
　　　商務印書館，1996 年 6 月），頁 2。

回憶自己婚後在夫家一向勤勉持家和友愛鄰居。第五、六章寫妻子回憶丈夫對自己今昔不同的態度；來說明其夫拋棄她的無理行為。詩裡用渭水譬喻新娘，用涇水來比喻自己，渭水被涇水侵犯但涇水的底層仍是潔淨，而以男子另結新歡，卻以渭水來汙衊舊婦，怎不令他傷心難過呢？〈小雅・谷風〉也是一首棄婦詩，棄婦責備丈夫忘恩負義。

　　再舉一例用「水」起興的詩，〈召南・江有汜〉詩云：

　　　　江有汜，之子歸，不我以！不我以，其後也悔。

　　　　江有渚，之子歸，不我與！不我與，其後也處。

　　　　江有沱，之子歸，不我過！不我過，其嘯也歌。(70)

陳子展疑〈江有汜〉是商人婦為夫所棄而作，即令不是各人創作或是民俗歌謠之言，其內容主旨還是一樣。他更指出此詩裡的汜、渚、沱，當是指通名而非專名，至少也顯示一定的區域。……可能就是今天四川灌縣新繁間的沱江。江有汜，可能就是如今四川魚復縣的汜溪口。江有渚，……在沱江的某一個地方，今已不可考；總之都屬古梁州境內召南之國。〔註21〕〈澤陂〉寫景、〈汝墳〉敘事，是興而兼比，並不是單獨寫景或獨立的事，而是由此景、此事觸發了一連串情感上的相思。全詩主體內容環環相扣，是典型的用彼物起興詠嘆，《詩經》裡這樣的內容也不在少數。如〈鄭風・揚之水〉云：

　　　　揚之水，不流束楚。終鮮兄弟，維予與女。無信人之言，
　　　　人實誑女。

　　　　揚之水，不流束薪。終鮮兄弟，維予二人。無信人之言，
　　　　人實不信。(332)

妻子對誤聽流言蜚語的丈夫所作的誠摯表白。此詩主題或以為「閔（憫）無臣」，或以為「淫者相謂」，或以為「將與妻別，臨行勸勉之詞」，或以為「兄弟相勸」，但都證據不夠。但細品詩情，筆者乃將此詩歸入婦女對丈夫訴說的口氣。古時男子除正妻外，可以納妾，又因

〔註21〕題解中方玉潤亦認為此必將是商人遠歸梓里而棄其妾。

做官、經商等因素常離家在外，是否拈花惹草，妻子實無從了解，但禮教上對婦女的貞節則看得很重。如果丈夫聽到關於妻子的什麼流言蜚語一定會嚴予管束的；如果以前夫妻感情很好，他對妻子也很喜愛，那麼此時他將會感到非常苦惱。我以爲這首詩就是在這種情況下，妻子對誤聽「流言穢語」的丈夫所作的眞摯告白。《詩經》裡的興詞有一定的暗示作用。凡「束楚」、「束薪」，都暗示夫妻關係。如〈王風·揚之水〉三章分別以「揚之水，不流束薪」、「不流束楚」、「不流束蒲」來起興，表現在外服役者對妻子的懷念；〈唐風·綢繆〉寫新婚，三章分別以「綢繆束薪」、「綢繆束芻」、「綢繆束楚」起興；〈周南·漢廣〉寫女子出嫁二章分別以「翹翹錯薪，言刈其蔞」起興。看來，「束楚」、「束薪」所蘊含的意義是說，男女結爲夫妻，等於將二人的命運捆在一起。所以說，〈鄭風·揚之水〉只能說是寫夫妻的關係。此詩主題同〈陳風·防有鵲巢〉相近。彼云：「誰侜予美，心焉忉忉」（誰訛騙我的美人，令我十分憂傷）。只是〈防有鵲巢〉所反映是家庭已受到破壞，而詩所反映的只是男子聽到一些流言妻子勸慰丈夫說明並非事實。如果將這兩首詩看作是丈夫與妻子分離之作，那就更有意思了，此詩所運用的興詞表現含蓄而耐人尋味。第一句作三言，第五句作五言與整體上的四言相搭配，顯現出強而有力的節奏感又帶有口語的韻味，顯得十分眞摯有很強的渲染力。《詩經》裡「水」除了有興喻作用外同時比興兼用，或比興一體寓意深邃。

　　《詩經》裡的「水」還具有另一深刻涵義，「愁緒」傷感的情緒。如「悠悠」

　　悠哉悠哉！輾轉反側。（〈周南·關雎〉）（1）

　　思須與漕，我心悠悠。（〈邶風·泉水〉）（133）

　　青青子衿，悠悠我心。……青青子佩，悠悠我思。（〈鄭風·子衿〉）（329）

　　淇水浟浟，檜楫松舟。（〈衛風·竹竿〉）（207）

歷代注家都會將「悠」或「潻」，用以代表憂傷貌。然其實它的特殊用意爲像水那樣綿綿流長的意思更充分表現愁思之意。

　　淇水湯湯，漸車帷裳。(〈衛風・氓〉)(199)

　　沔彼流水，其流湯湯。(〈小雅・沔水〉)(686)

《詩經》裡以「水」來象徵悠思愁緒的例子很多，像上述「湯湯」也是表示愁思憂傷，這種疊字修辭句式常出現，對後世的影響甚爲深遠不勝枚舉。這是《詩經》以來騷人墨客最喜歡用水字來摹寫愁思。當然也有特別用水來營造一種美感的像〈魏風・伐檀〉：「置之河之干兮，河水清且漣漪。」(406)、「置之河之側兮。河水清且直漪」(407)、「置之河之漘兮。河水清且淪漪。」(407)的三組詩句，就是營造出另一種其閒適、優美的境界。而〈鄭風・溱洧〉是寫鄭國青年男女在上巳節那天，男女們在溱、洧水際遊春、踏青的春詩。藉由那天的贈蘭、蕙，除祓、除禊的風俗外，不禁的談情說愛在男女的對話中表達了他們惜春與談情說愛的情愫。藉風俗日與情竇初開的男女對話，營造歡娛的氣氛，通過人們的活動情狀，收到了情景交融的藝術效果。

　　水它的意象具多樣性，除憂傷的一面，也有情境盪漾的意象，具多元的精神面向，所以《詩經》裡的水可以隨著主題而發展出豐富的意象。

　　我們再來析論《詩經》中對「山」的美學概念，對生產力不足的周原而言，自然是一種具有神秘又有著無限威力、不可侵犯的地方。山川大澤間潛藏著險惡不可預知的災難，隨著雷電交加、山搖地動瞬間摧毀了他們的所有，經過種種的災異和磨難，人們對自然的威脅及恐懼還是充滿顫慄。此時，他們藉著懵懂的意識去解釋自然界的可怕現象並將其人格化，甚至於神格化；至此開始美化山靈，他們將風雨、山川、天搖地動下的一切自然徵候都譽爲「神」，我們可從出土文物與殷墟中的甲骨文字裡的記載來說，在宇宙蒙昧之初人類對自然的崇敬，《詩經》裡亦有所記錄；前面提過的「水」，《詩

經》裡卻將他們視爲比興的目的。現在來談先秦時人們對山岳的崇
拜，然而《詩經·周頌》有幾首紀錄周王室祭祀山川五嶽的樂頌；
如〈周頌·般〉中云：

於皇時周！陟其高山，墮山喬嶽，允猶翕河。

敷天之下，裒時之對。時周之命。(1214)

這是一首當時有關周王室巡狩班師回朝的禱詞，至於是；成王、武王
尚無定論。依〈詩序〉云：「〈般〉，巡狩而祭祀山嶽河海也。般，樂
也。」〔註22〕而〈時邁〉「時邁其邦，昊天其子之，實右序有周。薄
言震之，莫不震疊。懷柔百神，及河喬嶽，允王維後。明昭有周，式
序在位。載戢干戈，載櫜弓矢。我求懿德，肆于時夏，允王保之。」
（1133）此詩亦是祭祀巡守柴望之詩。又如〈天作〉其云：

天作高山，大王荒之。彼作矣，文王康之。

彼徂矣，岐有夷之行。子孫保之。(1121)

對周人來說岐山是一聖地「周之興也，鷟鷟（即鳳凰）鳴於岐山。」
〔註23〕（《國語·周語》）周人一系，傳至古公亶父，居於豳地，「薰
育戎狄攻之，欲得財物，予之；已復攻，欲得地與民。民皆怒，欲戰。
古公亶父曰：『有民立君，將以利之。今戎狄所爲攻戰，以吾地與民。
民之在我與其在彼何異？民欲以我故戰，殺人父子而君之，予不忍
爲。』乃與私遂屬去豳，度漆、沮。豳人舉國扶老攜弱，盡復歸古公
亶父於岐下。」〔註24〕（《史記·周本紀》），〈天作〉是周頌裡很少提
及具體地點的一篇，它寫到了岐山。《毛詩·序》說它是「祀先王先
公也」〔註25〕，朱熹《詩集傳》則認爲「祭成王之詩」〔註26〕，都認

〔註22〕〔清〕王先謙集疏《十三經清人注疏·詩三家義集疏·卷二十二·
　　　　周頌》，〈般〉頁 1059。

〔註23〕徐元誥撰，王樹民、沈長雲點校《國語集解·周語》（北京市；中華
　　　　書局，2002 年 6 月）。頁 29。

〔註24〕〔漢〕司馬遷撰，〔日本〕瀧川資言考證《史記會注考證·周本紀》
　　　　（上海市：上海古籍出版社，1986 年 9 月），頁 236。

〔註25〕〔清〕王先謙集疏《十三經清人注疏·詩三家義集疏·卷二十二·
　　　　周頌》，〈天作·詩序〉頁 1006。

爲祭祀的是人。矧〈天作〉的祭祀對象是岐山。其實岐山是古公亶父
至文王,歷代周主開創經營的發祥地,其後的伐商滅紂便是在此累積
了實力。〈天作〉這首詩,應該就是祭聖地,同時也是祭祀創始經營
的賢明君主。由於岐山之業爲古公亶所開創,而文王後來由此遷都於
豐,故〈天作〉應是在岐山對古公亶至文王及歷代君主進行祭祀的詩。
至於行祭之人則不是文王就是武王。

　　在大雅中〈崧高〉一詩:「崧高維嶽,駿極於天。維嶽降神,生
甫及申。維申及甫,維周之翰。四國於蕃。四方於宣。」(1057)所
記的與〈小雅‧信南山〉「信彼南山,維禹甸之。畇畇原隰,曾孫田
之。我疆我里,南東其畝。」(814)也都是一些祭祀山神的樂詩。
從祭祀膜拜的詩樂裡;我們仍不見詩裡細微描寫山林水泊的美感描
摹,只聽到周人眞摯的對山川五嶽祝禱的詞章。若從美學的角度來
分析這些篇章在山林中是無法令人愉悅快樂的,或放鬆心情暢颺在
大自然裡有意識的去審視當時周圍的美景,僅從恐懼的面向用祭祀
的形式詠頌自然,周人自然無法體察山林自然的原貌,更無法獲得
美的禮讚。

　　翻檢《詩經》實際上可以發現充塞著濃重的宗教意涵,這些詩篇
集中在〈大雅〉、〈周頌〉裡,尤以〈周頌〉最多。〈國風〉、〈小雅〉
等詩篇在風格上並沒有祭祀方面的詞章,這或許跟周的國勢日衰有
關,對山川崇拜沒有現實上存在的意義,對山林野壑極少發現恐懼的
心理描述,反倒是抒情言志,寄寓悲嘆,開始有了思想感情,也有美
的思維,雖然還不到那般濃烈,但已可以用和諧的心情去面對自然,
所以〈國風〉、〈小雅〉在《詩經》中運用最多比興的手法可能是其主
要原因。

　　〈小雅〉中也有一些是用「比」來表現詩歌的,像〈天保〉云:
「天保定爾,以莫不興。如山如阜,如岡如陵,如川之方至,以莫不

〔註26〕〔宋〕朱熹撰《詩集傳‧周頌‧天作》(上海市:鳳凰出版社,2007
　　　年 1 月),頁 262。

增。……」（622）用儔的象徵來祝禱「比」亙古不變的山川十分寫實。
其次爲〈南山有台〉云：

> 南山有台，北山有萊。樂只君子，邦家之基。
> 樂只君子，萬壽無期。
>
> 南山有桑，北山有楊。樂只君子，邦家之光。
> 樂只君子，萬壽無疆。
>
> 南山有杞，北山有李。樂只君子，民之父母。
> 樂只君子，德音不已。
>
> 南山有栲，北山有杻。樂只君子，遐不眉壽。
> 樂只君子，德音是茂。
>
> 南山有枸，北山有楰。樂只君子，遐不黃耇。
> 樂只君子，保艾爾後。（647）

這是一首頌德祝壽的宴飲詩。全詩五章，每章六句，篇章開頭都用南
山、北山的草木起興具十足民歌風味。南山有台、有桑、有杞、有栲、
有枸，北山有萊、有楊、有李、有杻、有楰，正如國家正具備各種美
德的君子賢人。「興」中有「比」極富象徵意義；這是興語的作用，
還有爲章節起勢和變化韻腳以求叶韻之功用。這首詩的內容雖單純但
結構安排相當精緻巧妙，每章首尾呼應迴環往復語意間隔、層遞，具
有很強的層次感與節奏感。用字遣詞獨見作者的匠心。作爲宴饗之樂
歌，其娛樂、祝願、歌頌、慶賀之綜合功能甚爲顯著。又如〈節南山〉、
〈漸漸之石〉都在證明，周部族在長期與山水自然景物接觸下，找到
精神寄託更以含蓄地言志來抒情，這象徵著美學意象的覺醒。

　　前面一直從山水的比與興談《詩經》的底蘊，韋鳳娟、陶文鵬在
《靈境詩心──中國古代山水詩史》裡提到《詩經》裡採用直陳其事
的「賦」或「賦而興」的手法。〔註27〕更舉了一些例子如〈秦風‧蒹
葭〉

〔註27〕陶文鵬、韋鳳娟主編《靈境詩心──中國古代山水詩史‧山水詩的
　　　形成》（南京；鳳凰出版社，2004 年），頁 12。

蒹葭蒼蒼，白露爲霜。所謂伊人，在水一方。

溯洄從之，道阻且長。溯游從之，宛在水中央。

蒹葭萋萋，白露未晞。所謂伊人，在水之湄。

溯洄從之，道阻且躋。溯游從之，宛在水中坻。

蒹葭采采，白露未已。所謂伊人，在水之涘。

溯洄從之，道阻且右。溯游從之，宛在水中沚。（467）

東周時的秦地大致相當於今天陝西大部及甘肅東部；他們的情感也
是激昂豪邁的，保存在〈秦風〉裡的十首詩都是敍寫征戰獵伐、痛
悼諷勸一類的事，似〈蒹葭〉、〈晨風〉這種淒惋纏綿的情緒卻更像
鄭、衛之詩的風格。本詩曾被視爲用來譏刺秦襄公不能用周禮來鞏
固他的國家（《毛詩‧序》鄭箋）〔註28〕，或惋惜招引隱居的賢士而
不可得，姚際恒（1647～1715）《詩經通論》〔註29〕、方玉潤《詩經
原始》）。〔註30〕從抒情的角度來看詩人在秋天的早晨蘆葦上的重
露，其徘徊在岸邊尋找思念的人也暗示時間的流逝，烘托出所思不
見的惆悵心情爲詩三百之佳篇。次如〈豳風‧七月〉：「七月流火，
九月授衣。春日載陽，有鳴倉庚。女執懿筐，遵彼微行，爰求柔桑。
春日遲遲，采蘩祁祁。女心傷悲，殆及公子同歸。……」（561）以
情景的對立來凸顯詩義。再次〈唐風‧揚之水〉：「揚之水，白石鑿
鑿。」（424）寫的是詩以「揚之水」開篇寫河水激揚，並以此引出
人物，暗示當時的形勢與政局頗爲巧妙。詩篇的情節與內容也隨之
層層遞進，到最後才點出此處將發生政變的眞相。所以，此詩在鋪
敍中始終有一種懸念在吸引著讀者引人入理。而「白石鑿鑿（皓皓，
粼粼）」與下文在顏色上亦產生即是貫連又是對比的最佳效果。並且

〔註28〕 〔清〕王先謙集疏《十三經清人注疏‧詩三家義集疏‧卷九‧秦風》，
〈蒹葭‧序〉頁447。

〔註29〕 〔清〕姚際恆著《詩經通論‧卷七‧秦風》（北京市；中華書局，1958
年12月）〈蒹葭〉，頁140。

〔註30〕 〔清〕方玉潤著《詩經原始‧秦風》（北京市；中華書局，1986年）
〈蒹葭〉，頁273。

此詩雖無情感上的大起大落卻始終有一種慌與憂的心情，在《詩經》中也可以說是獨樹一幟。

以上討論都是《詩經》裡自然山水描寫的種種手法，對爾後南朝山水詩審美藝術的興起有了醞釀的先聲。

（二）《詩經》美學與藝術

在中國幾千年來詩歌的吟詠中《詩經》的確璀璨，就其藝術表現亦是無與倫比，尤其它的藝術意境創作，給後來研究者提供許多可以切入的角度，尤其是山水審美態度的傳承。

1、《詩經》意境藝術創作

方東樹（1772～1851）於《昭昧詹言・卷一・通論五古》云：「傳曰：『詩人感而有思，思而積，積而滿，滿而作。言之不足，故長言之，……故嗟嘆詠歌之。』以此意求詩，玩三百篇與……。夫論詩之教，以興、觀、群、怨爲用。言中有物，故聞知足感，爲之彌旨，傳之越久而常新。故曰：詩之爲學，性情而已。」〔註31〕而《詩序》中說到：詩有六義，風、雅、頌、賦、比、興。前三者是《詩經》的詩章，後三者是詩篇內容的形式表現。〈風〉有十五〈國風〉，占一百六十篇。〈雅〉分〈小雅〉與〈大雅〉，〈小雅〉七十四篇，〈大雅〉三十一篇。〈頌〉有〈周頌〉、〈魯頌〉與〈商頌〉共四十篇。若加上〈小雅〉中「有義亡（無）辭六篇」，朱熹《詩集傳》所謂的「笙詩」則一共三百一十一篇。……〈國風〉詩篇的作者應爲平民吟唱的地方歌謠，由採詩官採錄外，〈雅〉、〈頌〉或爲國君、或爲后妃、或爲卿、大夫、士宴飲時的讚誦。……那個時代教育不普遍，平民根本沒有受教育的機會，如何能寫出這樣美好的作品？〔註32〕何以詩歌敘寫上的手法與藝術意境能流傳千古。《詩經》裡因「興」、「賦」

〔註31〕〔清〕方東樹《昭昧詹言・卷一・通論五古》第一條（北京市；人民文學出版社，2006 年 1 月），頁 1。

〔註32〕余培林撰〈眞善美的化身——詩經〉收錄於《國文天地》（臺北市；萬卷樓出版社，1999 年 1 月號，14 卷 8 期），頁 14。文中指出朱東潤、高本漢、顧頡剛皆有相同看法。

而起的例子很多，用鋪陳直敘的方式來創作富含意境的詩，許多詩
在賦的表現上透過錘煉的文字描寫表達了「賦」的內在思維。也就
是說用簡單的「境」，傳遞深邃無窮的「意」。讓人不自覺的往復詠
頌意韻深遠；如〈鄭風‧將仲子〉云：

> 將仲子兮，無踰我里，無折我樹杞。豈敢愛之？畏我父母。
> 仲可懷也，父母之言亦可畏也。
>
> 將仲子兮，無踰我牆，無折我樹桑。豈敢愛之？畏我諸兄。
> 仲可懷也，諸兄之言亦可畏也。
>
> 將仲子兮，無踰我園，無折我樹檀。豈敢愛之？畏人之多
> 言。仲可懷也，人之多言亦可畏也。(280)

全詩是以女子內心獨白式的情思構成，由於女子的抒情從家裡樹園
裡展開，向對方呼告、勸慰的口吻使詩境帶著喃喃對語的獨特語境。
字面雖是女子的告求和疑懼，詩裡卻歷歷可見「仲子」的神情音容，
那試圖越牆相會的魯莽、那被勸阻引起的不快，以及唯恐驚動父母、
兄弟、鄰居的猶豫，描繪女孩既愛又怕的心裡情態，都能從詩的字
面端詳知曉。我國古代詩論，特別推崇詩的「情中意」、「景中情」，
情景交融〈將仲子〉正是這種情中見景意境高妙之詩。當我們讀詩
時，隨著詩的內容和節奏可以領略詩歌意境，再從〈周南‧芣苢〉
詩云：

> 采采芣苢，薄言采之。采采芣苢，薄言有之。
> 采采芣苢，薄言掇之。采采芣苢，薄言捋之。
> 采采芣苢，薄言袺之。采采芣苢，薄言襭之。(29)

反復的動作，有韻律的採擷，單純的姿態，層疊深邃，反復涵詠，最
終創造出詩的藝術意境，感受到輕巧愉快的心情。

2、《詩經》用字諧和美

《詩經》裡的語言具有強烈的音樂與節奏性，大量的使用疊字、
雙聲疊韻，配合著押韻，卒章復遝的章法形式，增加詩歌的韻律美。
寫景狀物，情境重聲，讓詩歌的形象意韻更為美化。

（1）《詩經》中疊字的象聲詞在增強詩的具象表現與逼真，疊音

詞就有六百五十四個〔註33〕，象聲詞如：「關關」、「坎坎」、「丁丁」、
「習習」、「滔滔」、「鏘鏘」、「瑲瑲」、「交交」、「蕭蕭」、「嘵嘵」等詞
語的使用讓詩歌的音樂性更能充分發揮詩境的意義。其中《詩經·小
雅》〈採芑〉「八鸞瑲瑲，約軧錯衡」中「瑲瑲」形容玉器碰擊的聲響，
〈小雅·伐木〉「伐木丁丁，鳥鳴嚶嚶」中的「丁丁」、「嚶嚶」是伐
木聲與鳥鳴聲的象聲詞。

　　（2）《詩經》雙聲疊韻字的運用，其目的在讓聲調更加和諧。如
「伶俐」、「參差」、「玄黃」、「躊躇」、「黽勉」等。構成雙聲的詞語音
調和諧，朗讀時口語流暢，節奏上更悅耳動聽。在〈關雎〉篇，用雙
聲的地方有三處，即「雎鳩」、「參差」、「輾轉」。還有疊韻的音節如：
「崔嵬」、「窈窕」、「逍遙」等。還有雙聲連結疊韻，如：「關關雎鳩」，
或雙聲配合聯綿詞與疊字的運用使得詩歌更能表情達意，更爲婉轉優
雅，形塑格外生動的情狀。

　　綜論之言，這些詞彙的運用使得《詩經》具語言美學與藝術效果
的基本架構，那麼《詩經》中句型音節構成的具體情形如何？從以下
兩統計表分析如下：

表三　句型構表

數目　分類 句型	國風	大雅	小雅	頌	合計
1～3 字句	138	6	18	14	176
4 字句	2236	1494	2211	685	6626
5 字句	172	98	68	32	370
6～9 字句	72	18	19	3	112
合計	2618	1616	2316	734	7284

〔註33〕林曉撰〈論《詩經》中的「三美」〉收錄於《廣西國際商務職業技術
　　　　學院學報》（南寧：廣西國際商務職業技術學院，2009 年第 9 期），
　　　　疊音詞六百五十四個引用作者所統計的數字。

表四　句型比率表

分類 比率 句型	國風	大雅	小雅	頌	合計
1～3 字句	5.2%	0.3%	0.7%	1.9%	2.4%
4 字句	85.4%	92.4%	95.4%	93.3%	90.9%
5 字句	6.6%	6%	2.9%	4.3%	5%
6～9 字句	2.7%	0.5%	0.7%	0.4%	1.5%
合計	2618	1616	2316	734	7284

（引自林曉〈論《詩經》中的三美〉一文）

　　依據以上兩表我們可瞭解《詩經》中各種句型的數量以及所占比率，從中得出以下結論：其一、四言詩居絕對優勢，占總句數的百分之九十一強。其次、〈國風〉的四言詩句式明顯少於〈頌〉、〈雅〉和〈小雅〉，比〈小雅〉少百分之十，比四言詩總比率少百分之五，而以五言詩爲主的雜言詩居明顯優勢。再次、《詩經》裡的五言詩句式僅次於四言詩，從一字到三字，從六字到九字這七種句型，總共有二八八句總句數比率不足百分之四，而五言詩的句型在的句式上就有三百七十句，占總句數的百分之五。〔註34〕

3、《詩經》裡人物形象美

　　美學這個議題近幾年在學術界逐漸獲得重視，而我國自古對美的描摹恆常出現在文學性的題材之中，尤以傳統的詩歌文學，對人物形象美的描繪更是歌頌不墜，在女性美的形塑更是具體，先從容言美貌上來說：《詩經·衛風·碩人》堪稱是描寫女子形象最出眾的一篇：「手如柔荑、膚如凝脂；領如蝤蠐、齒如瓠犀、蟓首娥眉」這是一段對齊國女子，莊姜容貌的描寫，藝術地再現了這位女子的美顏情態，具體

―――――――――

〔註34〕劉煥揚著《中國古代詩歌鑒賞學·第一章·節奏層》（北京市；中國文學出版社，1996 年 6 月），頁 10。以上兩表均參考此書。

而微的形神兼備。清人姚際恒極為推賞此詩，稱「千古頌美人者，無出其右，是為絕唱。」〔註35〕（《詩經通論》）。此外，如「桃之夭夭，灼灼其華。」、「顏如舜華」、「華如桃李」、「視爾如荍」，都是形容女子容顏之美。其次，從儀態上來說：《詩經》不僅從外表的美形容女子，在言談舉止上更凸顯其雍容神韻，我們常聽到的〈國風・關鳩〉：「窈窕淑女，君子好求」，就將風姿綽約的女子形容的如此婀娜，〈碩人〉裡將女子的美形塑的讓古今學者譽為千古絕唱。〈陳風・月出〉：「月出皎兮，佼人僚兮。舒窈窕兮，勞心悄兮。」（516）閃耀在那純潔的月光下呈現完美的體態。再其次，談到服飾之美，《詩經》裡藉著服飾的美來比喻品德，「佩玉將將」、〈鄭風・丰〉：「碩人其頎，衣錦褧衣」（322），〈有女同車〉：「將翱將翔，佩玉將將」（305），〈出其東門〉：「縞衣綦巾，聊樂我員。」（335）用最細緻的文字雕鏤出衣飾配件的華美。

　　《詩經》在中國文學史裡有其非凡的美學藝術，蘊含其中無論是從當時人們對山水神巫的膜拜，到生活中必要的接觸，進而認識川阜峻秀的美，休憩時聆聽大自然中鳥獸蟲魚、河川激盪鳴皋出天然的樂章，變得會欣賞、懂得欣賞，更轉化成雋詠的筆觸細緻雕塑美麗的辭藻，運用文字藝術修飾生動的行為在謦笑間，構成意境藝術的美學饗宴是中國無比斑爛的瑰寶，讓詩歌美學的傳承締造了完美文化精髓，孕育著中華人文美學的藝術精神。

第二節　《楚辭》山水的美學藝術

　　繼北方的《詩經》之後，南中國仍是原始氏族的社會結構，在地方上依舊保有絢爛鮮麗的遠古傳統，從《楚辭》到《山海經》……在意識形態各領域仍然瀰漫在一片奇異想像和熾烈情感的圖騰世界——浸淫在南方神話傳說之中，表現在文藝審美領域這就是以屈

〔註35〕〔清〕姚際恆著《詩經通論・卷四・衛風》〈碩人〉，頁83。

原爲代表的楚文化〔註36〕，是長江流域化育出的一個藝術奇葩，在中國古文學史上揭示著另一個文學高潮《楚辭》。在我國文學史上的影響亦不在《詩經》之下，也是第一部浪漫主義的詩歌集，它是以楚地民歌爲基礎氤氳而生，它大量引用楚地的風土物產和方言爲詞彙，所以叫「楚辭」。楚辭本身並不是美學著作，但卻是研究中國美學不可忽視的文藝作品。騷人遺韻開闢了中國人審美生活的新境界。說到《楚辭》的精神氣質「自憐」二字最爲恰當。《楚辭》的「自憐」，一是自怒，二是自愛，三是自慰，三者一體相聯，《楚辭》的格調是憂鬱的，《楚辭》具有濃厚的感傷色彩。〔註37〕以屈原創作（B.C340～B.C278）爲代表的《楚辭》，是我國詩歌浪漫主義的源頭，其代表作爲〈離騷〉。〈離騷〉具有濃郁的浪漫主義色彩，馳騁想像與雜糅大量神話傳說和自然現象，使其構成了一部具有夢幻主義的奇異文學。詩裡結合想像和神話傳說，及詩人充滿激情的思維，此歌詩即成爲我國浪漫主義最重要的文學特色，促成了以「香草美人」爲藝術傳統的文藝美學。清人劉熙載（1813～1881）說：「屈子之纏綿，枚叔、長卿之巨麗，淵明之高逸，宇宙間賦，歸趣總不外此三種。」〔註38〕以「纏綿」概括《楚辭》道出了《楚辭》紊亂而複雜的浪漫特點。中國藝術裡有一種獨特的眷顧意識，就與《楚辭》有密切的關係。王夫之曾說：詩要給人「一意迴旋往復」的感覺，《楚辭》有之。」〔註39〕《楚辭》在詩歌文學上的藝術貢獻，感染了我國文學史上兩千年來的文藝美學。

　　《詩經》與《楚辭》是先秦文學南北兩大文學體系，《詩經》成書於周秦的時代，代表著北方文學藝術；《楚辭》是南方方言的楚地

〔註36〕 李澤厚著《美的歷程·楚和浪漫主義·屈騷傳統》（臺北市；三民書局，2006年1月），頁77。

〔註37〕 朱良志撰〈楚辭的美學價值四題〉收錄於《雲夢學刊》（岳陽；湖南理工學院編輯部，2006年11月第27卷第6期），頁37。

〔註38〕 〔清〕劉熙載撰，袁津琥校注《藝概·賦概·卷三》（北京市；中華書局，2009年5月），頁438。六三條。

〔註39〕 朱良志撰〈楚辭的美學價值四題〉收錄於《雲夢學刊》，頁38。

文學作品，書楚語、紀楚地、名楚物、故可謂之《楚辭》。〔註40〕收錄的作品皆為屈原、宋玉（B.C298～B.C222）、景差（B.C290～B.C223）、唐勒（約 B.C290～B.C223）之屬，慕而述卻皆以此顯其名，這些都為屈原的仰慕者，作品的學習傳承……屈原作品最後的搜集者、保存者、傳播者，也正是這些楚國的文化人。〔註41〕〈離騷〉寫作實地考索及《史記・屈原傳》的相關問題，兩千多年來有許多學者對〈離騷〉作了研究，但由於時隔兩千多年，讀者對當時社會型態歷史流風與習俗，作品中所引用的史實、神話、傳說不甚清楚，以及現在流行的本子存在某些脫誤、錯簡，語言的古今變化和楚地某些特定的俗語方言，帶給我們在理解〈離騷〉上增添不少困擾；譬如〈離騷〉的寫作時間、地點以及詩人當時創作的心態與動機，就沒有一致的看法，而這些問題，對於理解〈離騷〉本身的思想藝術以及它在文學史上的地位和作用，是有它的重要性。

　　關於〈離騷〉的寫作時間地點、屈原的動機，從古迄今約三十多種說法，本文依《楚史與楚文化研究》擇其重要揀選三種主要的說法，彙整如下所述：

　　第一說：〈離騷〉是屈原被楚懷王（？～B.C296）初次疏遠時所作，地點當在郢都。主此說者有班固（32～92），王逸（約 89～158）、朱熹。

　　班固：「〈離騷〉者，屈原之所作也。屈原初侍懷王，甚見信任，同列大夫妒害其寵，讒之王，王怒而疏屈原。屈原以忠信見疑，狀愁幽思而作〈離騷〉。」

　　王逸說：「〈離騷〉經者，屈原之所作也，屈原與楚同姓，仕於懷王為三閭大夫。……王甚珍之。同列大夫上官、靳尚（？～B.C311），

〔註40〕〔宋〕黃伯思撰《東觀餘論・卷下・校定楚辭序》（北京市：中華書局，1963 年），頁 82。津逮秘書（20）廣川書跋，中國南宋碑帖考釋論著，共十卷。

〔註41〕褚斌杰主編《詩經與楚辭・下編楚辭・第一章》（北京市：北京大學出版社，2007 年 7 月），頁 170。

妒害其能，共譖毀之，王乃疏屈原，屈原執履忠貞而被讒，憂心煩亂，不知所訴，乃作〈離騷〉經。」

第二說：〈離騷〉是屈原初次被放所作，地點當不在郢都。主此說有劉向（B.C77～B.C6）、蔣驥（1674～約1741）。

劉向說：屈原者，名平。……懷王用之。秦玉吞滅諸侯，并兼天下，屈原為楚東使於齊，以結強黨。秦國患之，使張儀（？～B.C309）之楚，或楚貴臣上官大夫、靳尚之屬，上及令尹子蘭、司馬子椒（生卒年不詳）、內賂夫人鄭袖（生卒年不詳），共譖屈原，屈原遂放於外，乃作〈離騷〉。」

蔣驥說：「余考源自懷王初放已作〈離騷〉。」

第三說；〈離騷〉是屈原在懷王時被讒見疏引退於漢北所作。主此說的為王夫之（1619～1692）。

王夫之說：「今按舊注所述，是篇之作，在懷王之世，原雖被讒見疏，而猶未竄斥，原引身自退於漢北，避窮小之慍，以觀時待變，而冀君之悟。」〔註42〕此考據二十二人的說法，整理成十六說，以前三則最為後世接受，筆者亦認同此三說，其論者的資料取得與時代較近如「劉向」所考。〈離騷〉可以這樣說，是我國古代最優秀的詩作之一，全詩三百七十多句二千四百多字，是我國古代最長的抒情詩，後人也有用「騷」來代稱屈原的或為「楚辭」的代名詞。至於「離騷」一詞之解，馬茂元在《楚辭注釋》裡說：

> 關於〈離騷〉篇名的涵義，古今各家說法不一。最早的解釋見於司馬遷《史記·屈原列傳》引淮南王劉安〈離騷傳〉中的話：「『離騷』者，猶『離憂』也。」但這話說得不太明確，很容易使人把「離」和「騷」分開來解釋，以為是兩個詞，段玉裁《說文解字注》說：「此於『騷』古音與『憂』同部得之。」可見「騷」「憂」當為古音同部通轉，所以「離

〔註42〕高光晶等編《楚史與楚文化研究〈離騷〉寫作時地考索——兼談《史記·屈原列傳》的有關問題》（長沙；湖南省楚史研究會，1987年12月），頁362。此篇為顏新宇考索。

騷」即「離憂」，也當是一個完整的意義。〔註43〕
馬茂元所言，釐清〈離騷〉其本意，是屈原離憂的心情下所寫的，在
引段氏《說文》將「騷」字與「憂」字爲今古音同部音轉，更讓〈離
騷〉之本意更明確。

　　《楚辭》的流傳，主要是楚國百姓對愛國詩人屈原的同情，傳
說是屈平與江邊漁父的問答，漁父婉轉表達出對詩者的關懷之意。
《隋書・地理志下》載屈原以五月望日赴汨羅，土人追至洞庭不見，
湖大船小，莫得濟者。乃歌曰：「何由得渡湖！」因爾鼓櫂爭歸，
競會亭上，習以相傳，爲競渡之戲。〔註44〕吳均（469～520）《續
齊諧記》屈原五月五日投汨羅水，楚人哀之，至此日，以竹筒子貯
米投水以祭之。又《荊楚歲時記》五月五日競渡，俗爲屈原投汨羅
日，傷其死，故拼命舟楫以拯之。〔註45〕這些傳說都表明楚國人民
對這偉大愛國詩人的愛護和崇敬。……詩人生前所寫……必然會受
到人民的重視替他保存……這是《楚辭》所以流傳的主要原因之
一。〔註46〕由以上所述我們了解詩人投江以及《楚辭》得以流傳的
原因。

　　《楚辭》讓我國詩歌史上再次出現一個耀眼的文學時代，其內容
宏遠形式自由，充塞著浪漫主義的色彩。魯迅於《漢文學史綱要》裡
對《楚辭》的美學部分做了概括性之論述：

　　　逸響偉辭，卓絕一世，後人驚其文采，相率仿傚，以其楚

〔註43〕〔戰國〕屈原，馬茂元主編《楚辭注釋・離騷》（武漢；湖北人民出
　　　　版社，1999 年 9 月），頁 1。
〔註44〕〔唐〕魏徵、令狐德棻等撰《隋書・地理志下》（北京市；中華書局，
　　　　1982 年，8 月），頁 897。
〔註45〕王根林等點校《漢魏六朝筆記小說大觀》收錄〔梁〕吳均撰《續齊
　　　　諧紀》又錄，〔梁〕宗懍撰，〔隋〕杜公瞻著《荊楚歲時紀》（上海市；
　　　　上海古籍出版社，1999 年 12 月），吳書載於是書，頁 1008，宗書載
　　　　於，頁 1057。
〔註46〕游國恩撰〈楚辭講錄・楚辭的流傳和編輯〉收錄於《中華書局・文
　　　　史第一輯》（北京市；中華書局，1963 年 12 月），頁 129。

產，故稱楚辭。較之於《詩》，則其言甚長，其思甚幻，其
文甚麗，其旨甚明，憑心而言，不遵矩度。故後儒之服膺
詩教者，或訾而絀之，然其影響於後來之文章，乃甚或在
三百篇之上。〔註47〕

魯迅所揭示的是《楚辭》文體的形式，也很精確地指出《楚辭》形式
的美學意蘊。

一、《楚辭》山水的美學呈現

《楚辭》帶有江淮流域的地方藝術形式特色，由於楚辭所呈現
的社會生活、地理環境、民間習俗、宗教風俗等，都與中原地區有
許多的差異，尤其是人與自然的關係上，對自然美的認知也與黃河
流域的《詩經》在內容及觀念上亦有所相左。《楚辭》裡也沒有真
正的山水詩；所處的時代比起周代生活水準更為提高，科學上較文
明進步，自然山水分外逶迤，更提升了幻夢與浪漫情懷，《楚辭》
裡描繪山水自然景物的內容也較有色彩，與《詩經》產生的時代顯
示出不同特質。

（一）《楚辭》的美學藝術

我們在讀〈離騷〉時會感到心魂動魄，而它美的意涵在哪呢？
筆者覺得，一是，〈離騷〉本身就具有對「內美」審美的思維問題；
二是，〈離騷〉裡已潛藏了美學內在氣質，並啟迪美學對人生與生命
的價值觀。當儒家理性主義崛起之際，〈離騷〉所表現的即是豪邁、
浪漫、自由及抒情，為中國人的審美活動增添了新的潛質。〔宋〕黃
伯思（1079～1118）：「屈、宋諸騷，皆書楚語，作楚聲，紀楚地，
名楚物，故可謂之《楚辭》。若些、只、羌、差、誶、蹇、紛、侘
傺者，楚語也；頓挫悲壯，或韻或否者，楚聲也；沅、湘、江、澧、
修門、夏首者，楚地也；蘭、茝、荃、藥、蕙、若、蘋、蘅者，楚

〔註47〕魯迅著《魯迅全集·漢文學史綱要》（上海市；人民文學出版社，1973
年 12 月），頁 540。

物也；他皆率若此，故以楚名之。」〔註48〕屈原以楚聲，楚地的物種來誦詠詩歌表達他完美崇高的人格，激發愛國的思想與歷史使命，這就是詩人生活在痛苦折磨下，著意凸顯其美學藝術的昇華與其內在人格形象。

1、〈屈騷〉的整體特徵，比較像屈原的自傳式作品，〈離騷〉以抒情的方式表達他的詩歌美學與浪漫主義色彩，處處都著上了希望與怨懟，他的抒情不是盲目的，而是將其身世與境遇作一種連結，他的辭賦所反映的是對政治之心態，猶如其盛年之作，如〈惜誦〉、〈思美人〉、〈抽思〉與〈離騷〉都是政治上的抒情文學。再從藝術想法上析論，〈離騷〉是靈均卓然的文學藝術表現，用歷史的角度分析三代的興亡，以深摯的哲思渾融一體，實踐〈屈騷〉飛躍的情思，這將是其文學藝術與浪漫主義、抒情意識所不可企望的。屈原的藝術風格在〈離騷〉中發揮出不同層次的藝術美感，這是從他獨創的藝術奇幻浪漫與氣質稟賦，與受荊楚神話巫風薰陶下不同於尋常的遭遇裡證明其藝術風格受楚地的文化薰陶及影響以鑄成屈原的文藝價值。〈橘頌〉的清新，〈惜誦〉的激憤質直都具有陽剛美的特質，〈九歌〉之〈東君〉豪壯剛健，〈二湘〉纏綿悱惻，〈國殤〉激昂悲壯，〈山鬼〉風颯、雷填中的幽怨悲抑之韻，或為柔美，或為壯美，或水乳交融。〔註49〕但綜合來說，〈九歌〉的藝術風格是以柔美為主要旋律。「〈思美人〉、〈抽思〉，讓沉鬱與纏綿匯合無間。上述作品又都以往復致意造成頓挫之勢，而頓挫莫善於〈離騷〉，自一篇以至一章，及一兩句，皆有之，此所謂『反復致意』者。」〔註50〕（《藝概》），〈離騷〉是屈原在以往

〔註48〕〔宋〕黃伯思撰〈新校楚辭序〉收錄於，〔宋〕呂祖謙編，任繼愈主編《宋文鑑·卷九十二》（長春：吉林人民出版社，1998年10月），頁826。

〔註49〕戴志鈞撰〈論屈原中期創作特色——屈騷的情思、藝術方式、風格發展軌跡之二〉收錄於《北方論叢》（哈爾濱；哈爾濱師範大學編輯部，1997年第4期總第144期），頁68。

〔註50〕〔清〕劉熙載撰，袁津琥校注《藝概·賦概·二十二》（北京市；中華書局，2009年5月），頁420。

的創作發展與文學藝術的積累下，迴環思索中呈現抑揚頓挫的壯美、柔情美的美學藝術，雖然山水仍是襯底的角色，但在山水景物的藝術表現上，和《詩經》比較來說，它是中國文學史上的另一種文學風格。〈離騷〉是政治的抒情詩，而屈平卻以男女情愛的方式傳達他的失望與落寞，如此這般的詩篇更能雕鏤刻劃一個人心裡深層世界，播動曲折而動人心扉的心弦。

2、〈天問〉的寫作時間應該是屈原流放到漢北，據孫作雲考證〈天問〉之作晚於〈離騷〉大概在懷王二十五年至二十八年（B.C304～B.C301）間寫的，屬哲理抒情詩，詩文裡的文與義，詩人梳理的層次上有些紊亂，然以整體面來賞析，內容上還是次第分明的。情韻淡化，思維深入，顯現了騷體藝術風格；至於屈原是用問話體寫的詩，語言簡單，雖說保存了大量遠古歷史傳說，但由於對歷史傳說的情節沒有正面敘述，讓人很難理解，王逸曾說：「厥義不昭，微旨不皙，自遊覽者，靡不苦之而不能照也。」〔註51〕以問話體作此篇長詩的目的為何？其實是詩人想表達他的感情與觀念，古今論者，對此有不同的體會與解釋。歸納有三；一是、抒憤說，王逸在《楚辭章句》中對〈天問〉題旨作如下闡釋：

> 屈原放逐憂心愁悴，彷徨山澤，經歷陵陸，嗟號昊旻，仰天嘆息，見楚王有先王之廟及公卿祠堂，圖畫天地山川神靈，琦瑋僑詭，及古聖怪物行事。周流罷倦，休息其下，仰見圖畫，因書其壁，呵而問之，以渫憤懣，書寫愁思……。
> （85）

認為屈原遭讒被冤流放在外含有無限怨情，……撰寫此詩以抒自己的憤懣。二是、詰問說，清代戴震（1724～1777）的《屈原賦注》把〈天問〉的「問」，解釋為詰問和問難，他說：

> 問，難也。天地之大，有非恒情可以測者，設難疑之。而

〔註51〕曾祖蔭著《中國古典美學》（武漢，華中師範文學出版社，2008年3月），頁58。著者舉用世界書局，王逸章句，洪興祖補注《楚辭四種》（上海市，世界書局印，1936年3月），頁68。

曲學異端，往往爲閎大不經之語；及夫好詭異而善野
言……。〔註52〕

戴震看來，「〈天問〉所問的是天地間一些難以解釋的問題……。」三
是、就理諷諫說，清代王夫之在其《楚辭通釋》一書中對〈天問〉題
旨做如是的闡釋：

篇內言雖旁薄，而要歸之旨，則以有道而興，無道則喪，
黷武忌諫，耽樂淫色，疑賢信奸，爲廢興存亡之本，原諷
諫楚王之心，於此而止。〔註53〕

文中認爲屈原的〈天問〉是就用「天理」來問人事……，在王夫之看
來，屈原以爲歷史上總是「有道而興，無道而喪」，因此，以古爲鑑，
諷諫楚王，是本詩的主旨。〔註54〕從這些說法中，可以說各執一詞，
無法全然將詩人的觀點全面說明，各成其理，但對詩意的了解不可否
認還是有啓迪的作用。

　　〈天問〉中除了保留遠古神話傳統與歷史的傳統觀念、對宇宙、
自然發出激昂的懷疑與質問，最多而又有系統的篇章。……以神話和
歷史作爲連續的疑問系列，在〈天問〉中被提了出來，並包裹在豐富
的情感和想像與層層交織中。〔註55〕〈天問〉裡有一百八十八句詩句，
可以將詩分成兩個部分來說，其中五十六句是問天地，一百三十二句
是問人事，特別是關於自然的有五十六句。所提及的大致井然有序，
像「爲什會有多暖，爲什麼有夏寒呢？」還問到了石林與野獸，在何
處有何所指，這些問題多跟大地發生關係。林庚《天問論箋》說：「總
之是從天體到洪水、到大地上的異聞傳說，還能有比這個更足以說明

〔註52〕〔清〕戴震撰《戴震全書第三冊・屈原賦注・天問》（合肥：黃山書
　　　　社，1995年8月），頁645。
〔註53〕〔清〕王夫之著《楚辭通釋・天問》（上海市：上海人民出版社，1975
　　　　年6月），頁46。
〔註54〕褚斌杰主編《詩經與楚辭・下編楚辭・第四章》，頁201。
〔註55〕李澤厚著《美的歷程・楚漢浪漫主義》（桂林：廣西師範大學出版社，
　　　　2000年3月），頁124。

它是具有層次性的嗎？」〔註56〕這一篇〈天問〉是詩人日夜思索傾吐鬱悶的方式，隨著生活對靈均的摧折，國事頹坏，屈原對國家更加失望，由於心情的轉化與應變，情雖淡意仍深，林庚進一步將〈天問〉視爲一部紀錄國家興亡的史詩，他說道：

> 〈天問〉乃是古代傳說中的一部興亡史詩，……〈天問〉的興亡史是以夏、商、周三代爲中心的，這三代歷史的發問整整一百句，超過全詩一半的篇幅，它的興亡也就是全詩主題的焦點。包括了天地的形成史與人間歷史的興亡。
> 〔註57〕

〈天問〉雖然不是敘事體而是問話體，但是它內容質實，正如史詩一般地集中在歷史興亡的故事上，而且這個集裡的程度簡直是可驚的。……總之在主題上仍是一脈相通的。當然，興亡史的重點乃是在問人歷史的那一部分，而那又是全詩中主要篇幅的所在。」〔註58〕屈原本著懷疑及批判的情緒，從天文、地理、神話、歷史等疑問與詰難，〈天問〉的重點大致圍繞在夏、商、周三代興亡史，一百多句詩都聚焦在興亡疑問上這即是這篇〈天問〉的焦點。如：

> 授殷天下，其位安施？反成乃亡，其罪伊何？（109）

他責問天既然祢要將國家托付給商，那爲什麼又要將它奪走，把國家轉移給周呢？商紂哪裡錯了，它的罪過又在哪呢？當然詩人在〈天問〉的每一句話都是指向楚國執政者倒行逆施的憤慨，這是屈原藉喻來抒發悲憤藝術的唯一管道，在全詩的內容上似乎有歷史敘事的意義。

　　宇宙的奧妙，遠古的事，藉故事來訴說固然是令人難解莫測，但人間的興衰禍福，在詩人看來卻是尋常的。在長詩的最後部分，詩人如椽的巨筆，開始由鴻濛洪荒的神話時代，轉入到人間的歷史。

　　3、〈九章〉中的〈思美人〉、〈抽思〉與〈離騷〉是一系列的作品，

〔註56〕林庚撰《天問論箋・三讀天問》（北京市；人民文學出版社，1983年6月），頁4。
〔註57〕林庚撰《天問論箋・三讀天問》，頁6。
〔註58〕林庚撰《天問論箋・三讀天問》，頁6。

從其內容和藝術表現與呈現上分析。並從靈均的心理發展歷程來看，〈思美人〉、〈抽思〉則顯示了詩人的詩歌走向已朝新領域發展。

（1）〈思美人〉、〈抽思〉是以纏綿悱惻的情節，訴說流放的不平之冤，訴說著屈平與頃襄王的摯情，映照出詩人「流放」漢北的人格心態。〈抽思〉云：「有鳥自南兮，來集漢北」（139），既證明其心態。他感激頃襄王對他的知遇。青年時期以才華出眾而受到重用，輔佐頃襄王，初期讓楚國「國富民強」。這是屈原最引以為豪且希望成為終生志業的事情。〈抽思〉「望三五以為像兮，置彭咸以為儀。」（138）想繼續輔佐懷王建立如同三王五伯那樣的功業。屈原與懷王除了一般君臣關係外，還有一份特殊的感情。他「流放」漢北，在這秦楚邊界無神的漂泊。回首往事，積鬱和幽怨無垠。透過〈九歌〉的章句將情思明確表達，對頃襄王既抱怨又寄予情感的特殊情愫，這便是屈原「思美人情節」，他濫觴於〈思美人〉和〈抽思〉。即受到〈九歌〉裡的人神戀觀念所啟發與幻化的結果，〈思美人〉、〈抽思〉反映的情緒非常明白，他對頃襄王雖失望，卻還未心灰意冷，仍希望有機會力挽狂瀾。

（2）從藝術表現上，愈發成熟地呈現出《楚辭》的內美意蘊：從兩個面向來說，其一，這兩篇都具有楚騷的兩段式結構形式。〈思美人〉屬於第二種形式，即「二段一結」從篇首至「指塚」二句是第一段，表現抒情詩人深厚思君之情，雖「媒絕路阻」仍未改初衷。從「開春」至篇末為第二段，抒寫屈原不明瞭頃襄王何以不願理解詩人，只好借著自白而「遵江夏以娛憂」。「廣遂」以下，是典型二段一亂之型態「亂曰」作用相同。〈抽思〉則改為典型的二段一亂的結構。這是騷體最基本形式，而且是屈原全部詩歌中第一次標示「亂曰」。前段自開篇至「敖朕辭而不聽」，回憶詩人當初在朝輔佐頃襄王。後段，自「倡曰」至篇末，傾訴自己「流放」漢北孤苦心境和思念君王和郢都而不得回歸的憂恨。「亂曰」以下訴說「憂心

不遂」的心境。〔註59〕其二，這兩篇在屈騷創作上，完全以「香草美人」的象徵手法，顯現著屈原藝術風格及態度。〈橘頌〉的托物言志，雖然具有整體的效果，然仍未悖離「比德」的傳統意識。特別重視「志」，雕塑品格，抒情但未主導全篇。而〈惜誦〉卻有著深切的抒情意識，基本上是「直白」不含糊籠統。〈九歌〉寄託了「憂愁幽思」，卻是流傳於民間祭祀歌曲的歌謠裡顯露出來，是間接抒情。〈思美人〉、〈抽思〉是寫作〈橘頌〉的整體概念、〈惜誦〉直抒內心世界以比喻和〈九歌〉描寫男女的悲歡離合諭示君臣之思，既直抒胸臆，又以婚愛寄寓君臣關係。由於〈橘頌〉以自然物象爲對象，以人類社會婚愛爲特徵，實踐了虛實相生《楚辭》個性化藝術的架構，爲他的「思君情結」找到抒發的出處。〈抽思〉它的象徵意義則十分鮮明！全詩以「美人」、「香草」喻君，將政治中的君王，自喻爲婚愛中的夫妻，虛幻成現實裡的和諧關係，形塑一種假象。假設女子被棄，「理弱而媒不通」，來傳達詩人政治上受讒言詆毀，未見諸於朝臣進言相助。全詩將直接陳訴結合，組成兩個向度的藝術觀，眞與虛，斷續交織。代表著屈原虛幻與實際的藝術形象。〈思美人〉說「春」，〈抽思〉道出了「秋」，從春晚至秋涼；〈思美人〉寫「遵江夏以娛憂」，動作上「將」，抽思〉寫「狂顧南行」，時間先後有序。〈思美人〉不完備的虛擬結構，發展到〈抽思〉的實際體悟，形成一個藝術美完善的發展過程。再次，迴環往復，是《楚辭》抒情方式的一個顯著特點。〈思美人〉、〈抽思〉在表現上，比屈原以往作品更多地顯示了自我個性的特徵。詩人「信而見疑，忠而被謗」，受到冤屈太深了，不往復抒發不足以盡吐胸中塊壘。這兩篇作品，抒發幽怨，傾吐情思，迴環致意，皆富有動態性。

（3）沉鬱纏綿的藝術風格：如果說悱惻情韻是「二湘」風格與

〔註59〕戴志鈞撰〈論屈原中期創作特色——屈騷的情思、藝術方式、風格發展軌跡之二〉收錄於《北方論叢》（哈爾濱市；哈爾濱師範大學，1997年第4期總第144期），頁70。

基調的話，那麼，在纏綿之中增加了沉鬱色彩，這是〈山鬼〉的重要藝術風格和特色。〈思美人〉、〈抽思〉情致、韻味雖不及「二湘」、〈山鬼〉「綺靡」纏綿，可是將纖柔情意和沉鬱氣韻融爲一體，並在抒情上有別於〈九歌〉中所表達的，向《楚辭》藝術風格的完善化與定型化又更跨出了一大步，這在《楚辭》藝術發展上是有意義的。「蹇蹇」煩冤「陷滯」、「不發」的「中情」，「沉鬱而莫達」（〈思美人〉），由屈平自說。這種心態形諸作品，更呈現出其抑鬱與纏綿的藝術風格。

4、原始神秘的巫覡與浪漫審美：

（1）迎神賽會的歌舞劇〈九歌〉雖源自早期對日、月、山、雲、川等自然物的崇拜，經過神格化後卻成爲自然神靈的崇拜，楚巫文化和周的重禮教次序不同，它承繼了許多殷商文化，思維浪漫熱情與好幻想、尚自由、信鬼喜祭祠、重巫覡。如《漢書·地理志下》「楚人，信鬼巫，重淫祀。」〔註 60〕這種文化是夏商時期的遺俗更是楚人的風氣。巫風無處不在，南郢之邑，沅湘之間巫覡風尤爲強烈，因此也影響了楚人審美觀念。《楚辭》裡有大量巫祭文化的影子，〈九歌〉原本就是祭祀時的巫歌，經屈原加工而保留下來，如〈招魂〉、〈湘君〉、〈湘夫人〉、〈河伯〉、〈山鬼〉等，都是在巫覡文化浸染下酣暢淋漓，祭祀歌的神奇浪漫精神產生重大的影響《楚辭》的表現及風格。

作爲流行於楚地巫（指女鬼）覡（指男鬼）遺風的藝術反映，〈九歌〉中所反映的人與自然之間那種「超現實」的（人神戀）浪漫與親切的關係，是當時楚人對於山川自然的一種群體意識；那麼，作爲中國文學史上第一個表現出創作個性的詩人，屈原在其他一些作品中反映的自然美意識，則有更多地方可以了解其個人思想的風采。〔註 61〕當楚人對於山川自然的一種群體意識，常常以人神戀的

〔註 60〕〔東漢〕班固撰，〔唐〕嚴師古注《漢書·地理志·卷八下》（北京市；中華書局，1964 年 11 月），頁 1666。

〔註 61〕陶文鵬、韋鳳娟著《靈境詩心——中國古代山水詩史》（南京市；鳳凰出版社，2004 年 4 月），頁 19。

情節來象徵祭祀,如果是女神,則由男覡顯招,男神則由女巫求之;藉戀愛來吸引神靈,既然是人神間之事,自然產生許多的奇幻故事,尤其是〈九歌〉有最多人神情感的摹寫如:〈湘君〉「橫流涕兮潺湲,隱思君兮悱惻?」(62)又如:〈湘夫人〉「沅有茝兮醴有蘭,思公子兮未敢言。」(65)再如〈少思命〉「悲莫悲兮生別離,樂莫樂兮新相知。」(72),不管神或巫,都懷抱著濃烈的愛意,卻又因聚少離多使情感顯的脆弱,所以〈九歌〉的哀沉悲愴,無不傳詠一種悲懷的情境。

(2)香草美人,惡鳥神禽;是楚文化的一種形象識別,是屈原所創造,但也投射在楚巫習俗之中,香草是祭祀的飾物,代表追求情愛,卻有宗教的神秘,這種楚文學受屈原在《楚辭》裡的審美藝術影響,呈現的同時進入了人類心靈,不管是美麗的山鬼披辟荔帶女蘿,還是屈原自己,……其象徵意義不管是人神戀的美好真摯,還是指品德和人格的高潔,乃至於君臣的諧美,美人香草意象都構成了複雜巧妙的象徵比喻系統。〔註62〕

(二)自然山水景物的象徵性

《楚辭》與《詩經》相似,將山水自然作為比興的手段,但已不像《詩經》時期單純,《楚辭》裡更具象徵的意義,將人與山水交融雜糅於情境中,景物的某種特徵與人的情感、思維人格嵌合一契,將山水擬人化後多出一份人格特質。並結合當地原始神話巫覡、工祝有關的宗教意識和祭禮時神秘氛圍的薰陶下,相信只要金誠所至,金石為開,人和山水、神祇是可以相通的。《楚辭》除〈九章〉以外,〈離騷〉、〈九歌〉、〈問天〉、〈招魂〉都呈現著這種涵義。《詩經》中有很多漂泊的詩章,並沒有利用山水的形式來抒發,只有一些不完整的自然景色描寫,作為比附起興之用,清人惲敬(1857~1817)云:「三百篇言山水,古簡無餘詞。至屈左徒而後,瑰怪之觀,淡遠之境,幽

〔註62〕光軍風〈楚文化和楚辭淵原及共生探幽〉收錄於《晉中學院學報》(晉中,晉中學院學,2007年4月第24卷第2期),頁17。

奧朗潤之趣，如遇於人目之間。」〔註63〕惲敬並沒有把屈原的山水辭，
背後的心理層面窺破；胡曉明認為靈均的山水辭背後的心理因素於
〈九章〉已有所意表：

> 入溆浦余儃徊兮，迷不知吾所如。深林杳以冥冥兮，猨狖
> 之所居。山峻高以蔽日兮，下幽晦以多雨。〔註64〕（〈涉江〉）
> 馮崑崙以瞰霧兮，隱岷山以清江。憚涌湍之磕磕兮，聽波
> 聲之洶洶。或和……悲霜雪之俱下兮，聽潮水之相擊。(159)
> （〈悲回風〉）

上兩段辭藉自然中的山水逸趣，昂揚的訴說自己離開楚國的內在感
傷，屈平離開故國後對生命的本然失去依附，面對這些自然景物就如
同個人生命那樣漂浮無助。屈原雖然心裡還懷念著過去，而其心中的
那份真善美一直是詩人所熱愛的，他憎恨虛偽醜惡，不惜為自己追求
的國家獻出生命，終其一身致死不變其志，最後卻選擇獨善其身。屈
原對於美的追求，轉念於借用山水抒寫激情以象徵其心志，其在〈離
騷〉中云：

> 紛吾既有此內美兮，又重之以修能；扈江離與辟芷兮，紉
> 秋蘭以為佩；汨余若將不及兮，恐年歲之不吾與；……。(4)

既然我有這樣的內在美，又在後天中不斷的努力學習；我潔身自愛把
自然山水這美好的景物當作我的朋友，將香草、江離與白芷做為我的
衣裳，以秋蘭做為配飾，我恐光陰流逝，年歲老去而仍有不逮。可以
看出靈均以山水美來整飾並譬喻自己的外在與內在跟其為人處事，嘆
息的卻是不能如願。〈離騷〉裡還說：

> 時繽紛其變易兮，又何可以淹留；蘭芷變而不芳兮，荃蕙

〔註63〕胡曉明著〈第一章・雪月人歸——生命的漂泊與安頓〉《萬川之月
——中國山水詩的心靈境界》（北京市：三聯書店出版，1992 年 6
月），頁 4。

〔註64〕〔戰國〕屈原等著，〔宋〕洪興祖撰，白化文等點校《楚辭補注・九
章・涉江》（北京市：中華書局，2000 年 1 月），頁 130。爾後援引
《楚辭》詞章，皆引於此籍，不再另外加注，於引文加註頁碼。

> 化而爲茅；何昔日之芳草兮，今直爲此蕭艾也；豈其有他
> 故兮，莫好修之害也。(40)

詩人利用詩歌來抒發其對楚王及楚國人民前途的焦慮，及擔憂急切的心裡，他曾以香草美人來勸過楚王珍惜年華，丟棄污穢改變因循守舊的態度，卻不被楚王信任，更在佞人讒言的迫害下，離開他熱愛的國家，最後更以投江明志的方式以死殉國。

　　《楚辭》的獨特形式，也呈現特殊的文學調性與韻味，以及不同的文學旨趣，雖然跟中原文化有所區別，還是有不可分割的共生文學臍帶。楚文學的風情影響著《楚辭》的發展，在不同地域文化的範疇中，成爲中國歌詩的流派一直影響中國文學史的發展與承繼影響至遠。

二、《楚辭》山水的藝術內蘊

　　在《詩經》之後能夠承繼新的文學特色，是相隔近三百年的戰國時期，具有濃重地方傳統色彩與文化背景的楚地文化——《楚辭》，在地理環境上它是南方文學的代表，有巍峨的高山，日夜滔滔的江水，物種繁多產物富饒的自然環境，楚人受到大自然的厚愛，所以對山水景觀特別親近，加上楚巫的風俗與巫覡文化的影響，讓楚人還保留著一份天真與純樸。他們對山水自然還保持著童真與好奇，楚人特別富有浪漫的胸懷與幻想，去觀賞周遭的山水自然美景與環境，雖然《楚辭》和《詩經》一樣，對山水自然景觀還未當作獨立審美的對象，因此詩歌中那些山水的描述都還是停留在比興的文學意蘊裡，然與《詩經》相較，《楚辭》在山水的的描摹更加豐富寬廣，雕鏤的手法也更爲靈活細緻，表現力更爲具體，我們從以下四個部分來分析：

（一）《楚辭》在山水景物中的傷懷愁緒

　　由於屈原的作品《楚辭》不是靠自然爲繼的升斗小民，而是宮裡的官宦，是宮廷中失意的人臣，往往懷抱一份浪漫的詩意來面對自

然，他無不曾注意山嶽的功能，而是它的精神價值。因自然山水對屈原來說，這僻野的山林洲渚上，生長著象徵高潔與理想的草木，且山的高聳河水的奔瀉產生一種洗滌生命的力量，可以抒愁療傷。〔註65〕詩人登山涉水透過景物的描繪來言志抒懷，可從〈九歌〉、〈九章〉看見端倪，〈九歌〉我們在前面提到，詩人是依據楚國風俗與民間祭祀歌曲的形式寫出辭藻清麗優雅的抒情詩，內容都以神與人、神與神的戀曲為背景，即藉遼闊的山水自然環境為比興，當中又以〈湘君〉、〈湘夫人〉楚地境內的河流湘水為神來創作，然據《禮記·檀弓》所記：「舜葬於蒼梧之野，蓋三妃未之從也。」〔註66〕傳說舜南巡時兩位寵妃娥皇、女英未同行，後來二妃追至洞庭之濱，聽到舜死於蒼梧的消息，南望痛哭，投湘水而死。據傳，屈原作此二篇就是為了祭祀舜帝與二妃，這則故事既帶有神秘傳說的悲劇色彩，屈原經過洞庭湖看見煙波浩渺，湖水茫茫的自然景色，以〈湘夫人〉帶著神話色彩的方式，把男女神之間的憂傷情懷與哀怨情緒，淋漓盡致的表達出來，全篇就以洞庭湖秋天的景色營造一幅幻化的情景：

> 帝子降兮北渚，目眇眇兮愁予。嫋嫋兮秋風，洞庭波兮木葉下。（登）白薠兮騁望，與佳期兮夕張。鳥萃兮蘋中，罾何為兮木上？沅芷兮醴有蘭，思公子兮未敢言。荒忽兮遠望，觀流水兮潺湲。麋何食兮庭中，蛟何為兮水裔？（64）

辭中的「帝子」與「公子」是指娥皇、女英二妃。據傳說湘君和湘夫人是湘水的配偶神，湘君就是傳說裡的舜。大概是氏族社會末期，著名的部落長舜，他到南方巡視時死在蒼梧，他的妃子是堯的女兒到南方尋找舜，走到洞庭湖附近，聽說舜已死，她們就投湘江而死。死後就成了湘水神，被稱為「湘夫人」。這首詩描寫了湘君和湘夫人的愛

〔註65〕 王國瓔著《中國山水詩研究·第二章·楚辭中的山水景物》（臺北市：聯經出版社，1996年7月），頁32。

〔註66〕 〔漢〕鄭玄著，〔唐〕孔穎達疏，龔抗雲整理《禮記正義》《十三經注疏禮記·卷七·檀弓上》（北京市：北京大學出版，2000年12月），頁228。舜取三妃，除堯的兩個女兒，娥皇、女英，另一妃為癸比。

情生活。辭是詩人將自己落寞惆悵的情緒藉洞庭湖秋瑟的景緻，情景
交融，讀來令人擊節讚嘆。又以比興的方式表達詩人對頃襄王的愁思
與憂傷；從「遠望」與「帝子」看見詩人的癡情及對頃襄王的一往情
深，至死不渝的襟懷，不管是「秋風」、「木葉」或「洞庭波」或「流
水兮潺湲」這些景都是情語，訴說著屈原濃烈的難以化開的感傷與愁
思。〈湘君〉篇寫湘夫人的心裡活動入情入理，曲盡其妙，其情緒既
隨著一次次希望的破滅，表現出遞進式的發展（失望──懷疑──痛
傷──埋怨），又根據具體事件而有所起伏。〔註67〕從〈湘君〉、〈湘
夫人〉的情節表現可以看見屈原人格性情即其心中的傷痛。

再看〈九章〉的作品，其中山水景物的敘寫，浸染者屈平更深的
悲悽愴然的心情，以〈涉江〉析之：

> 入溆浦余儃徊兮，迷不知吾所如。深林杳以冥冥兮，猨狖
> 之所居。山峻高以蔽日兮，下幽晦以多雨。霰雪紛其無垠
> 兮，雲霏霏而承宇。哀吾生之無樂兮，幽獨處乎山中。吾
> 不能變心而從俗兮，固將愁苦而終窮。（130）

又如：〈哀郢〉

> 望長楸而太息兮，涕淫淫其若霰。過夏首而西浮兮，顧龍
> 門而不見。心嬋媛而傷懷兮，眇不知其所蹠。順風波以從
> 流兮，焉洋洋而為客。凌陽侯之氾濫兮，忽翱翔之焉薄。
> 心絓結而不解兮，思蹇產而不釋。將運舟而下浮兮，上洞
> 庭而下江。（133）

讀這兩段辭，筆者感知屈原以淒涼蕭瑟的山水景物來描寫，以體會大
自然的真實情狀，影響屈原的內在心理，詩人用無限哀怨與感傷的筆
觸，表達他心裡傷痛的心境，山水色彩裡自然的景情是其妙諦所在。
關於傷感的色調及其悽楚的情懷，我們可以再從宋玉的〈九辯〉中窺
得其生動感人的畫面，王逸在〈九辯〉的序裡說：「……辯者，變也。
九者，陽之數也，道之綱紀也。謂陳說道德，以變說君也。宋玉，屈

〔註67〕人民文學出版社編輯部編《楚辭鑑賞集》（北京市；人民文學出版社，
1988 年 1 月），頁 24。

原弟子。閔惜其詩中而放逐，故作九辯以述其志也。」（182）就像這
一段：

> 悲哉秋之爲氣也！蕭瑟兮草木搖落而變衰。憭慄兮若在遠
> 行，登山臨水兮送將歸。泬寥兮天高而氣清，寂寥兮收潦
> 而水清。憯悽增欷兮薄寒之中人愴怳懭悢兮去故而就新。
> 坎廩兮貧士失職而志不平。廓落兮羈旅而無友生。惆悵兮
> 而私自憐。燕翩翩其辭歸兮，蟬寂漠而無聲鴈廱廱而南遊
> 兮鵾雞啁哳而悲鳴。獨申旦而不寐兮，哀蟋蟀之宵征。時
> 亹亹而過中兮，蹇淹留而無成。（182）

這是宋玉因秋而感興，連用了一些秋天的景語，內容充滿著傷感的情
緒，盡情疏宕胸臆中的憤懣與無奈，用情細膩，景情妙合無痕，很容
易引起失意者的共鳴，此篇辭章之美已爲後人所推崇。

明代的胡應麟（1551～1602）就曾對屈原〈湘夫人〉與宋玉的〈九
辯〉有很高的評價，他在其著的《詩藪・內篇・卷一》說：「『嫋嫋兮
秋風，洞庭波兮木葉下。』形容秋景入畫；『悲哉秋之爲氣也！』、『憭
慄兮若在遠行，登山臨水兮送將歸。』模寫秋意入神。皆千古之祖，
六代，唐人之賦，靡不自此出也。」〔註68〕在《楚辭》裡，客觀的山
水景物與詩人的主觀情感，彼此溝通相互牽引，已構成一種主客觀渾
融完整的藝術美的境界。

（二）《楚辭》在山水景物裡遊歷特性

屈原一生剛正不阿，懷抱著「舉世皆濁我獨清，眾人皆醉我獨
醒」（179）（〈漁父〉），而一再受奸佞的讒言詆毀，遭到排擠與打擊，
曾被楚王兩次謫放，前後歷經十多年，在其長期羈旅江漢、沅湘間，
這種苦煉煎熬，都反映在他的辭章中，所以詩人在辭裡也會顯現一
種遊歷屬性的詩篇。我們在欣賞〈離騷〉時就可看見如：

> 朝發軔於天津兮，夕余至乎西極。鳳皇翼其承旗兮，高翱
> 翔之翼翼。忽吾行此流沙兮，遵赤水而容與。麾蛟龍使梁

〔註68〕〔明〕胡應麟著《詩藪・內編・卷一》（上海市：上海古籍出版社，
1979年12月），頁5。

津兮，詔西皇使涉予。路修遠以多艱兮，騰眾車使徑待。

路不周以左轉兮，指西海以爲期。(44)

又如〈九章，悲回風〉語：

上高巖之峭岸兮，處雌蜺之標顚；據青冥而攄虹兮，遂儵

忽而捫天。吸湛露之浮源兮，漱凝霜之雰雰；依風穴以自

息兮，忽傾寤以嬋媛。馮崑崙以瞰霧兮，隱有山以清江；

憚涌湍之磕磕兮，聽波聲之洶洶。(159)

這兩篇的摹寫可以從聽覺、視覺、觸覺等方面，將山水美景的形態、色調、聲音、天候等，一一摹寫呈現，鏤刻精緻，劉勰（約465～560）在《文心雕龍・物色篇》曾這麼說：「及〈離騷〉代興，觸類而長，物貌難盡，故重沓舒狀，於是嵯峨之類聚，葳蕤之群積矣。及長卿之徒，詭勢瑰聲，模山範水，自必魚貫，所謂詩人麗則而約言，辭人麗淫而繁句也。」〔註69〕倘若將上述句子獨立出來即可成爲一首山水詩，但是依全篇而言，僅占全詩的一小部分，也只能算是比興的內容，儘管這樣，《楚辭》還是能掌握全方位多層次的山水景物的特色，雕琢精緻山水，他的山水思維顯然已超過了《詩經》。

屈原貶謫後遊歷荊楚一帶其對山水情狀的摹寫，似乎只是客觀的將見聞及感受透過辭章將其悲劇的心理，還有他堅毅與炙熱的愛國心，與不忘追求國家富強的意志，都在這些辭篇裡隱藏著一些象徵性的意義，屈原是一個不畏世道堅辛的罪臣，那些狡詰的流言蜚語，他希望用行動或藉諸於文字，喚醒楚王遠離奸小，卻帶給他更多的讒言，藉辭抒發胸臆，訴說著他的努力就像山水遊歷般，成爲象徵大於實質的意義；而其創作山水辭章的抒情方式，對後世山水詩的發展確有其重要的影響。

（三）《楚辭》在山水景物虛幻的特性

《楚辭》所用的比興，多處是以眼前的實境爲主，是據有眞實性

〔註69〕〔南朝梁〕劉勰撰，詹鍈義證《文心雕龍・卷十・物色篇》（上海市；上海古籍出版，1994年9月），頁1741。

的，唯少數的文章是利用虛擬的山水景物來作比興，其目的就在言情
寫志，有時更藉神話裡的虛幻山水來興言創作，如〈離騷〉裡的這一
段話云：

> 朝發軔於蒼梧兮，夕余至乎縣圃。欲少留此靈瑣兮，日忽
> 忽其將暮。吾令羲和弭節兮，望崦嵫而匆迫。路曼曼其脩
> 遠兮，吾將上下而求索。飲余馬於咸池兮，總余轡乎扶桑。
> （26）

又如：

> 朝吾將濟於白水兮，登閬風而緤馬。忽反顧以流涕兮，哀
> 高丘之無女。溘吾游此春宮兮，折瓊枝以繼佩。及榮華之
> 未落兮，相下女之可詒。(30)

當中所描摹的山水，大多帶著虛幻與神祕性，詩人之所以回環的描摹
那些虛而不實的山水景色，仍在表達他永不懈怠的意志與毅力，不這
樣作無法顯示他對國家還在盡最後的一份忠誠，他洋溢著一股愛國情
懷，希望楚國能富國強兵，為了家國一片熱忱，不得不透過驚天地而
泣鬼神的描述，即便如此，也不能摒棄其浪漫主義的色彩，這一連串
的虛擬山水景色，藉此才能衷心的表達他對楚國仍深具滿腔的熱血，
和悲怨與遭遇背棄之恨。靈均用這些神話式的山水意象，與〈屈騷〉
的浪漫詩風相互融合，相較於《詩經》，《楚辭》是屈原創作山水美學，
在審美藝術上的進步與突破。

（四）《楚辭》山水景物的情感特性

　　楚人對天地山川在態度上、心理上、活動上，已經很明顯的不像
商、周部族那麼的敬畏，山水有神對他們來說已不像《詩經》時期需
要頂禮膜拜，而是具有深厚的人情味，楚人認為神有靈性，人有人性，
那麼人有的喜怒哀樂，神靈一樣有這些情感的問題，人有愛憎神亦有
之。我們從屈原所描繪的神格世界，如〈少思命〉是溫柔多情，〈大
司命〉呢！像一個不苟言笑的執法者，那〈湘君〉與〈湘夫人〉所
表現的是癡情的愛，完全與人類的情緒表現如出一轍。至於〈山鬼〉

是一位已經人格化的巫師，多情美麗的女子，重情守約、嚮往自由，憧憬愛情的美好，這是一個人神夾雜的原始意識，在騷體裡它已經被轉化成美學的化身，更將其映射在自然山水的底蘊裡，意識上增加一份柔美的親切，如此一來既提升了人們對山水美的追尋。

屈原利用〈離騷〉來展現山水與自然的親和力，還可以藉山水的審美來消解憂愁，像「路曼曼其修遠兮，吾將上下而求索。飲余馬於咸池兮，總余轡乎扶桑。折若木以拂日兮，聊逍遙以相羊。前望舒使先驅兮，後飛廉使奔屬。」（27）又如〈九歌・湘君〉中的「采芳洲兮杜若，將以遺兮下女。時不可兮再得，聊逍遙兮容與。」（64）再如〈九章・思美人〉裡的「開春發歲兮，白日出之悠悠。吾將蕩志而愉樂兮，遵江夏以娛憂。」（148）屈原流放於山林，轉變一種態度從悲而幻，從幻而神鬼，建立起從自然山水中來娛情解憂，將山水審美的藝術表現變的更普遍，這對中國山水詩的啓迪有著積極正面的意義。

我們用了一些篇幅將《詩經》與《楚辭》的山水審美意識做了一番審視，很明顯的《楚辭》的山水美學觀念要比《詩經》時代更爲進步，而兩者之間有區別、有承繼、有發展，這故然是因爲時代的進步所致，人們對山水的觀念也有了變化，另一方面楚人的環境，與中原的地理環境在本質上還是有差異的，宗教信仰、風俗民情各不相同，但《楚辭》在山水情意上所涉獵的，或審美形態，顯然強化許多。簡言之，《詩經》周部族時期山川皆爲神靈，所以對山水神靈是以一種敬畏的心情面對；《楚辭》對山水自然卻將其形塑成一種雍有人格的，是有親和力的、是可以親近的；《詩經》只把山水自然物視爲比興來用，唯少數一些作品已有一些虛幻及神秘色彩，《詩經》中當然也有對山水做精彩的範寫，但仍屬簡樸。《楚辭》裡對山水的觀察顯得細膩許多，在描摹上當然可以較爲突出，在藝術表現上，遣辭用句，也較過去華麗。《詩經》裡有情景交融的景物描寫，但數量極少，《楚辭》自然山水風貌的藝術表現與境

界卻是自由揮灑，形成山水景物感情上的濫觴。如此各端，我們可以那麼說《楚辭》較《詩經》而言，山水意識已有所增進，山水審美的藝術風格較爲寬廣，可以提供往後山水詩，更多豐富的創作經驗，不斥爲聯結山水詩時代的基礎與橋梁，就其重要性，兩者對中國山水審美藝術都發揮了重要的貢獻。

第三節　《老、莊》山水的美學藝術

《老子》一書是中國幾千年來相當精妙的藝術文論，其表徵上我們無法直接發現美學藝術得涵義，老子卻將美的藝術深藏於書中，待讀者去發現與體會，書中所揭示的宇宙本源，以一個「道」字包含所有自然山水的美之本體。《莊子》承接《老子》自然本體論，將自然美透過寓言的方式，將山水美學藝術以樸實、率眞的情致，將山水的原本風貌以萬物齊一，建立相對美醜的意念，使美學的自然本眞與「道」相容不悖。

一、《老子》山水的美學藝術呈現

老子（約 B.C640～約 B.C531）是春秋末期人，《史記》裡紀載：「老子者，楚苦縣厲鄉曲里人也，姓李氏，名耳，字伯陽，字聃，周守藏室之史也。」〔註70〕年代稍早於孔子，據《史記》司馬遷記載；孔子在適周時曾經向老子請教關於「禮」的問題，孔子離去後，謂弟子說「『鳥』吾知其能飛魚，吾知其能遊獸，我知其能走。走者可以爲罔，遊者可以爲綸，飛者可以爲矰。至於龍，吾不能知其乘風雲而上天。吾今日見老子，其猶龍邪」〔註71〕，以後便辭官隱居，便莫知

〔註70〕〔漢〕司馬遷撰，〔宋〕裴駰集解，〔唐〕司馬貞索隱，〔唐〕張守節正義《史記·卷六十三·老子韓非列傳三》（北京市；中華書局，1963年6月），頁2139。
〔註71〕〔漢〕司馬遷撰，〔宋〕裴駰集解，〔唐〕司馬貞索隱，〔唐〕張守節正義《史記·卷六十三·老子韓非列傳三》頁2140。

其然也。

老子是道家的創始人，同時也是道家美學思想的奠基者。《老子》一書中有關審美和藝術的直接論述雖然不多，卻對古代美學發展做出了獨特的貢獻。〔註72〕老子有關美學的相關命題雖然未直接談到美，但其論點中不乏美學的意義，對後人在文藝美學上，多少在美學論證與命題上是不可忽略的重要課題。

老子的概念認為，道是不可以紛說的，就像美也一樣。老子並沒有再詳細的說明美的問題，只是把他自己對春秋末期，當時所觀察到的生命哲學做一個概括性的論說，得出萬物及個體「人」皆從於道的結語。老子在論形而上的「道」時，將道的發現與變化及個人生命的自由發展做了聯結，將這個特點「道」的境界直接關乎美學。其所說的美，並不是經過修飾的美，而是一種質樸之大美，這個美與莊子所說的「天地有大美而不言，四時有明法而不議……」〔註73〕（〈知北遊〉），這道裡同樣是可以體會的。

《老子》一書本是精微奧妙的藝術文學，緊扣著老子的智慧發揚中國的藝術與美學，而我國的純藝術精神亦出至於此脈絡，本文從道之美來衍義老子山水美學的藝術觀念，有人認為《老子》哲學主要論述的是道的變化與萬物的發展規律，沒有直接或顯著的從美之角度或觀點切入談美，甚而否定美。這對老子美學思想的判斷過於主觀，缺乏客觀分析。其實……《老子》一書中不僅包含著豐富的美學思想，而且道家美學的諸多範疇和美學命題都是由此衍化的，清、寧、靜、大、遠妙、樸、柔、弱、巧、拙、虛、實、味、淡，以及滌除玄覽、有無相生、大象無聲、因聲相合、俯仰、遊觀等，基本上確定了中國

〔註72〕李澤厚、劉綱紀主編《中國美學史・第一卷・第六章・老子的美學思想》（北京市：中國社會學出版社，1984年7月），頁200。

〔註73〕〔清〕郭慶藩，王孝魚點校《莊子集釋・外篇・知北遊・第二十二》（北京市：中華書局，1985年8月），頁735。爾後援引《莊子》皆為此書，不再另注僅於引文後加注頁碼。

美學的內涵和發展方向。〔註74〕

（一）老子美學思想的基礎「道論」

老子的「道」論，是以老子哲學爲核心，也是老子美學思想的基礎。在《老子》書中，「道」是多義的、多樣的，它既指宇宙，也指物的本源，又有山水景色自然發展的規律（也包括某一事物的具體規律）。但是，「道」最重要的含義，是老子對「道」所賦予的本體論意義。

「道」本體論意義的重要表述，見《老子》第二十五章：「有物混成，先天地生。寂兮寥兮，獨立而不改，周行而不殆，可以爲天下母。吾不知其名，字之曰道，強名之曰大。」〔註75〕按照老子的看法，道「可以爲天下母」，是宇宙萬物的本原，是萬物存在的根據。所以老子說：「道法自然」（〈二十五章〉），也就是自然生態應按它本來的樣子（自然）而存在，從而成爲山川美景的根據。所以，「道」表徵上是一種自然之美。老子對自然山水美學藝術，都以崇尙自然（天然）之美爲依歸，即把自然之山水視爲美的本質。

老子與道家崇尙自然之美，其「自然」的基本含義是反對雕琢造作、反對人爲的操作。其崇尙自然美的思想，在中國美學史上造成深切的影響；如南朝梁代鐘嶸所說的「自然英旨」〔註76〕（《詩品‧序》），清代劉熙載也認爲：「極煉如不煉，出色而本色，人籟悉歸天籟矣。」〔註77〕（《藝概‧詞曲概》）因之，中國自古許多藝術家、思想家、文學家都認爲山水自然之美，都受了《老子》美學論所倡導的崇尙自然之美的思想影響至爲深遠！

〔註74〕馬國柱撰〈老子美學思想研究概述〉收錄於《遼寧大學學報》（瀋陽市；遼寧大學，1998 年第 5 期總第 153 期），頁 25。

〔註75〕陳鼓應著，《老子註譯即評介》（北京市；中華書局，1988 年 2 月），頁 163。爾後援引此書僅於文加註頁碼。

〔註76〕王叔岷撰《鐘嶸詩品箋證稿‧總序》（臺北市；中央研究院中國文哲研究所，2004 年 11 月），頁 97。

〔註77〕〔清〕劉熙載著，王氣中箋注《藝概箋注‧詞曲概‧條 103》（貴陽；貴州人民出版社，1986 年 6 月），頁 357。

（二）老子美學思想的基本內容

1、「微妙玄通」的山水含蓄美

老子是中國歷史上主張「非言」，確實，老子美學思想的含蓄性正是通過他深摯的語意闡發出來的。老子開宗明義即稱：「道可道，非常道也；名可名也，非常名也。」老子敏銳的發現，對於「道」的運行所顯示的精微玄理，只憑語彙和概念是難以窮盡的，要能了解基本觀念，跡象之初，不足爲其定名，亦即「非常名」，因此「常無名」，對山水美的體認只能憑藉意象，尤其是「大象」。故「執大象，天下往。」（203）在老子看來，「道」是形而上的「大象」，而「大」本身可指稱「道」在這指的是自然美景，「大象」亦即山水之象。「大象」具有超越經驗的形而上性質，它具有「無形」、「無狀」、「惟恍惟惚」的特徵，同時在恍惚之中又「有物」、「有象」、「有精」、「有信」。

這種若有若無之「象」，是超越有限景物的意象，全要靠直觀感悟來攫取。如此「非言」與「大象」構成了老子含蓄美的特殊徵候。

老子認爲，作爲審美客體的「道」具有「玄」、「素樸」的特徵，「微妙玄通，深不可識。」（117）、「見素抱樸，少私寡欲，絕學無憂。」（136）即山水美的顯現和外觀不是五彩絢爛、光彩奪目的，在老子的心裡山水美是遠不可見，深不可及，無邊無際，幽暗晦明。在老子來說，「道之出言，淡乎其無味。」（157）而且「味無味」、「故常『無』欲，以觀其妙。」（53）即山水美給人一種妙不可言喻的感受，這種感受是淡淡的，卻又持久，既無味卻又有所悟，說有味卻又不能以酸、鹹、苦、甜來加以細說。這正是老子山水美學的含蓄特徵。

2、「生而不有」的自然美

老子是提倡返樸歸眞、尋求自然之美的樸實自然主義者。「自然」概念在老子美學中占有十分重要的地位。他說，「人法地，地法天，天法道，道法自然。」（163）這裡的「自然」具有兩層含義，

一是現實淳樸的自然美，一是自然而然的審美狀態。老子認為山水
的本質就是美，並把這種山水美作為對「道」的規範。

「道之尊，德之貴也，夫莫之命而常自然也。道生之，德蓄之，
長之育之，亭之毒之，養之覆之。生而不有，為而不恃，長而不宰，
此之謂『玄德』。」（261）這種潛在的深厚品德，便是一種最高的美，
也是一種最高的山水審美之境界。

老子在欣賞自然美的同時，強調人與山水的和諧，反對過分的
感官享受。他說：「五色令人目盲，五音令人之耳聾。五味令人口
爽，馳騁畋獵，令人心發狂，難得之貨；令人行妨，是以聖人為腹
不為目，故去彼而取此。」（106）在老子看來，「視久則眩，聽繁
則惑」，即對聲色的感官愉快不顧一切的追求，會使人達到失去理
智的程度。所以老子對「美」的追求已突破了外在的，易逝的感官
快樂，尋求的是一種山水內在的、本質的、精神的自然之美。老子
強調人與自然共存的和諧關係，過分地遠離自然，就會失去人性的
本真，也會失去了自然而然的人性美。所以，老子要求人們回歸自
然，返樸歸真，將人的心靈同自然相統一，達到人性與自然美的山
水美。

3、「上善若水」的柔弱美

老子認為，「柔弱」才是「道」的基本特質，故「弱者道之用
也。」（223）老子柔弱美思想主要表現在兩個方面，一是女子美，
一是山水美，並將兩者相結合，來論述柔弱之美。老子看到：「物
壯則老，是謂不道，不道早已。」（188）所以，他把「柔弱」作為
自己美學思想的重要特徵，這也是老子「貴柔」、「守雌」思想的具
體表現。而女性與山水又集「柔」於一身，「天下莫柔弱於水，而
功堅強者莫之能勝，以其無以易之。」（350）這裡水性的外在表現
正是人格內涵的柔弱美特徵，老子通過水之性「柔」來講述人性之
美。故有「弱之勝強，柔之勝剛，天下莫不知，莫能行。」（350）、
「天下之至柔，馳騁天下之致堅。」（237）、「柔弱勝強。」老子強

調柔弱美、推崇柔弱美；女性如水一樣，正因為其柔弱，而得以以柔克剛無往不利。就好像我們平常看水的樣子「上善若水」般柔美，可以依不同的名狀而成形，不同的形狀；如果將水改變其滴流的方式，久而久之，在堅硬的物體它都可在寂靜無聲下穿鑿成孔。平常看似平靜無波的海水，受到自然的力量卻能幻變成無可抵當，破壞力極強的浪濤，所以柔弱至美，但柔的背後卻有無窮的力量，給予滋長、育化，反之則破壞，穿石；不要低估柔的美，老子所言之柔美是有一定條件的，凡事以善為前提下，是至美、至柔，在不善的前提下，那後果卻是難以言喻的。

老子還認為「虛靜」也是柔弱美的重要表現，是「道」的一種更本真的狀態。老子從「柔」裡求「靜」，達到以靜制動，因為「虛靜」蘊涵著心靈保持靜止的狀態，故老子要「至虛，極也。守靜，督也。」因為「靜為躁君」即靜為躁的主宰，只有恬退靜心，便能達到清明的山水審美的境界。在老子美學觀念中，柔美是最基本的特徵，而「虛靜」所體現出來的美則是柔弱美的最深刻的表現和至高的美學境界。另外老子的「美言不信」重點在於「美言可以市」。王弼對此話於《老子注》釋義為：「美言之，則可以奪眾貨之賈，故曰美言可以市」。〔註78〕因此我們這麼說老子並非全然反對美言，而是反對虛偽的巧言，需在誠懇的基礎上講「信」言其樸實美，與孔子所說的「巧言令色」異曲同工，劉勰也認為：「老子疾偽，故稱美言不信；而五千精妙，則非棄美矣。」〔註79〕（〈情采〉），中國詩歌更在自然而然的美學觀上，視雕飾之言為虛偽，顯然亦依於老子的「信言」素樸拙訥為美，一脈相承。

二、《莊子》山水的美學藝術呈現

〔註78〕王弼著樓宇烈校釋《王弼集校釋·老子道德經注·章六十二》（北京市：中華書局，1980年8月），頁162。
〔註79〕劉勰撰，吳林伯著《文心雕龍義疏·情采》，頁372。

　　莊子（約 B.C369～B.C286）其人如從《史記》裡查考其人，司馬遷在傳裡對他著作的評論外，介紹莊子個人，大概僅一百三十三字的小傳；然卻可歸納爲以下五點：

　　（一）莊子者，蒙人也，名周。

　　（二）周嘗維蒙漆國史，與梁惠王、齊宣王同時。

　　（三）其學無所窺，然其要本歸老子之言。

　　（四）故其著書十餘萬言，大抵寓言也。

　　（五）其言洸洋恣以適己，故自王公大人不能器之。〔註80〕

莊子在其〈知北遊〉裡對他的名「周」做過解釋，「周就是普遍，周就是共同。」還說他是蒙人，蒙又名蕭蒙或小蒙，在宋國國都商丘的附近，約今天的河南、山東、安徽、江蘇四省交界的地方，與惠施，孟子同個時代。從司馬遷言其著疏十萬餘言，而今本僅六萬餘言，分內、外、雜三篇，《漢書・藝文志》載《莊子》五十二篇〔註81〕，今人亦說法紛紜，目前較有共識的是內篇爲莊子作（以今人高亨爲代表），外雜篇雖不是莊子之作，但理念與莊子相同，其他諸篇皆不是莊子的作品，雖篇什紛紜亦不影響對莊子美學觀的研究與探討。筆者的研究文本亦以現行三十三篇之注譯、釋本爲主。

（一）莊子審美的價值

　　皮朝綱在《中國古典美學探索・莊子美學思想管窺》裡〈美的最高境界〉一文中引《莊子・知北遊》說：「天地有大美而不言，四時有明法而不議，萬物有成理而不說。」（735）《經典釋文》引注唐朝陸德明（約550～630）說：「大美謂覆載之美也。」〔註82〕莊子的意

〔註80〕 流沙河著《莊子現代版》（上海市；上海古籍出版社，1999年），頁2。

〔註81〕 〔東漢〕班固撰，陳國慶編《漢書藝文志注釋匯編・諸子略・道家》（北京市；中華書局，1983年6月），頁122。此書認爲是《莊子》是郭象注刪成三十三篇。張舜徽釋《漢書藝文志通釋》（湖北教育出版社，1990年3月），頁139。本載《淮南子・修物篇》高誘注云：「莊周作書三十三篇……。」漢末已有此本，郭象據而作注。

〔註82〕 〔唐〕陸德明撰，黃焯斷句《經典釋文・莊子音〔義〕卷二十七》（北京市；中華書局，1983年9月）〈知北遊第二十二〉頁389。

思是天地具有孕育和包容萬物之「美」。莊子在指出「道」、「生天生地」,〈大宗師〉云:「覆載天地,刻雕眾形」(281)。……「大美」,或說,天地萬物的「大美」是「夫得是,至美至樂也」。就是說得到了「道」就會獲得美的最大享受,獲得最高的美感。可見,莊子把,「道」視爲美的最高境界。〔註83〕「大美」是莊子對美學的最佳詮釋,也是其美學思想的核心,〈齊物論〉中莊子有一場最優美,最富哲學思維的夢:

> 昔者,莊周夢爲蝴蝶,栩栩然蝴蝶也,自喻適志,不知周也。俄然覺,則蘧蘧然周也。不知周之夢蝴蝶與?蝴蝶之夢爲周與?周與蝴蝶則必有分以,此之爲物化。(112)

莊子利用此充滿哲理的夢,來營造會通物我的物化美學思想,他想突破現實環境與夢的界線,怯除人與物之間的被役性,而忽略了自己的本然價值。在莊子的眼中,那蝴蝶就是自己,那斑爛多姿的飛舞著翅膀,自在翺翔於天的長空。當一個人看透利祿、權位一切約束,內在臻於自在而達無罣礙的情境時。而「遊」其強調的是,內在精神,即身體力行的活動;莊子與惠子來到河邊,徘徊於樑上,心情從容,無拘無束的暢意悠遊,而體會觀魚之樂,《莊子·秋水篇》說::「鯈魚出游從容,是魚之樂也。」惠子曰:「子非魚,安知魚之樂?」莊子曰:「子非我,安知我不知魚之樂?」惠子曰「我非子,固不知子矣;子固非魚也,子之不知魚之樂,全矣!」(606)因爲我的快樂也可以體驗魚優游自在亦是快樂,這是將一切生命融通物中眞實的體認,體悟出魚在濠下的優游,此時的魚不再是我心目中的魚,而是我生命裡心靈世界的映襯,心與神合而爲一,融爲一體。

莊子從內心出發的觀點與虛無的觀念「道」開始,倡導「無爲」的情境,順應自然,不滯於物,追求無約束的自由精神,充實心靈之美,「人自然化」就是美,「自在的心靈」就是美。他以一種沉穩的態

─────────────

〔註83〕皮朝綱著《中國古典美學探索·莊子美學思想管窺》(成都;四川師範大學學報編輯部,1985年7月),頁60。

度與生命意識欣賞美、掌握美，莊子肯定一切超脫世俗、形式、功能性的美，以超越的態度審視純粹的美。

（二）莊子自然美的觀念

莊子承繼了老子把自然視為審美的最高境界。莊子認為，美的本源在於大美不言、自然本性，自然之美在於事物樸素、率真的情態。但基於其萬物齊一的哲學思想，莊子所建立的是一種相對美醜主義之理念。

莊子對美的論述，突出了個人的存在與否，重視人或物的本性，認為任何事物只要依其本然、純真就是美。而要保持其原來的德行，就在於自然無為。因此莊子提出了「天道」及「人道」的區隔：「無為而尊者，天道也；有為而累者，人道也。主者，天道也；臣者，人道也。」（401）（《莊子‧在宥》）具體來說，「牛馬四足，是謂天；落馬首，穿牛鼻，是謂人。」（590）（《莊子‧秋水》）很明顯，莊子是尊天道而棄人本精神。天人之別，在於任自然還是違反、破壞自然。成就美的是天道，殘害美的是人道。

天道所成就的自然美，在莊子來說樸素、率真是美。而樸素，就是單純的本性，不加雕鏤，順乎「道」的常規。所謂率真，自然而然的率性，表達出自己的真實感情，使本然之性與「道」相合。

樸素、自然是莊子所推崇的美，樸素的實質仍在於自然無為的「至美」。它是人們思想回歸的一種表現，是純真的天然本性。當在喧擾的環境中，費心勞力驀然回首，才發覺生命本然的純性，與自然天性才是最美的境界。莊子對樸素之美所推崇的莫過於對人道美無情的批判。如《莊子‧應帝王》云：「人皆有七竅以視聽食息，此獨無有，嘗試鑿之」，「日鑿一竅，七日而渾沌死。」（307）這個悲劇告訴我們，不管出於何種目的，違悖自然的法則，都往往會破壞原有的美。又如《莊子‧駢拇》「是故鳧脛雖短，續之則憂；鶴脛雖長，斷之則悲。」（317）馬的本性是吃草飲水，翹足而陸。伯樂卻以善治馬著稱，燒之、剔之、刻之、雒之，終於導致馬死過半。

莊子利用寓言在寄寓言外，以託他人之口的方式告訴我們，這是他主要的表達方式，就是所謂的卮言「無心之言」，這種曲折的表達方式，是將天地萬物都視為自己的本性，也保有自己天然之美，我們應本順其自然的態度，尊重個人的自由發展，不要強而為之；這種寓言方式，意在言外不是直接表達。故能做到表達生命的真，體會自然之「道」。在現實環境中卻非如此，陶者治埴，則「直者中繩，曲者中鉤」（819）；匠人治木，則「方者中矩，圓者中規」（819），其結果是破壞了並不欲中規矩的鉤繩「埴木之性」。莊子對這種破壞自然，以人道害美的行為是非常痛恨的。

從社會現象來說，自然又表現為真實，自然之美也是率真之美。相應地，虛偽矯飾就是醜。莊子在〈漁父〉裡還有一段關於真的描述；「真者，精誠之至也。不精不誠，不能動人。故強哭者雖悲不哀，強怒者雖嚴不威，強親者雖笑不和。真悲無聲而哀，真怒未發而威，真親未笑而和。真在內者，神動於外，是所以貴真也。」（1032）這個「真」在某種程度上與「道」跟「自然」同義。它也是一種至美的境界。無任何矯情和偽裝，皆傷害人的自然本性，如是則損害生命之真。

總之，莊子認為，美的本源在於性本自然，自然之美在於樸素、率真的形態。人們要保有這種美，一方面應該尊重物性，使萬物順應自然天性，不以人害物。另一方面要保持本真，率性自然。

表五　莊子自然美形成表〔註84〕

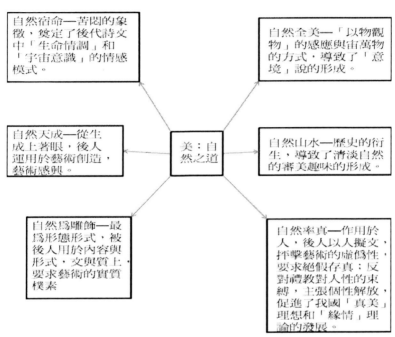

（三）莊子對自然美的追求

　　莊子對世俗所謂的美醜進行重新審視。他認為一般人所說的美醜都是相對的，也是應該予以譴責的。莊子的這種自然主義美醜觀，是他建立在〈齊物論〉基礎上的相對主義哲學思想，而實踐在美學上的體現。莊子認為萬物是沒有共同的準繩，因此萬物齊一，也就是說沒有什麼美醜。他在《莊子・齊物論》說：「故為是舉莛與楹，厲與西施，恢恑憰怪，道通為一。」（69）厲是醜陋的女人，她之所以會與西施同樣，在於她保持了自己生命的自然真實的狀態。莊子還說：「道與之貌，天與之形，無以好惡內傷其身。」（221）（《莊子

〔註84〕劉紹瑾著《莊子與中國美學・序》（長沙：岳麓書社，2007 年 2 月），
　　　　頁 12。

解‧德充符》）容貌的美醜，形態的全毀，在莊子看來並不重要，只要將它們視爲自然，合於道，得於天，它們也都是美的一種形式。如果喪失了自我本然，再美的東西，在莊子看來也是不美的。

由於莊子認爲「萬物皆一」，他取消了美與醜之間的差別與矛盾，如其在《莊子‧知北遊》云：「是其所美者爲神奇，其所惡者爲臭腐；臭腐復化爲神奇，神奇復化爲臭腐。」故曰：「通天下一氣耳」（330）。以此完全否定了世俗美醜劃分的意義。

莊子美學雖然凸顯了美醜的相對性，但他絕不是否定美的，他所否定的只是他認爲不合理的區分美醜的方式，以及給人們帶來不必要的困擾。人如果執著於美醜的劃分，好美惡醜，因得美而樂，失美而泣，那就會傷生滅性，這與莊子主張的自然無爲是背道而馳的。莊子的哲學精神指向，是一種有價值的哲學理論而不是認識論哲學。其目的是使人們擺脫一切物役的束縛，達到精神的完全自我解放。莊子要求人「無以好惡內傷其身」，這對美的追求有損的時候就要不爲所動，從而保持個體人格的獨立和自由。莊子的美學哲思極爲豐富，除上所述，其用至不分凝神，所包含著反映神思、妙悟、頓悟、致神、感興等文藝美學範疇的形成，有直接或間接的影響。

三、《老》、《莊》山水的美學異同

從《史記‧老莊申韓列傳》云：「莊子其學⋯⋯要本歸於老子之言」﹝註85﹞也就是說兩者基本觀念是相同出於一個思想體系。老、莊對自然美的哲學觀，其相同的部分在於都承認自然界中有美的存在，老子的存有論是有始的，而莊子卻認爲萬物皆有美，不論形式，抽象或具象，沒有初始的問題，萬物皆美。

若由自然美學觀點上來說，兩者的思想觀念是有差異的。在

﹝註85﹞ 〔漢〕司馬遷撰，南朝宋裴駰集解，〔唐〕司馬貞索隱、張守節正義《史記‧老莊申韓列傳》（上海市：中華書局，1963 年 6 月），頁 2143。

「自然美的哲學」上「道」的本體論而言，「道」為宇宙萬物最後
的根源，兩者的觀念是一致的。如果從根源為出發點再去探索兩者
的觀點就有不同了，《老子》書中說：「道生一，一生二，二生三，
三萬物」（23）、「道生之」，如是說老子的「道」是具有某種實體性
質的存在；如果以自然美學來論述它是實體的存在。莊子在〈齊物
論〉裡認為「道通為一」、「道無所不在」（〈知北遊〉），莊子認為自
然美學是包含在萬事萬物之中，更含融於一切事物和狀態之萬物總
體，更精準地說，這是一種自然美學哲學理念，老子和莊子對「自
然美」的本體性質，理解上是不同的，一個是「實體性」，一個是
「總體性」，如此就產生對自然美學圖像中的明顯差異。世界萬物
中美如何存在？在老子看來是「道」，產生世界萬物的是從「道」
開始，自然美學也是有其所謂道的根源，而且是從唯一之「道」裡
產生的。然而莊子認為它是融入於一切世界萬物裡，涵蓋所有一切
的任何狀態，自然美學既然存在就沒有所謂開始，也沒有所謂結束
可言說。就如〈知北遊〉所述「道無終始」。有始與無始就成為老
子與莊子自然美學哲學觀的歧異，甚至也可做為區分老、莊自然美
學認識論，人生美學哲學觀的分野；我們藉崔大華在論〈老莊異同
論〉所整理的表來分析老莊自然美學哲學異同，如下〔註86〕：

表六　老莊自然美學哲學異同

區分老莊的 外在觀念 區分老莊的 基本觀念	《老子》有始（元始） 個然美學是有始	《莊子》無始（末始） 自然美學萬物皆有
宇宙最初狀態	有物混成，先天地生，可以為 天下母——字之曰「道」。 道生一，一生二，二生三，三 生萬物	道末始有封。道無始終。

〔註86〕崔大華撰〈老莊意同論〉收錄於《中州學刊》（鄭州；中州學刊雜誌
　　　社，1990 年第四期），頁 48。

自然美學的最高層次	能知古始,是謂道紀	有以爲未始有物者,至矣,盡矣,不知可家矣
自然美學境界的高層次	孔德知容,惟道是從——以閱眾甫。 天下有始,以爲天下母,既得其母,已知其子,即知其子,復守其母沒生不殆。	彼至以,歸精神乎無始。 聖人——未始、有始。

　　老子所理解的自然美學的「道」是具有某種能發展實體的物美,世界的美就是從那裡開始,所以老子自然美學的對象,內容的最高層次在認知和精神美的觀念下是必然的「有始」(也就是原始)。莊子呢?其「道」不具實體性質,所以其自然美學是無所不包的,世界所有一切都具有美,無始無終是莊子美學論的特徵,所以這成爲莊子「道」的層次,在美學認知精神境界的特徵。

　　對美學本體論的理解上兩者有不同的理解,所以老子、莊子對美學觀念裡的「道」,存在於萬物的形式與運思過程的自然美學理則、老、莊相異性及內涵的不同,分析如下表: 〔註87〕

表七　老、莊自然美學理則,相異性及內涵的不同分析表

老、莊道在內涵上的不同		
道的不同	老　子	莊　子
一	本體論與宇宙論的意涵較重	將它轉化而爲心靈的境界
二	強調道的「反」的規律以及道的無爲,不爭、柔弱、處後、謙下等特性	不全然具相沒有美醜的概念

　　老子的美從本體論的意義上來說,是產生於萬物開始的、超驗的、實體存在的,既然有開始那就有結束,這樣一來,老子的「美學觀」其存在,呈現在萬物的「有」、「無」不是含渾籠統的過程,認爲萬事萬物還是存在著對立的性質,往復迴環的過程中。《老子》

〔註87〕陳鼓應著《老莊新論·莊子論道——兼論莊、老道論不同》(北京市;商務印書館,2008年5月),頁382。

將「道」的形成過程概括為一個「反」:「反者道之動……天下萬物
生於有,有生於無」(223)。或許我們在回顧分析兩人的背景後更
能理解,老莊在美的觀念上的差異;第一,老子官至「守藏史」、
「柱下史」、「太史」,史官記事,深知歷史的故實,又管理圖書,
對歷代學術知之甚詳;莊子僅做過漆園史,在《莊子》一書裡記載
的事跡更像隱士的生活作風。第二,兩人的作風個性有所不同;老
子深沉堅定,這對其審美觀有具體的影響,僅在所謂「有」的本體
論上論之,有學者的謹言慎行的行事風格;莊子則豁達博學、無拘
無束,審美觀就比較寬廣不拘美醜。因此老子側重人格態度謹慎,
莊子的風格側重高遠舒暢閒適。第三,因為經歷的不同及個性的差
異,都是以自然無為的「道」來發展其思想理念,而學術的範疇卻
有所不同,前面說《老子》的「反」意謂著人世間的幻化物極必反,
事情發展到一個極致,就會有所變化,譬如「水」的「弱」確有極
強的生命力,而對美則貶多於褒,像「五色令人目盲,五音令人耳
聾,五味令人口爽……」,「五音」「五味」是藝術,是美,會刺激
人的慾望,使人發狂,也就是「聖人為腹不為目」,對形是美也持
否定的態度;所以他更說「天下皆知美之為美,斯惡矣;皆知善之
為善,斯不善矣。……」(64)。從道統攝下的有無虛實,無為而無
不為,象、妙、玄、味、恍惚、玄覽這些內在的範疇,已影響中國
古典美學的發展及自然而然的樞紐,而「滌除玄覽」等也就成為獨
樹一幟的美學精神。莊子思想較為浪漫,他超脫一切紛爭及心機,
以求得一種逍遙自在的精神世界,也就是「心齋」、「坐忘」即是「忘」
到「遊」的美學藝術的人生境界。《莊子》一書裡所標示的對立面
也極多,如生死,存亡、毀譽、是非、善惡、美醜、貧富、得失等,
然莊子解決矛盾的方法,便是以主觀的態度面對一切審美的超越方
式。〔註88〕第四,兩者的表達方式不同;《老子》是格言式論述方

〔註88〕劉紹瑾著《莊子與中國美學‧莊之所以為莊》(長沙;岳麓書社,2007
年2月),頁12。

式，有邏輯軌跡可依循，莊子則以寓言，即誇飾的手法，沉著、激動、嬉笑、怒罵、幽默、諷諫、冷冽、跌宕等，他樂天知命，外在的物質菲薄的精神解脫，成為感情的宣洩，人世間一切的抑鬱都在自然中消散，用及時行樂來掩飾精神上的不如意，莊子在文學審美的文學創作上沒有功利，以遊戲人間和諧的人生審美觀來塑造美學的藝術色彩。

老子和莊子鑒往知來把握「道」以推論美學藝術，兩者雖然有所不同，但在思維上確是一致的，尤其在超越心理體驗，更顯得其高層次修養的共同性，老莊開創了中國古代美學中審美體驗，由於他直接建立在超驗心理的修養上，因此他的內在意涵是在確立理性為基礎的審美經驗上。

綜論之，莊子直接繼承老子的美學思想，他把悟道、體道或審美的體驗描繪為「心困焉而不能知，口辟焉而不能言，嘗為汝議乎其將」（319）（〈田子方〉）進一步說明邏輯和理性是與道和道的體悟相悖的，審美是一種認知，美學的思想裡充滿了內在的超常心理體驗，老莊才能創造中國古典美學的浪漫先驅。

第三章　兩漢、魏晉山水的美學藝術

　　《楚辭》導源於民歌，奠基於屈原，流變於漢代，這是它的變化軌跡。〔註1〕賦是介於詩、文、辭間的一種特殊的文體。它不是詩、不是文，更不是辭，也可以說以上的類型都包括，所以賦之源出於；一就是《楚辭》；《史記》中稱屈騷爲「辭賦」。《漢書・藝文志》亦將屈原列爲辭人，其中包含屈原等人的作品，印證了賦跟辭的關係。二是詩；從漢迄唐，文人多數都贊同《漢書》的說法，「賦者，古詩之流也。」而三呢！就是文，章學誠說，原本《詩》、《騷》出自戰國諸子，不論文體或文本的形式都可以在賦裡發現散文的蹤跡。

　　辭到賦的轉折更迭，反映了中國文學南北文化的第一次融合，不論在文學創作或賞析，思維上已漸趨於一致，南北融合，自此無論國家的更替，文學上、文化上卻仍相互融洽不在造成排斥。西漢中期，國勢鼎盛漢武帝好大喜功，愛好文藝，給了文士歌功頌德表彰的機會漢賦醞釀而生，賦的內容摛藻縟辭，聲勢鋪張，僅於結尾處微露諷諫，這成爲漢賦的一種文學特色。

　　從整個中國文學史來看，除了各朝規定的奏疏、八股文等實用文體外，似乎沒有哪種文體像「漢賦」這樣明顯的類型。漢代以降，

　　〔註1〕　秦惠民著《中國古代詩體通論・屈騷的影響與流變》，頁112。

人們已經意識到理性自覺，開始從自我意識出發，文學上出現漢朝的大賦；由於人們的感性和甦醒逐漸增溫，到了魏晉南朝時期突然間舒展開來，將人們的感性之美找到了審美藝術的出口，帶來了另一種藝術形式——詩歌——的繁榮。然而，魏晉六朝的覺醒僅是個體意識的醒悟，而不是以自然人性論為基礎的主體意識之覺知，這種甦醒直到山水詩出現後逐漸走上正軌。作為漢、魏、晉六朝自覺意識文學藝術的風尚，在文學藝術上的表現則還十分遙遠，實際上卻又顯得趨近現實的山水審美藝術，成為文學流變的濫觴。

第一節　漢賦興起的原因與過程

「山林」一詞，其意義就是指著自然山水與園林造景的范圍而言；《莊子・知北遊》中就這麼說；「山林」、「皋壤」與「狶韋氏、黃帝之圃、有虞氏之宮、湯武之室」〔註2〕並論，前一章所論及的《詩經》、《楚辭》雖為先秦文學代表，然詩、辭中談到山林野壑也僅隻字片語，要到漢賦時始有山水文藝術的漸熾，劉昆庸於〈漢賦山林描寫的文化心理〉一文裡說：「漢賦時代，作家才開始真正集中而大量地刻劃描繪山水園林，使這一題材在文學作品裡從附屬的地位，上升為描寫的主體。漢賦裡有不少作品是直接以山水之名為題的，如司馬相如〈上林賦〉、揚雄〈甘泉賦〉、班固〈終南山賦〉、杜篤（？～78）〈首陽山賦〉等等。……山水題材被關注和處理這一題材……」〔註3〕時至漢武帝劉徹（B.C156～B.C87）漢賦在他的喜好下進入漢賦全盛時期，漢的文學風氣大為轉變，像最早的大賦〈子虛賦〉，對山水林囿的描寫尤其是雲夢大澤的描摹，已佔三分之二以上的篇幅。與前期文學《詩》、《騷》相較實有過之。

〔註2〕〔宋〕林希逸著，周啓成校注《莊子鬳齋口義校注・知北遊第二二》，頁347。

〔註3〕劉昆庸撰〈漢賦山林描寫的文化心理〉收錄於《文學評論》（香港；香港文學評論出版社，1996年第5期），頁138。

一、漢賦的形成與興盛

漢賦，是指以司馬相如（約 B.C179～B.C127）、揚雄（B.C58～14）為代表的，以摹狀寫物為主，鋪排摹繪、誇飾文采為特色的作品。因為這類作品以華麗的表現形式，令人炫目的繁縟語言，極度細膩的空間鋪述和誇張的描繪構成了漢賦最直接、最深刻的文學特質。〔註4〕

（一）漢賦審美特質

自漢武帝始，儒家在董仲舒（B.C179～B.C104）的提倡下，拋棄黃老之學，儒家思想成為政治意識形態的文學主流。《詩經》成為重要經典之一。劉勰《文心雕龍・宗經》說，「經」是治理天下的永恆真理。此時《詩》，的情志不涉及個人在人生裡的掙扎與追求，而是一種群體政治情感力量。詩成為「正得失、美教化，移風俗」，《詩》成為政治道德文化所憑藉的力量。從此，漢代經學把《詩》的本義視為國家政治權力的因素，「詩三百」變成漢朝一統天下的藉口與力量。既然《詩》是人情志的表達，或語言的行為規範，而情志也是政治上歌功頌德、怨刺、諷諫的功能。更成為漢朝經學教育與政治教化上的教學內容與權威。使得漢代文人的知識內涵與思維普遍受到經學框架的影響。這促成了漢代文人對「賦」這種文體的認識與寫作。他們開始從另外一個角度去參與人生及體驗詩性。用賦的比興言辭來諷諫君王，而不對君王過失作直截了當的批評，正是漢賦的創作特色。這種文體直接用「賦」來歌頌君王之美，「百諷其一」的文學結構與文學審美自覺。

漢代文士都是以文章辭藻為他們生存的工具，他們對賦的審美不是自識自滿，而是以經學的傳播為媒介來發展。即使我們仍然是在經學的大框架下，藉著聖人的禮樂和言辭，構建著賦文學的生命

〔註4〕伍聯群撰〈漢賦形成的原因初探〉收錄於《中南民族大學學報（人文社會科學版）》（武漢；中南民族大學學報編輯部，2004 年 7 月第24 卷第 4 期），頁 168。

價值。漢文人雖稱經學爲文學，把經學視爲賴以凸顯語言文學的
「文」（美）。在某種意義上經學就是美的語言。揚雄說：「良玉不
彫，美言不文，何謂也？」「玉不彫，不作器；言不文，典謨不作
經。」〔註5〕揚雄明白地揭示了儒者追求華麗摛藻，以美言美文爲
其文學抒發的代表。王充（27～約97）更說：「國君聖而文人聚，
人心惠而目多采。蹂蹈文錦於泥塗之中，聞見之者莫不痛心；知文
錦之可惜，不知文人之當尊，不當類也。」，「造論著說之文，尤宜
受焉。和則發胸中之思，論世俗之事，非徒諷古經續故文也。論發
胸臆，文成手中，非說經義之人所能爲也。」〔註6〕王充此論還是
把「文」作爲政治工具，但他卻呼籲獨尊創造文學者爲「文人」。
漢代文人除了彰顯自己的文學語言外，對儒家經典的評析也著重在
其修辭美的方面。而美言仍集中在《詩經》上。王充就認爲《詩經》
的美在於誇飾。他說：「夫爲言不益，則美不足稱；爲文不渥，則
事不足褒。」〔註7〕，益、渥，即誇飾修辭用語裡美好之意。他還
說：「實誠在胸臆，文墨著竹帛，內外表裡，自相互稱，意奮而筆
縱，故文見而實露也。」〔註8〕王充所言的是「文」章之美必須看
創作的真誠。這把文章之美言與抒情言志的詩性聯貫在一起，無形
中削弱了文章的道德說教意味，趨向「盡美」方面。文章辭藻的美
就依附在經學的名義下，提供了文學及文士神聖的地位。使得漢賦
可以盡情渲染綺麗的辭彙摛彩，最後總會稍顯一些諷諫的語詞。漢
代經學爲文人文學時代發展做了充分的準備，造就了特有的文化素
養、知識的積累和審美的理念及趣味與價值的文人階級。他們在創
作自覺地以「美」的語彙作爲其自身雅文的價值，也將審美的語言

〔註5〕〔東漢〕揚雄著，汪榮寶撰，陳仲夫點校《法言義疏・寡見篇七》（北
京市：中華書局，1987年3月），頁222。
〔註6〕〔東漢〕王充著，袁華忠、方家常譯注《論衡全譯・書解篇》（貴陽：
貴州人民出版社，1990年），頁1276、1272。
〔註7〕〔東漢〕王充著，袁華忠、方家常譯注《論衡全譯・儒增篇》，頁488。
〔註8〕〔東漢〕王充著，袁華忠、方家常譯注《論衡全譯・超奇篇》，頁843。

架構作為其文藝取向。

　　張衡（79～139）於〈應閑賦〉裡說：「質以文美，實由華興。器賴雕飾為好，人以輿服為榮。」〔註9〕說明文之質在於華美的重要性。對文學的啟發而言，辭藻美是文學語言的本質。在漢朝，賦語言之美，蔚為這一時代被吸引注目的故實。揚雄說：「詩人之賦麗以則，辭人之賦麗以淫。」〔註10〕賦之美是因賦體華麗辭語的美，也是賦文學的要素之一。這正是漢文學在審美觀念中的萌芽階段。漢朝普遍認為政論文的寫作、史書的撰述、賦的述寫才是正道才有魅力，在政論文、史書和賦等方面極度熱愛，縟辭麗藻。正是漢文人為文的標準和追求，亦是漢朝對文學創作的認識和理解。

　　「賦」專屬於漢朝的文學樣式，也是中國文人所擁有的第一種。賦用語之美以及它所代表的漢文學，即讓當時的賦家以及閱讀者，感受到前所未有的美麗和內蘊。

（二）漢文士對賦的影響

　　隨著漢朝政治文化的大一統，先秦時「士」的那種對抗君權的力量被削弱，漢初的諸侯分封，使漢文士短暫地回歸先秦養士風氣。然在漢武帝以後，這種狀況澈底瓦解。余英時說：「漢初因採用了部分的封建制，遊士曾一度恢復了他們舊日的活躍。但漢代也同樣不能允許知識份子無限度的自由流動。武帝元朔二年（B.C128）下詔削藩後，遊士終與諸獨立王國同歸於盡。」〔註11〕從此遊士時代已一去不復返了。知識分子失去了精神、意念上的依附，政治經濟上完全地轉為依賴君權。像賈誼（B.C200～B.C168）、司馬相如、東方朔（B.C154～B.C93）、司馬遷（約 B.C145 或 B.C135～B.C86）、

〔註9〕　〔南朝宋〕范曄撰，〔唐〕李賢等注《後漢書‧列傳五十九‧張衡》
　　　　　（北京市；中華書局，1973 年 8 月），頁 1899。

〔註10〕　〔東漢〕揚雄著，汪榮寶撰，陳仲夫點校《法言義疏‧吾子篇三》，
　　　　　頁 49。

〔註11〕　余英時著《余英時全集‧第四冊‧道統與正統之間——中國知識分
　　　　　子的原始型態》（桂林；廣西師範大學出版，2004 年 4 月），頁 146。

揚雄、劉向這些漢朝文人，在現實環境下已無可選擇，他們只有被選的命運。文人在政治上已經價值低落，我們可以從漢朝文士「不遇」的悲鳴裡窺知。帝王成為實權的掌握者對權力的闡釋者，他不以知識份子為文人臣子。文士只剩下用他們熟悉的經典與知識，協助帝王完成對權力的奪取，最後再恭敬的出來歌功頌德一番。

漢代文人的社會地位和社會身份，決定了他們在賦體文學創作裡存在的地位。賦是一種對話體。是一種特殊的說和傾聽後，作者用他華麗的文學語言摹寫，寫的是對當時的政治主張和本質生命的對話。政治語言和文學語言成了賦家語言裡內在與外在的向度，這是賦家在政治現實活動裡所扮演的角色。因此，文學對政治語言上的一切激情洋溢與鋪陳，基本上都是文人對自己消逝的現實環境的追尋。天子、諸侯苑囿的廣大富饒，強盛的軍威，臣服的使臣，歌舞昇平的美豔奢華，賦便可以用極盡誇張的語言精采豔麗，迆邐鋪張揚厲，揭示著賦家政治悲劇性的處境。顯現出賦家在政治生活裡的困窘與內心的悲哀。漢大賦在文學的發展下已異於屈原那種內心獨白式的喃喃自語，而是將帝王的生活豪奢呈現在賦文學裡。漢賦的激情是受到情境的刺激而引發感官上的眩惑，這種激情直指賦家當下的處境，得到君王的知遇，視為賦家及文士階層所渴求。漢賦取悅君王的目的，是希望換取在王權獨攬的時代，有機會成為臣僚或相應的名利價值。漢賦在誇飾的辭章下作為漢代文人文學的語言，為中國文學築起新的文體，使漢朝文人有了一份嶄新的文學貢獻。

（三）漢對賦文學的接受和評價

漢賦最初不過是作家們在文學上一時創作的文體，司馬相如的〈子虛賦〉對作者來說，是缺乏文人內在價值的華美麗藻之堆砌，然漢武帝卻感受到了一種令他激動難安的美感。王充（27～97）《論衡·藝增》裡說：「俗人好奇，不奇，言不用也。故譽人不增其美，則聞

者不快其意；毀人不易其惡，則聽者不愜於心。」〔註12〕接受者的心理就是其愛憎情感的悸動，往往離實就虛，文士有時就會處在一種極端的情態下。讓接受者得到情感的律動，作者的文筆卻受到讀者的青睞喝彩。〈子虛賦〉在文學形式上所帶來的感官躍動，除了外在絢麗之華藻閃耀於眼前，讓漢武帝爲之狂喜而迷戀。而〈上林賦〉更貼近漢武帝的生活，賦裡帝王狩獵和宴樂生活的「浮奢」，實質上是漢武帝偉大功績的烘托形式。把君王的偉大事功和日常生活賦予了文學的形式美，爲漢朝帝王建構一種富麗堂皇的文學殿堂。這就決定了漢大賦的性質，而漢賦的誇飾漸漸的在客觀上，與帝國的整體文學精神相結合。

　　漢賦所形成的文學已經是另一番圖像。漢賦對於外在事功的誇言和炫耀，取代了帝王的喧嘩和狂歡。從文士轉向權力，從鄙視趨向歌頌，從泣訴變爲歡呼，給漢王朝帶來文學價值的重構。漢賦在武帝的推崇下，快速成爲漢帝國新的文學代表。漢帝王對生命不朽的景仰與追求，漢代強勢姿態的文化格局，爲漢賦鋪陳了合理性的文學基礎。沒有漢帝王對漢賦的潤色，沒有他們的審美心態與審美雅緻，漢賦是無法蔚爲大觀的。漢武帝對誇耀自身事功的渴求，對賦體文學的普及和繁榮給予正面的肯定與推波助瀾，並刺激漢賦文士轉向賦體誇飾的創作。從漢武帝到漢宣帝，漢帝王都對大賦非常喜愛，使司馬相如等賦家獲得王朝的褒揚，漢賦逐漸成爲全國文人摹擬的文學作品；漢賦更成爲漢朝文學的代名詞。

　　原始的中國古代美學發展史，是循著山水詩的美感意識而轉變，早期對自然美的欣賞，經歷了從「暢神」、「比德」到「致用」的變化。原始社會時期，人們對自然山川的雅好，都從體用的方面來刨取根本，它們都是生產活動不可或缺的重要因素，大多數的人仍無法把它們與生產目的分離出來，作爲獨立的審美的物件。此時

〔註12〕〔東漢〕王充著，袁華忠、方家常譯注《論衡·藝曾篇》，頁521。

期人們基本上是以可否定「致用」來評估自然山水的美或醜。商周以後，隨著生產力的進一步發展，人們不再以生產作爲衡量山水的價值及用途，來區分自然山水的美與醜，「比德」觀點的出現，揭櫫著人類對自然美的欣賞已經開始擺脫物質功利，取而代之的是精神文化特質的價值活動。魏晉南北朝階段，人們對自然美的認識有了更新的認知，矧是所謂「暢神」說的出現。南北朝時，因爲大量的山水詩、山水畫的誕生，將山水轉變爲具體的文藝美學。《莊子》的美學也激勵著中國古代士大夫，提供了一種理想的生存方式，這種趨勢對古代山水文學影響極遠。在漢賦裡，山水已不再是配角，而有了自己獨立的地位。如漢武帝的甘泉宮、建章宮、上林苑等，或有意的摹擬自然，或將自然山水形塑於宮苑之中——山水成爲遊賞、畋獵的區域。中國山水田園詩文由晉迄唐，是審美意識發展的再一次質變到量變。中國山水田園詩文「依循美的律動」發展起來，爲宋詞、元曲以及，宋、元山水畫的產生作鋪陳與建立預期審美心理，爲中國所特有的「意境說」美學理論提供了實踐基礎。由於山水美或自然美，在魏晉至六朝時，其發展漸趨成熟，對隋唐以後的歷朝均產生直接或間接的影響，不在是神話傳說，巫覡、靈祺的抽象意識，而是閒適遊賞，遊仙聞道的仙境。

　　至漢朝山水賦的美學意識，超越了先秦時期的寫作方式與風格，雖然在「黃老」與「尊儒」的思維觀念下，時代上文學仍能跨越鴻溝與時俱進，理念上已超越了先秦時期的文學觀。在文學上之體例也從《詩經》的四言詩體，及《楚辭》的辭章句型，轉變成駢麗大賦，到東漢逐漸形成五言詩或七言詩體，尤其五言詩在魏晉南北朝蔚爲風尚，迄今仍爲詩體文風的一個範式。

二、漢賦發展的心理因素

　　漢朝之於中國，儼然成爲一個象徵中華民族特色的代名詞，究

其成因，全在於其具強盛的文治武功，萬幫賨之，代表著華夏民族
興盛與鼎沸的國勢力量，先秦以來在漢的一統下，南北文學合流爲
一，文人從分崩的諸侯國進入了宮闈之中，從其心態、思想上而言；
這樣的氛圍在社會文化裡已醞釀許久，他們用理性的態度去認識自
然、理解自然界的各種現象，適時的反映這一時代的思維徵候。自
然界從充滿恐怖神靈、鬼魅的無生命體，瞬間成爲談天說地類比的
對象，天地山川不再是神靈存在的境闃，已是人人可以親近的自然
山水。就如《淮南子·說山訓卷》引高誘注云：「山爲道，本仁者所
處，說道之旨，委若山機；故曰說山。」〔註13〕又如〈要略卷〉云：
「言始終而不明天地四時，則不知所避諱；言天地之四時而不引譬
援類，則不知精微。」〔註14〕除對山的恐懼已經不在，對四時天地
宇宙的變化，也衍化出一套精緻的規則，用這些基礎經驗來作爲國
力及民族的自信心，漢朝已經可以將一年四季，天地萬物的變化「精
微」的掌握。相對於劉勰於《文心雕龍·物色》所言「觸類而長」
一詞有所呼應，這就是漢賦發展開來的心理精神要素。

　　漢賦的篇章雕彩鏤金、鋪陳摛采結構綿密，賦的體例並沒有篇
幅限制，多則可達一千多字，比起先秦文學章節字數多出許多，如
〈子虛賦〉、〈上林賦〉是也。而班固的〈兩都賦〉更勝於上述兩賦，
東漢張衡〈二京賦〉更達七千六百餘言。漢賦的作家輝弘駢麗，注
重細節的鋪排節比，在賦體的技巧上已經取得共識。劉勰在《文心
雕龍·詮賦》裡對漢賦體例用「鋪采摛文，體物寫志。」〔註15〕此
言之意似乎將漢賦「體物、寫志」兩者視爲平行的觀念；章太炎《國

〔註13〕〔漢〕劉安著，張雙棣撰《淮南子校釋·卷第十六·說山訓》（北京
　　　　市：北京大學出版社，1997年8月），頁1627。
〔註14〕〔漢〕劉安著，張雙棣撰《淮南子校釋·卷第二十一·要略》，頁
　　　　2145。
〔註15〕〔南朝梁〕吳林柏著《文心雕龍義疏·詮賦》（武漢：武漢大學出版
　　　　社，2002年，2月），頁107。是書引西〔晉〕摰虞《文章別流論》
　　　　「賦者，鋪陳之稱。」爲其義疏。

故論衡‧辨詩》認爲：「武帝之後，宗室削弱，藩臣無邦交之禮，縱橫既黜，然後退爲賦家。」〔註16〕此乃謂賦者承習縱橫家魯連（約B.C305～約 B.C245）、鄒陽（出卒年不詳）風範，援譬引類，以解締結。「寫志」意旨在於緣情說理勸諫，僅在於其行文特質，在於誇飾化、形象化、類比化來諷諫曉諭。如摯虞在（？～311）〈文章流別論〉曾說：「賦者，敷陳之稱，古詩之流。……情之發，因辭以形之，禮義之旨，須是以明之，故有賦焉，所以假象盡辭，鋪陳寫志。」〔註17〕；「體物」即發揮古詩的最高極致，因此摯虞又說：「古詩之賦，以情義爲主，以事類爲佐；今之賦，以事形文本，以義正爲助。」〔註18〕這正說明了漢賦是從情義轉換到以形式爲本，從經驗法則取代了情感用事的流風。用豐富高雅的文字，來描繪華麗繁富的山水寫照，這都是受到帝王與時尚風潮，對文體的影響。

在講究文字華美的漢賦體例，雕琢文字重視鋪陳摛彩，文字成爲當時最主要象徵意義的工具，賦家在寫「模山範水」的山川物貌時，文字上出現許多華麗出新的辭藻，同時造作出更多的語彙，將文意注入更多的生命力。當然對舊事物的認識與觀察上以及抽象性的用華美辭藻來撰寫，對自然界的欣賞撰文更爲理性，澆灌更多的生命力。在理性思想的培育下，對宇宙自然的了解與認識，空間與時間的概念逐步形成，即表現在漢賦的描摹，賦的作者心理因素已經有所謂「完形」體系的概念出現，從班固的〈答賓戲〉一文云：「獨擄意乎宇宙之外，銳思於毫芒之內」〔註19〕當然並不完全成熟，而是出現曙光；在時間

〔註16〕章太炎撰，陳平園導讀《國故論衡‧辨詩》（上海市；上海古籍出版社，2003 年 4 月），頁 91。

〔註17〕〔晉〕摯虞撰〈文章流別論〉收錄於《中國歷代美學文庫‧魏晉南北朝卷上》（北京市；高等教育出版社，2003 年 12 月），頁 186。

〔註18〕〔晉〕摯虞撰〈文章流別論〉收錄於《中國歷代美學文庫‧魏晉南北朝卷上》，頁 187。

〔註19〕〔清〕嚴可均輯《全後漢文‧班固‧卷二十五‧答賓戲》（北京市；商務印書館，2006 年 2 月），頁 247。

上可能是賦的作者們經常忽略的一環，因為對平面的摛藻上，對自然山水及人工景觀都是時間的堆疊，如〈上林賦〉即是，矧於時間上對景物的觀察排比過程分割成數個片段，再加工組合成一定模式的序列，似乎像現代的組合屋一般，全是靜態陳設，後文在加以賞析。唯對帝王畋獵的情境描寫時才會將時間、空間考慮進去，可見賦的作家在心理上，對時間意識與空間意識，是存在的，只不過賦的模寫對象才是這篇賦的本事；可推知漢朝的文士對空間已有知覺概念，且先於時間知覺的產生。質言之，漢賦是對空間知覺意識概念的形式化形成的階段。

　　漢賦作家們面對萬物蒼穹之心靈世界是敞開的，在漢武帝的聲威與盛世下，凝聚了民族優越感與自信心，在抒發文賦時氣勢恢宏，漢賦正代表著，漢文學思想精神與藝術概念的成就。而所謂的「大」成為漢賦家審美藝術特徵，藉宮苑、庭囿的遼闊與空間無垠包容萬物下，成為皇權貴冑的代表。我們可以從文獻資料記載裡號稱「巨麗」的上林苑，可詳見漢代宮殿修築的規模，到武帝時更臻於極致。而〈上林賦〉裡的「於是蛟龍赤螭，……。鰅鰫鰬魠，禺禺魼鰨，揵鰭掉尾，振鱗奮翼，潛處乎深巖。魚鱉讙聲，萬物眾夥。」[註20]都是一些珍禽，其中的場景轉換以「於是乎」以歷數叢林疊巘野獸珍奇，將時間、空間分割成幾個片段，依序整合成靜態的文字表現；並將天子畋獵時的盛況，及觀察到的景象作為全賦裡最逼真生動寫實的畫面，又云：「於是乎被秋涉冬，天子校獵。乘鏤象，六玉虯，拖蜺旌，靡雲旗，前皮軒，後道遊；孫叔奉轡，衛公參乘，扈從橫行，出乎四校之中。鼓嚴薄，縱獵者，江河為阹，泰山為櫓。車騎靁起，殷天動地。先後陸離，離散別追，淫淫裔裔，緣陵流澤，雲布雨施。生貔豹，搏豺狼，手熊羆，足野羊，蒙鶡蘇，絝白虎，被斑文，跨野馬。陵三嵏之危，下磧歷之坻，徑峻赴險，越壑厲水。

〔註20〕　〔清〕嚴可均輯《全後漢文・班固・卷二十一・上林賦》頁213。

推蜚廉，弄獬豸，格蝦蛤，鋋猛氏；羂騕褭，射封豕。箭不苟害，解脰陷腦，弓不虛發，應聲而倒。」（215）這是〈上林賦〉裡描摹狩獵的過程，連續及對稱，全在於空間的視覺效果，及時間上的知覺，完全符合完形心理的形式過程。宮苑華殿的廣闊空間，象徵皇權的浩瀚威遠，可以稱得上「雄偉壯麗」，〈上林賦〉便在這個時間點為其作賦的基礎，極盡誇張鋪陳與虛擬之能事，借文字辭藻的粉飾通過虛擬，讚揚大漢宏威的效果，而實質上〈上林賦〉已經將上林苑刻劃山水園林表現得淋漓，也顯示了人類物質文明與對自然界的征服能力，也凸顯大漢皇權對內、對外的控制，無論真山或是假水，賦的作用更是將其威權所要的秩序與意識節度，透過文字的表達，達到一定的效果。賦的敘述方式也奠定後來文學寫作，在層次美與向度方位的表現方式，這裡仍以〈上林賦〉為代表；「左蒼梧，右西極。丹水更其南，紫淵徑其北。終始灞滻，出入涇渭；酆鎬潦潏，紆餘委蛇，經營乎其內。蕩蕩乎八川分流，相背而異態。東西南北，馳騖往來，出乎椒丘之闕，行乎洲淤之浦，經乎桂林之中，過乎泱漭之野。汨乎混流，順阿而下，赴隘狹之口，觸穹石，激堆埼，沸乎暴怒，洶湧澎湃。渾弗宓汩，逼側泌㴑。」（213）由引文看賦對空間感與方位的述寫，幾乎是將往後辭賦、詩詞曲的表現做了示範，「其東」、「其南」、「其北」、「其上」、「其下」已經充滿空間意識與方位觀念，不僅司馬相如的〈上林賦〉、〈子虛賦〉，揚雄〈羽獵賦〉，張衡〈西京賦〉，馮衍（約 1〜約 76）〈顯志賦〉，劉劭（約 168〜約 249）〈趙都賦〉皆是如此，且影響後世文學。所以錢鐘書說：「詞賦中寫四至，則意在作風景畫耳。」〔註21〕基本上漢賦仍只是藉山水來維護統治者及文學家的地位，還未進入山水審美的感通裡；賦體的描摹在景物上，力求「全」、求「多」、求「大」為其審美觀，這如同〈子虛賦〉與〈上林賦〉的特點一樣。曾祖蔭

〔註21〕錢鐘書《管錐篇・第三冊》（北京市：中華書局，1979 年 8 月），頁 905。

指出：「所謂的『全』，就是東、西、南、北、中、上、下、左、右都要一一寫到。例如〈子虛賦〉裡寫雲夢，先寫『其山』如何，接著寫『其土』如何，再則寫『其石』如何，凡是想到的、看到的山、水、石一一羅列於上。然後寫『其東』有什麼，『其南』有什麼……還特別寫出，『上』有什麼，『下』……。」〔註22〕劉勰在其〈詮賦〉裡云：「賦者，鋪也。鋪采摛文，體物寫志。」〔註23〕所有的賦，不管在描繪什麼，它們的排比鋪陳都是同樣的，沒有獨樹一幟的感受，架構千篇一律，對山水美景也僅僅盡其誇張之能事，成一個虛假的藝術品，而完全失去了它的美的鑑賞。值得注意的是上下俯視，與方位四方的順序，也就成為文章中很顯著的部分，賦是為了適應君王的感受，與在極權政治的氛圍下，使得其他作家也不得不必然趨向一致。

　　漢賦對景物的描寫有一種獨特的自然審美觀，對自然的一切也比較理性、客觀。相對於《楚騷》的情感性與自然美，是依照自然的律動維持平衡，與理性知覺的美感和抽象的侷限形式不同；賦從全景式的自然裡完全灌注，進入審美的意識，其意象是將美學推向全景物的外在體悟，及抽象美的掌握與感通。理性論的漢賦家並不缺乏感性的，有些賦也已經具備山水篇幅的雛形，但仍僅表現於少許的章節與段落，山水的模寫上仍欠缺意象情感的形式感通，另一方面也與當時文風還存有功利的心態息息相關；文人還是需要依附王權，即便漢賦中充滿著浮誇與阿諛，不免要以「賦頌」之名為之。文士們也認同這一觀點，而在這基礎上建立「賦」的體物本質，稱頌是文士寫賦的基礎，也是唯一的向度，這般狀況下強化了漢賦的形式抽象美，終其兩漢，漢賦的山水景物範寫仍舊同出一轍的風格與範式，未嘗突破，文士們只能用心靈去體驗自然，藉貴遊、宦遊、隱逸行旅中體察自然，其結果還是受《楚辭》影響，張衡的〈歸田

〔註22〕曾祖蔭著《中國古典美學・第二篇理性藝術的時代》，頁69。
〔註23〕〔南朝梁〕劉勰撰，吳林伯義疏《文心雕龍義疏》，頁107。

賦〉是漢賦裡比較寄情於山水的抒情隱逸文學，是漢賦裡開山水文學之先的代表作，隨著漢興與漢的頹敗，文學亦在醞釀新的自然審美精神下逐漸，踏進了建安文學時代。

第二節　漢賦山水的美學形式

從文學的題材與變革分析，某一個時代的文學發展與社會文化變遷其結果都是有關聯性的，尤其社會與政治的轉變，影響遍及整個社會面，並將其反映在當時的經濟及文藝素材上，不同的階段會產生不同的藝文形式、內容、文學題材。如農牧時期的〈擊壤歌〉云：

> 日出而作，日入而息；鑿井而飲，耕田而食。帝力於我何有哉！〔註24〕

就是農耕狩獵時期的生活寫照，描摹著先民們原始的勞動和生活情況。單調的句式和重複的節奏，反映了初民儉樸的生活與平常的心情；體現了原始口頭文學，興於自然之中不加修飾的特點。「帝力於我何有哉！」此句承上而來。當看到農獵者邊唱歌謠、邊作擊壤之戲，而讚嘆堯帝的力量、功德時，擊壤者便發出這樣的疑問：對我來說，如今所過的這種順應自然、取之於自然的生活，與堯帝的力量和功德又有什麼關係呢？哪麼一問，既便這首簡明的古歌，經過主題的闡釋後變得複雜起來。有人認為，擊壤之民不知帝力，這便是農耕時代的寫照。

其次還可以從文學風格來說，每一學術風格的成因，都不是毫無緣由而醞蘊，歌德等人在編《文學風格論》一書時提及，文學風格應從三個面向來研究，其一為作家所隸屬的種族、國家、方言、或文學流派、家族；其二是歷史階段或歷史時代；其三則是作者在創作時試

〔註24〕逯欽立輯校《先秦漢魏晉南北朝詩‧先秦卷一》（北京市：中華書局，2006年1月），頁1。爾後援引此書僅於，引文後加註頁碼。

圖採用的文學種類和樣式。〔註25〕可知文學風格的形成始終與社會生活脫離不了關係，如同秦漢的氣派，魏晉的風度，都是跟當時社會背景、經濟生活有關。

再從文學樣式和類型來說，它們產生、演變和衰亡都受到社會及經濟活動所影響，每一個時代都會出現新的文學風格與類型，也隨著國家興亡更替而衰落消失，前面我們談過《詩經》、《楚辭》，舊的文學形式和類型的亡佚，常因社會物質經濟條件變動而產生其必然結果，陳腐的文學也勢必走入歷史，接踵而來隨著歷史演變揭開漢魏時期的文學主題，「賦」與「詩」，這是文學風格、樣貌、型態多變的時代，因國家的強盛到國家喪亂，文學也會跟著經過許多轉折而變得多樣，這便是此時期文學自覺的特色；漢初「賦」、「詩」裡的山水美學藝術到漢末文藝，玄言、遊仙意識，成為魏晉山水詩歌美學藝術的醞釀期。

一、漢賦山水的美學藝術

漢朝受到社會風氣及美學理念的薰陶下，體現了漢賦的山水美，當然這時期的大賦家，有可能是漢帝王的附庸或者說弄臣，將漢賦的美呈現於麗藻彩辭上，來攏絡當權者，更因漢武帝的喜愛，自然成為漢賦擴展、流布取得最有利的條件，從宮苑到宴樂，透過賦的摛彩與文辭的渲染，賦成為這一時代文藝主流。

（一）漢賦美學藝術的嬗變

漢賦雖然逐漸擺脫了形式主義的聲名，在其美的型態上受到現代研究者的肯定，然賦對其美的本質卻少有論述。漢賦的美，未成為歷史上研究的重點，這裡將從漢賦的淵源和歷史型態兩個面向來探索漢賦美的本質。

〔註25〕〔德〕歌德等著，王文化譯《文學風格論‧詩學‧修辭學‧風格論》（上海市：上海譯文出版社，1982年6月），頁27。威克納格之論述標示在注20。

　　「賦」的形式，最早見於《左傳》、《國語》，尤其是《左傳》
中最多，如《左傳‧隱公元年》：「公入而賦：『大隧之中，其樂也
融融！』姜出而賦：『大隧之外，其樂也洩洩！』」〔註26〕隱公三年：
「（莊姜）美而無子，衛人所爲賦〈碩人〉也。」（91），如《左傳‧
文公十三年》：「鄭伯與公宴於棐，子家賦〈鴻雁〉。」（628）《左傳‧
僖公二十三年》：「公子賦〈河水〉，公賦〈六月〉。」（474）〈鴻雁〉、
〈六月〉見於《詩經》，〈河水〉是《詩經》裡〈沔水〉的訛誤其亦
是《詩經》裡之篇什，顯見，「賦」有誦詩之意，矧《漢書‧藝文
志》之言「不歌而頌（誦）謂之賦」。

　　「賦」本是動詞卻變爲文體和創作方法，應從所謂的「詩有六
義」開始。《周禮‧春官‧大師》曰：「詩六教，曰風、曰賦、曰比、
曰興、曰雅、曰頌。」鄭玄注云：「賦之言鋪，直鋪陳今之政教善
惡。」〔註27〕漢朝以政治爲本體的宇宙論哲學，繼承並總結了三代
以來政教合一的政治模式，道德在實質上就是政治，因此，漢代用
比德的思維解經，是有其必然性，也符合歷史的眞實面。一但「賦」
作爲創作形式後，不僅僅執行「直鋪陳辭，今之政教善惡」的功能，
它的主要功能即是「鋪陳」。《廣雅》、《爾雅》等書將「賦」釋爲「鋪」、
「敷」、「布」、「陳」，已有脫離政教思維的傾向，劉勰在《文心雕
龍‧詮賦》中更明確地說：「賦者，鋪也，鋪采摛文，體物寫志也。」
〔註28〕將其解釋爲一種文體。〔唐〕孔穎達（574～648）在《毛詩
正義》中也作了解釋：「風、雅、頌者，詩篇之異體；賦、比、興
者，詩文之異辭耳。」，「賦、比、興是詩之所用，風、雅、頌是詩

〔註26〕〔晉〕杜預疏，〔唐〕孔穎達正義《十三經注疏春秋左傳正義‧卷一》
　　　　（北京市；北京大學出版社，2000 年 12 月），頁 64。以下援引此書，
　　　　僅注頁碼。
〔註27〕〔漢〕鄭玄注，〔唐〕賈公彥疏《十三經注疏周禮‧春官‧大師》（北
　　　　京市；北京大學出版社，2000 年 12 月），頁 717。
〔註28〕〔南朝梁〕劉勰撰，吳林伯義疏《文心雕龍義疏‧詮賦》，頁 107。

之成形。」〔註29〕這是從文體和創作形式來講述。朱熹在文藝觀念上主張「文從道中流出」，但在具體問題上是很清楚的，朱熹《詩集傳》中對賦、比、興作了較妥貼的解釋：「賦者，敷陳其事而直言之者也。」〔註30〕也就是說「賦」是一種文體或創作形式，其特點是「直陳其事」，和比、興等其他藝術表現方式不同。

　　如果把「賦」看成是一種抽象的創作方法，就難以論說漢賦美的本質，然而實際上，「賦」這種創作形式是與賦的文體表現互為表裡。至於賦所以成為文體的來源，學界都認為源自《楚辭》，而對於其起源與發展卻有說法上的差異。班固認為我們描繪的《詩經》——《楚辭》（賦）——漢賦的發展脈絡一直占在主導地位，明確地提出了楚地民歌——辭賦（騷賦）——漢賦的淵源關係，對班固的觀點提出了挑戰，產生了很大的影響。幾乎與陶氏同時，朱光潛在其《詩論》裡充分論述了隱語對於中國詩歌發展的重要性，並十分肯定地論及隱語與賦的關係，他說：「……隱語對於中國詩的重要還不僅此。它是一種雛形的描寫詩。民間許多隱語都可以作為描寫詩作來看。中國大規模的描寫詩與賦，賦就是隱語的化身。戰國、秦漢間嗜好隱語的風氣最盛，賦也最發達，荀卿是賦的始祖，他的〈賦篇〉本包含〈禮〉、〈知〉、〈雲〉、〈蠶〉、〈箴〉、〈亂〉六篇獨立的賦，前五篇都極力鋪張其賦裡事物的狀態、本質和功用，到最後才用一句話點明題旨。」〔註31〕

　　隨著近年對楚地民歌研究的深入，我們更加清楚地看到了辭賦與楚地民歌形式上的關係。那就是任何文體都有一個，由俗到雅的發展過程，漢賦在形式上源自楚歌，尤其是其內容形式，受到宋玉將賦雅

〔註29〕〔漢〕毛亨傳，〔漢〕鄭玄箋，〔唐〕孔穎達等疏，李學勤等編《十三經毛詩正義，卷第一》，（北京市：北京大學出版，1999年12月），頁12。
〔註30〕〔宋〕朱熹集注《詩集傳·卷一》（北京市：中華書局，1958年7月）頁3。
〔註31〕朱光潛著《詩論·詩與隱》（北京市：北京三聯書店，1984年），頁31。

化的影響，宋玉的賦帶有濃郁的人文創作的色彩，是民間賦的宮廷化、雅化，可以說漢賦的淵源之一在於「宋賦」。

　　然而，班固的觀點並不是沒有道理。吳小如提出：「不過我以爲，這樣的說法是從文學體裁和藝術表現形式來看的；若論其內容實質，則『賦』之更早的淵源實爲《三百篇》中的〈雅〉、〈頌〉。〈大雅〉裡若干篇一向被稱之爲周代史詩的作品已儼然賦體。不僅其『體物』的職能而已，而是從正面來寫的歌功頌德的文字，談後世的賦而不上溯於詩之〈雅〉、〈頌〉，即謂之數典忘祖，亦不爲過。」〔註32〕這種說法雖然很難找到像荀子的〈賦篇〉（此爲賦源自《楚辭》的重要根據）那樣的實證依據，但考證也不能「第論形骸，不及神髓」，吳小如從賦的神髓立論，是很有道理的。其實，如果從「興」的緣起來考察藝術方式的發生與發展，就可以看到，「六義」裡的所謂「賦」、「比」、「興」並不是同一類表現方法，「興」是特定的審美意象，是文藝創作和欣賞裡的一種功能，這種審美意象是經過漫長的，審美累積以形成特定的審美形式，幾乎每一種含有「興」的功能的審美意象都可以找到其歷史淵源，這些審美意象最初都是源自人們的生產、生活的功利需求，後來逐漸淡化了功利而走向純粹的審美形式〔註33〕；「比」則是在與「興」相適應的基礎上較後興起的一種藝術表現方式，具有更多的、理性的、人爲的色彩，它拓展了「興」的領域，提高了「興」的表現能力，也使「興」的意象性更加具體；而「賦」則是最爲晚起的一種表現形式，它是否因應追溯史實、記述事件、描繪場景、表達意願的需要而產生，是人類理性覺醒時代的特有產物。如果說「興」是「自在」的形式美的話，「賦」就應是「自覺」的形式美，而「比」似乎是處於二者之間的

〔註32〕吳小如《中國歷代賦選・序言》（太原：山西教育出版社，1989年），頁6。

〔註33〕冷成金撰〈試論漢賦之美的本質〉收錄於《中國人民大學學報》（北京市：中國人民大學出版社，1998年第5期），頁100。

一種過渡狀態。

　　吳小如對《詩經》「六義」的看法，讓我們更能理解漢賦之美的本質。《周禮》和〈詩大序〉爲什麼把「風」、「雅」、「頌」和「賦」、「比」、「興」這兩組性質不同的概念組合在一起，又把「賦」、「比」、「興」安排在「風」之後和「雅」、「頌」之前？古今歷來對此沒有滿意的解釋。吳小如認爲，其中的「風」、「雅」、「頌」也同「賦」、「比」、「興」一樣，是創作方法而非三類詩體。這一說法很有道理。〈詩大序〉說：「風，風也，教也；風以動之，教以化之。」又說：「上以風化下，下以風刺上，主文而譎諫，言之者無罪，聞之者足以戒，故曰風。」再佐之以宋玉的〈風賦〉，更足以證明〈詩大序〉以自然之風來釋「主文譎諫」之「風」是有道理的。可見，在《詩經》「六義」中，「風」宛如「賦」直，二者對舉，是兩種同等重要而風格相反的創作方法。吳小如還認爲，雖「六義」並列，實際上「雅」、「頌」屬於「賦」，而「比」、「興」則屬於「風」，這也是十分有道理的。既想採取委婉的方式來「譎諫」，則「比」、「興」最有效。先秦時期，帝王、官吏的文化水準普遍低下，先秦詩文「深於取象」的重要原因就是爲了便於理解接受，而「比」、「興」正是以自然引導、生動形象的方式來說明物件的，以「比」、「興」手法來達到「風」之效果，是自然而然的事。〔註34〕

　　「賦」本來是「直陳其事」的，如《詩經‧大雅‧烝民》：「天子是若，明命使賦。」「賦政於外，四方爰發。」（1065）朱熹注云：「賦，布也。」漢代將其提升到「六義」之次，「賦」便上升到創作方法的高度，後人在釋「賦」時一直延續了這一觀點，除上面引用劉勰的有關論述外，鐘嶸在《詩品‧總論》中說：「直書其事，寓言寫物，賦也。」〔註35〕宋代的高承（1078～1085）在《事物紀原‧經籍譯文‧賦》中也說：「《詩經》六義，次二曰賦，蓋謂直陳其事

〔註34〕吳小如《中國歷代賦選‧序言》，頁4。
〔註35〕〔南朝梁〕鐘嶸撰，王叔岷著《鐘嶸詩品箋證稿‧序》，頁7。

爾。」〔註36〕這就是「賦」由單純的動詞向創作方法演進的歷程。在漢代看來，《詩經》中的「賦」就是用正面的語言直接歌功頌德，這在當時似乎主要依靠兩種方式，一是「雅」，一是「頌」。〈詩大序〉說：「雅者，正也。」大概有宣揚正統之意，從《詩·大雅》所表現的內容也可以看出這一特點；又說：「頌者，美盛德之形容，以其成功告於神明者也。」〔註37〕其意已十分明確。至於《詩經》的〈風〉、〈雅〉裡有美刺，則為變風、變雅。這樣一來，不僅《詩經》的「六義」得到了合理的解釋，「賦」的內涵也更加系統和明確。

那麼，「賦」的實質究竟是什麼？萬光治說：「故就實質而言，鋪、敷、布、陳具有在時空兩個方面把事物加以展開的意義。這些概念之被引入文學，所指的即是不假比興、直接表現事物的時空狀態的藝術手法。」〔註38〕其實，這只是「賦」的表現形式，「賦」的實質乃是從正面用鋪陳的方式進行「美盛德之形容」，是歌功頌德的創作方法。事實上，這種創作方法並不是漢代無中生有的捏造，而是本來就存在於《詩經》裡，漢代在解經裡體現出來的經學思維方式，也是對三代及其前代的巫術思維方式的繼承、發展和總結。

由以上論述可以看出，「漢賦」美的本質是由《詩經》之「賦」的理性精神和《楚辭》之「賦」的非理性精神融合而成的。因此，從文體的淵源上講，「漢賦」美的本質是一種「理性之美」。

（二）漢賦與山水美學

對漢賦來說，所謂的「大」，當然不是指長城哪種建築藝術的體積之大，而是指漢賦所指的園林畋獵的壯觀場面。用〈上林賦〉裡的話來說，就是要求「巨麗」。……〈子虛賦〉、〈上林賦〉描寫統治者

〔註36〕〔宋〕高承，金圓、許沛藻點校《事物紀原點校·經籍譯文·賦》（北京市：中華書局，1989年4月），頁191。
〔註37〕〔清〕王先謙撰，吳格點校《詩三家義集疏·序》（北京市：中華書局，1987年2月），頁4。
〔註38〕萬光志著《漢賦通論·第一章賦稱原始》（成都：巴蜀書社，1989年12月），頁7。

的園囿一個比一個大畋獵的場面一個比一個盛，堆砌的辭藻也一個比
一個多。〔註39〕因爲要大且壯麗生動的場面爲賦者不得不在華麗的辭
藻摛文上下足功夫，遂形成風氣，在漢武帝的好大喜功下，文人描繪
生動且栩栩如生的場景鋪陳禮讚，因此這整個文學的精神對漢大賦在
山水自然景觀的敘寫則是極盡誇飾，包括宇宙、總覽人物及諷諫勸
戒，其實就是在讚頌漢帝王權的威儀與氣派。自古以來山川象徵王權
統治力量，我們在《詩經》裡強調「天」的力量，以山川頌揚周王朝
的尊位，甚至以祭天的山川神靈，將其統治權聯繫在一起，以示君權
神授地位的正當性；而漢賦強調的則是「人」之力量，也就是漢天子
的權勢。由於漢賦裡作者的表現，對自然界山水景物的體認，與後世
山水詩人登臨山水以求心神自由美感經驗的情緒遙相呼應，他們對山
水景物的刻意描寫，爲後世山水詩人模山範水的藝術技巧奠定了基
礎，因此漢賦不是純粹的詩，卻是探索山水詩的淵源時必須涉及的重
要領域。〔註40〕

　　我們從理論面來探討實質山水賦的藝術欣賞，首先從司馬相如
的〈上林賦〉來看其在賦裡描摹的都是天子畋獵場所「上林苑」的
規模：

> 左蒼梧，右西極。丹水更其南，紫淵徑其北。終始灞滻，
> 出入涇渭；酆鎬潦潏，紆餘委蛇，經營乎其內。蕩蕩乎八
> 川分流，相背而異態。東西南北，馳騖往來，出乎椒丘之
> 闕，行乎洲淤之浦，經乎桂林之中，過乎泱漭之野。汩乎
> 混流，順阿而下，赴隘陜之口，觸穹石，激堆埼，沸乎暴
> 怒，洶湧澎湃。滭弗宓汨，偪側泌瀄。橫流逆折，轉騰潎
> 冽，滂濞沆溉。穹隆雲橈，宛潬膠戾；……〔註41〕（213）

〔註39〕曾祖蔭著《中國古典美學・第二篇理性藝術的時代》（武漢：華中師
　　　　範大學出版，2008 年 3 月），頁 67。
〔註40〕王國瓔著《中國山水詩研究，第三章「漢賦」中的山水景物》（臺北
　　　　市；聯經出版，1986 年 7 月），頁 47。
〔註41〕〔清〕嚴可均輯，任雪芳審訂《全上古三代秦漢三國六朝文・全漢
　　　　文・司馬相如》（北京市；商務印書館，2006 年 2 月）〈上林賦〉，頁
　　　　213。以下隱文援用此書僅於文後加注頁碼。

又如〈子虛賦〉裡：

> 其山則盤紆郁，隆崇嵂崒。岑崟參差，日月蔽虧。交錯糾
> 紛，上干青雲。罷池陂陀，下屬江河。……水蟲駭，波鴻
> 沸。湧泉起，奔揚會。礨石相擊，硠硠礚礚。若雷霆之聲，
> 聞乎數百里之外。將息獠者，擊靈鼓，起烽燧。車按行，
> 騎就隊。纚乎淫淫，般乎裔裔。(211)

司馬相如刻意在〈上林賦〉、〈子虛賦〉裡用虛擬想像與誇張手法，
描寫上林苑裡，山川的險峻連綿，物產繁雜珍奇及富庶，鋪排香草、
林木、鳥獸紛至沓來，河裡的魚蝦潛藏於其中，河水奔瀉丘壑洲渚，
穿林而過，曲折浩蕩，華麗中透出清新好像看到漢帝國的富饒景象。
「上林苑」是武帝在長安附近為了畋獵休憩而建，其實只是隨著地
形、地貌的天然環境建造，再輔以一些人工山水，然而在作者若有
天地一般的修辭，彷彿是漢朝的縮影，帝王就統御在這雄奇壯美的
宇宙裡。

　　他們將山水當作一種神祕的統治力量，它象徵這種思維，源於
先秦儒家的「比德觀」被神聖化，孔子、荀子都以社會美來闡述自
然美，認為山水美在體現君子的美德。到漢代，「天人感應」目的論
之盛行，君權神授，「君子之德」被神化，與之「比德」的山水自然
也被罩上神奇色彩，成為真命天子「聖德」的象徵。〔註42〕

　　漢賦之美，表現在山水文學上，是跟著先秦的步伐律動，進步是
有限的，至於美學的發展對比先秦在文化的蘊藉下，有所謂縱向與橫
向的影響與承繼；從空間的角度來看，是單純的對外拓展，針對某一
時間點上的山水美作情感的聯繫，因此影響士大夫與文士們對人生的
體悟。藝術上來說，從不厭其煩的鋪陳黼黻經緯，象徵王權的統馭正
當性，使得意與象，情與景的契合，變為言志抒情的形式美學，作品
上，繽紛燦爛與豔麗的文字，在人為的鋪排下，勾勒柔和流暢的神韻
自然美，將陳腐的爛調，變為飄逸細膩的文學品味，漢賦所表現的是

〔註42〕陶文鵬、韋鳳娟主編《靈境詩心——中國古代山水詩史·山水詩的
　　　　形成》（南京市；鳳凰出版社，2004年4月），頁30。

漢朝文學的美學底蘊，與魏晉文學美的追求，即可發現如是的節奏感，這就是漢朝山水文學裡賦的「大美」在觀念上的整體表現之特點。

　　儘管漢朝文士可以藉著「賦」登上要職，更成為傳統社會結構的一種統治階級，因此歌功頌德對漢天子的禮讚，才能獲得人生價值的保障，用「賦」的呈現來獲取皇室及當權者更多的寵信，然而外戚、宦官卻是這批文人入仕最大的威脅，文士們隨時得面臨失意的悲情；「漢賦」裡那些抒發落魄情志的作品，山水景緻是擺脫君權神授那種神秘統治力的象徵，而潤色鴻業的大賦，是無法見到個人情感的敘寫，賦家們在被疏離下，時時哀嘆四時，觸景傷情。山水景物也成為避災遠禍，所認同的對象，他們關懷的是純粹個人的生命問題，用那些山水情物化為抒情的媒介，如崔篆（約 B.C25～30）在〈慰志賦〉，張衡的〈歸田賦〉裡至為推崇與自然為伍的隱者生活，山水成為文士面對失落黯然情感時，另一種宣洩人格的方式，所以文人在得志時賦是成功立業的媒介，失意時亦可藉山水賦來洩露內心情志，還可保全生命成為閒情逸趣的出口。

二、漢賦山水的藝術描摹

　　「賦」講求的就是鋪張華麗摛采縟文，「體物寫志」，為其基本構件，把山水文學作為摹寫的主要對象，從審美、歌讚、遊觀、娛樂、寄情。這是「賦」所擔負的使命。而山川景物即使不是所謂的主體，依舊佔據賦裡較多的篇幅，鋪陳自然界的千姿百態，模山範水，盡情敘寫景物雄偉壯麗之能事，由於賦者寫賦的動機是透過美學的藝術陶冶來炫耀其辭章及才智，在寫賦時免不了極盡光怪陸離，像司馬相如的〈子虛賦〉、〈上林賦〉，揚雄的〈羽獵賦〉、〈甘泉賦〉，班固的〈兩都賦〉等〔註43〕，例如枚乘（？～約 B.C140）的〈七發〉謂告誡膏粱子而作，賦中云：

〔註43〕陶文鵬、韋鳳娟主編《靈境詩心——中國古代山水詩史·山水詩的形成》，頁 40。

　　怳兮忽兮，聊兮栗兮，混汩汩兮。忽兮慌兮，倐兮儻兮，
　　浩溔漾兮，慌曠曠兮。秉意乎南山，通望乎東海。虹洞兮
　　蒼天，極慮乎崖涘。流攬無窮，歸神日母。泊乘流而下降
　　兮，或不知其所止。或紛紜其流折兮，忽繆往而不來。……
　　疾雷聞百里；江水逆流，海水上潮；山出內雲，日夜不止。
　　（208）

在觀濤一段寫無時無刻想藉觀濤之樂來療癒心理受到創傷的楚國太
子；從七百多字中，大部份是藉吳客之口，對曲江濤水形勢與波瀾
壯闊的描寫。枚乘希望透過動人心魂的描摹，及藝術性的寫作方式，
說明分析江濤的氣勢雄偉。利用誇飾的解說來說服對方，從文字的
媒介與其辭令的技巧，及其雄辯的語言，正是賦家促進漢賦描寫藝
術的主要因素。當然為了極盡描寫的能事，除了掌握文字外，作者
對描寫的對象必須擁有一定程度的興趣和認識，而漢賦作者對山水
景物觀察的精細縝密是驚人的。〔註44〕

　　漢賦作家描寫山水景緻，不是任意攝取或隨手點綴，而是傾全心
之力嘔心泣血，竭盡所能，展現個人內在的修為，以展示其文字技巧，
營造一種氛圍如〈子虛賦〉裡所云：

　　其土則丹青赭堊，雌黃白坿，錫碧金銀。眾色炫耀，照爛龍
　　鱗。其石則赤玉玫瑰，琳瑉昆吾，瑊玏玄厲硬石碔砆。
　　（211）

或〈上林賦〉中有一段寫上林苑的山澗裡有哪些奇花異草：

　　掩以綠蕙，被以江蘺，糅以蘪蕪，雜以留夷；布結縷，攢
　　戾莎；揭車衡蘭，槀本射干；茈薑蘘荷，葴持若蓀；鮮支
　　黃礫，蔣芧青薠；布濩閎澤，延蔓太原。離靡廣衍，應風
　　披靡；吐芳揚烈，郁郁菲菲；眾香發越，肸蠁布寫，晻薆
　　咇。（214）

在漢賦中這樣的鋪排總攬皆是，作家們喜歡將山林水澗裡的生態，用
極盡精彩的語彙來表現，豐富的物產顯現國家富饒的象徵，如花、如

〔註44〕王國瓔著《中國山水詩研究・第三章「漢賦」中的山水景物》，頁67。

草、如木，或魚、或動物等，甚至於臚織更多字旁相同的字彙充塞填滿其賦，凸顯琳朗滿目及繁富有序的物質生活。

司馬相如的〈子虛賦〉深獲漢武帝的激賞，還說出了「朕獨不得與此人同時」的感嘆，〈上林賦〉上呈後，武帝更將司馬相如封為郎，其作品的藝術效果實際上不僅於此。賦在文學上的藝術結構各方面都展現其創新，為漢代賦文學樹立了典範；也為南朝山水詩人模寫山水景物時的一個模範。漢賦的作家對其所處的時代，充斥著好奇與知性的追求，所以賦對山水林壑的描寫是從廣的方向去顯現，更著重細膩的嵌合入微。除此也是換得功名利祿的機會，讓文士們人人躍躍欲試，因此為文出自有意，造成後學者作賦的傳統，除了一些諷諫為目的的賦外，其它賦的摹寫是為了作家自己，表現體物寫貌的藝術技巧，所以，讀賦時總會發現辭章的雕琢整飾，陳篇嚴密工整。

漢賦中山川景物的敘寫雖有不盡周延的地方，但對寬宏壯闊的國家氣勢，及空間場閱巨細遺靡，總攬各類景緻，及生態變化莫不為奇，極盡寫狀之能事。再如劉歆（約 B.C50～23）的〈遂初賦〉如下：

> 歷雁門而入雲中兮，超絕轍而遠逝。濟臨沃而遙思兮，垂意兮邊都。野蕭條以寥廓兮，陵谷錯以盤紆。飄寂寥以荒昒兮，沙埃起而杳冥。迴風育其飄忽兮，回飆颭之泠泠。薄洞凍之凝滯兮，茀谿谷之清涼。漂積雪之皚皚兮，涉凝露之隆霜。揚電霓之復陸兮，慨原泉之淩陰。激流漸之濘涘兮，窺九淵之潛淋。颷棲愴以慘怛兮，愾風濘以列寒。獸望浪以穴竄兮，鳥脅翼之浚浚。山蕭瑟以鷦鳴兮，樹木壞而哇吟。地坼裂而憤忽急兮，石捌破之噐噐。(407)

是一篇感嘆古今的寓意之賦作，抒寫傷旅所見悽愴之景，亦可視為山水作品的嘗試，行書瀰漫著傷時感世的氣氛，其文宛如《楚辭‧九辯》般，將行旅中所見荒野淒涼山水凋敝的情景寄寓於賦中。

漢賦是一種宮廷文學，當然是以統治者的角度作為審美的心

理，因此描寫文字及表現手法勢必搏取統治者歡欣，文體及表現方式上難免落入公式化的刻板中。對山水的描繪當然無法做到情景交融，儘管賦的內在已經如此細膩，但仍缺乏山水藝術魅力，與山水物候的個人體驗；如前所提及的〈遂初賦〉、馮衍的〈顯志賦〉、嚴忌（約 B.C188～B.C105）〈哀時賦〉等賦，都能拿捏得恰到好處，用文字來烘托出作者或抒情與悽楚的窮愁，或孤傲悲憤，文筆淡雅，沒有大賦那種濃妝艷抹；然到了張衡〈歸田賦〉更是文采瀏亮辭彩雋永，一改大賦的浮艷，開魏晉六朝文學抒情小賦之自然美與審美趣味之文氣先河。

從先秦以來，真正讓我們接近山水文學的是漢賦，文士出身的漢賦家，極力稱頌漢武帝的林苑、城郭山水富麗的景觀，及花草樹木，蟲魚鳥獸等物富豐美，更極盡以富庶的帝國來襯托帝王的形象；已不是《詩經》或《楚辭》那樣質樸簡約的對自然景物的描寫及「比興」，人們的視野更加寬廣開闊，對於寄景抒懷，漢賦裡對山水景色的雕鏤，已累積鎔鑄四百多年的文人心智，對山水場景地掌握在技巧上更加嫻熟，對山水詩的興起給予更多的啟蒙及經驗的傳遞，東漢末年自然山水不在是帝國的象徵，是個人遠離政治傾軋，避禍遯世的好地方，這些問題經過醞釀後，直至魏晉時期的老莊玄學、求仙、隱逸及遊覽風氣的推波，玩賞自然山水及其審美經驗的熏陶下，山水自然藝術美進入嶄新的另一時代。

第二節　魏晉山水美學與藝術醞釀

魏晉南北朝將近四百年，這個時期是中國文學藝術史上自覺的時代，至於這個時代從何時開始，有一說是從東漢桓、靈二帝，或是更早就在孕育萌芽，或許還更早些，目前並沒有一致的定論。此時無論詩歌或理論批評，都有明顯的開創；這個時代世家豪族經濟勢力更加增長，促使政治上造成割據，并陷入國家分裂。然文士只

能選擇各為其主或隱居避世，多數選擇了依附氏族。

　　宗白華在其著的《美學與意境》中談到魏晉南北朝時代社會和藝術特點時說：「漢末魏晉六朝是中國政治上最混亂，社會最苦痛的時代，然而卻是精神史上極自由、極解放、最富於智慧、最濃於熱情的一個時代。因此也就是最富有藝術精神的一個時代。王羲之（303～361）父子的字，顧愷之（346～407）和陸探微（？～約485）的畫，戴逵（326～396）和戴顒（378～441）的雕塑，嵇康（224～263）的廣陵散，曹植（192～232）、阮籍（210～263）、陶潛（365～427）、謝靈運（385～433）、鮑照（414～466）、謝朓（464～499）的詩，酈道元（約470～527）、楊衒之（生卒年不詳）的寫景……」〔註45〕，可以說此時是一個既混亂又痛苦的時代一點也不為過；東漢帝國崩解後，軍閥割據混戰，形成三國鼎立，接著晉司馬家的八王之亂、五胡亂華，更造成南北朝分裂的局勢。時至六朝，帝國的更迭如同戲劇一幕一齣接續不斷，攻伐殺戮，人的生命如漂浮的萍，朝不夕保。

　　但這個大解放的時代在精神上、人格上、思想上是中國歷史上最自由的時期；人開始反思自覺；所謂的自覺，即是察覺自我存在的價值，並在追求這個「人」的精神價值，此「人」矧指豪門貴冑的氏族，與士大夫和文人的自覺，而其呈現的形式是多樣的，更重視文藝審美，更直接、更敏感、更清楚。這個時代正是以封建門閥貴族為基礎，帶著更多哲理思辯的色彩，與理論活動和藝術創造，各方面都相當突出，一種真正抒情的、感性的「純」文藝，伴隨著一種真正思辯的、理性的「純」哲學，同時孕育產生。這構成中國文化史上一個飛躍，詩歌方面也開始進入一個新時期。〔註46〕

〔註45〕宗白華著《美學與意境》（北京市；人民出版社，1987 年 4 月）頁187。

〔註46〕張松如著《中國詩歌史論》（長春市；吉林大學出版社，1985 年 8 月）頁 30。

一、曹魏山水美學藝術與隱逸風尚

至一九六年，曹操挾持漢獻帝東遷許昌，改元爲建安；從建安到黃初（196～226），此時曹操專權，漢獻帝「禪讓」於曹丕（187～226）起的三十年間，黃河流域一帶出現安定的時政，承繼東漢末年的詩歌，漸趨發展，形成建安詩壇，曹氏三父子及建安七子，爲這時期主要的作家，尤以曹操與王粲（177～217）；劉勰《文心雕龍·明詩》裡曾說：「暨建安之初，五言騰踴，文帝陳思，縱轡以騁節；王徐應劉，望路而爭驅；并憐風月，狎池苑，述恩榮，敘酣宴，慷慨以任氣，磊落以使才；造懷指事，不求纖密之巧，驅辭逐貌，唯取昭晰之能，此其所同也。」〔註47〕劉勰揭示了這種詩風興起的原因；他們傳承了東漢末年《古詩十九首》五言詩體的持續發展，利用五言詩將他們的理想、報復、追求、哀怨、都在五言詩中得到充份的體現。〔註48〕更讓《古詩十九首》五言詩體的內涵失去其單純性，當時文人對其詩的意義的填塞使詩更有具象感、經驗歷程與感悟力，通過對作品詞彙的解譯，不斷地創造藝術形象中所含詠的豐富內容得以顯現，并滲入作者的人格特質、生命意識，重新繪製出各具特色的形象美的藝術價值，甚至能夠對原有的藝術形象（或審美意境），甚至未凸顯的情境，更深化原來並不深刻的意象感，從而使藝術形象更臻豐富而鮮明。《古詩十九首》五言詩體，對爾後中國詩學的轉折奠定了一個不可輕視的基礎；尤其陸機（261～303）、鮑照、謝靈運、李白（701～762）等的擬作詩都深受其影響。

（一）三曹在建安文學上的表現

《古詩十九首》五言詩是東漢末期文學上重要的發展過程，直

〔註47〕〔南朝梁〕劉勰著，范文瀾注《文心雕龍·明詩》（臺北市；開明書店，1973年10月），卷二，頁2。

〔註48〕劉躍進主編《中國古代文學通論·魏晉南北朝卷·第一章魏晉南北朝詩歌概述》（瀋陽市；遼寧人民出版社，2005年5月），頁11。

至曹魏，此時三曹〔註49〕與建安七子在文學藝術上，在我國文學史上扮演著無比重要的角色，而建安文學更是此時的代表性文學。曹操憑藉其當時政治力網羅人才，延攬文士，甚而再輔以鄴下文人群像，每個人的文采都極富創造力，一些作品更開風氣之先。曹孟德曾被魯迅視為英雄，且是一個能改造文章的文學家，他的詩流傳與傳承從樂府民歌以降，一掃辭賦的空洞及摛文鋪陳之風，有自己嚴峻、通脫的風格，於今存詩僅二十餘首，然詩中抒發一統中國的雄心，及進取的豪邁精神，其中又以四言詩為最，他所做的〈短歌行〉被當今許多學者評為《詩經》以來迄此歌行後，已是絕響，後人的四言詩已無人可出其右。曹操在北征烏桓時曾寫〈步出夏門行・觀滄海〉一詩，此詩已有山水詩的情致，惟其詩旨，不在山水，但卻是一首膾炙人口瑰麗的詩章：

> 東臨碣石，以觀滄海。水何淡淡，山島竦峙。
> 樹木叢生，百草豐茂。秋風蕭瑟，洪波湧起。
> 日月之行，若出其中；星漢燦爛，若出其裡。
> 幸甚至哉，歌以詠誌。〔註50〕

全詩賞讀時有山水詩的情狀，然其詩卻是借景言志，以滄海的波瀾壯闊，日月星辰的壯麗生動描繪寄寓詩人的英雄氣魄及矗矗胸懷，這是四言詩裡出現的第一首寫景最完整的作品。

建安十二年（207）曹操消滅袁紹父子後，回師途中寫了一篇〈龜雖壽〉詩，詩裡可以看出其抒發胸臆，完成統一的豪情與雄心壯志，及其積極想完成大業的態度，其詩云：

> 神龜雖壽，猶有竟時。騰蛇乘霧，終為土灰。
> 老驥伏櫪，志在千里。烈士暮年，壯心不已。

〔註49〕三曹所指的是曹操為中心的三父子，曹操、曹丕、曹叡；但就文學成就來說以曹植為優，後來曹植取代了曹叡。

〔註50〕逯欽立輯校《先秦漢魏晉南北朝詩・魏詩卷一・步出夏門行》（北京市；中華書局，2006年1月），（魏武帝曹操），頁349。爾後援引此書時僅注作者及頁碼。

盈縮之期，不但在天。養怡之福，可得永年。

幸甚至哉，歌以詠志。〔註51〕

詩中可以看出曹操的老驥伏櫪，志在千里的決心及意志。詩裡語氣遒勁清雋，具有強烈的藝術性，風格豪邁灑脫對後世文學發揮一定的影響。

魏文帝曹丕在建安時期，文學上有其特有的貢獻，如他的〈典論·論文〉是中國第一篇開啟文學批評的文章，在詩歌上〈燕歌行〉是詩歌史上第一首七言詩；論文裡，他對建安時期的七位文士，在文學創作上提出品評與看法，開文學批評史之先，他提出「文非一體，鮮能備善」的文人相輕的醜態，「文以氣為主」、「氣之清濁有體，不可力強而致」、「文章經國之大業，不朽之盛事。年壽有時終，……未若文章之無窮」〔註52〕，他除了對文氣的看法外，還強調作家應有的才性對文學的重要，文中還對文學的價值寄予肯定的態度，並提高文學的事功與地位得以並列，以鼓勵作家努力創作從事文學活動，尤其對魏晉之後文學發展掀起推波助瀾之功。而在文學體裁方面的「文本同而末異」，文章應依據特性不同而選用體裁，應先將「本」、「末」上的原始觀點確認，且前後文先取得聯繫的觀念，對後世的文體提示關鍵性的啟發作用；〈典論·論文〉內容雖然數語，卻將文學上的問題一一地提出，還扼要地講出自己的看法，實為可貴。就詩來說〈燕歌行〉在七言詩上所產生的影響，從詩中可以看見曹丕的風格，其詩云：

秋風蕭瑟天氣涼，草木搖落露為霜。群燕辭歸鵠南翔，

念君客遊思斷腸。慊慊思歸戀故鄉，君何淹留寄他方？

賤妾煢煢守空房，憂來思君不敢忘，不覺淚下沾衣裳。

援琴鳴絃發清商，短歌微吟不能長。明月皎皎照我床，

星漢西流夜未央。牽牛織女遙相望，爾獨何辜限河梁？

〔註51〕〔魏〕曹操著《曹操集·步出夏門行·龜與壽》（北京市：中華書局，1974年12月），頁21。

〔註52〕〔明〕王世貞著，羅中鼎校注《藝苑卮言·卷一》（北京市：中華書局，年1992年7月），頁4。

〔註53〕

這是一首閨中怨婦詩，在深秋時節的夜裡，懷念遠方的丈夫，卻夜不能成眠，內心的憂傷景象。全詩以景起興，如泣如訴，細緻委婉，描摹生動寫出了思婦的內心情境。陳壽（233～297）於《三國志・魏書・文帝紀》裡評曰：「文帝天姿文藻，下筆成章，博聞彊識，才藝間該；若加之曠大知度，……」。〔註54〕清王夫之更將其詩評價為：「傾情、傾度、傾色、傾聲，古今無兩。一徑酣適，殆天授，非人力。」〔註55〕稱頌其詩，可見其詩才情四溢。

　　曹植為曹丕之弟，其自幼即受古典文學的陶鑄，《魏書・陳思王傳》載云：「年十餘歲，誦讀詩論及辭賦數十萬言，善屬文。」〔註56〕現今留下的詩作共八十多首，奪胎於五言詩，五言詩在建安時期已是成熟的文學詩體；曹子建將五言詩的寫作範圍擴張至各個層面，因此鐘嶸在詩品序中云：「陳思為建安之傑，公幹、仲宣為輔。」〔註57〕王世貞（1526～1590）在《藝苑卮言》就說：「子建天才流麗，雖譽冠千古，而實訓父兄。和以故？才太高，辭太華。」〔註58〕而《詩藪・內篇》則說：「古詩好煩，作者致眾。雖風格體裁，人以代異，……陳思而下，諸體畢備，門戶漸開。」〔註59〕可知曹植在五言詩的藝術美上有一定的貢獻。曹植在曹丕稱帝前表現了建功立業的抱負；詩風

〔註53〕〔魏〕曹操，曹丕，曹植著《三曹集・魏文帝集・燕歌行》（長沙；嶽麓書社，1997年1月），頁190。

〔註54〕〔晉〕陳壽撰，〔宋〕裴松之注《三國志・魏書・文帝紀第二》（北京市：中華書局，1964年10月），頁89。

〔註55〕〔清〕王夫之撰，張國星點校《古詩評選・曹丕・十六首》（北京市；中華書局，1997年3月），頁19。

〔註56〕〔晉〕陳壽撰，〔宋〕裴松之注《三國志・魏書・陳思王曹植轉卷第十九》，頁557。

〔註57〕〔南朝梁〕鐘嶸著，王叔岷箋證《鐘嶸詩品箋證稿・詩品序》（臺北市；中央研究院中國文哲研究所，2004年11月），頁7。

〔註58〕〔明〕王世貞著，羅中鼎校注《藝苑卮言・卷三》，頁110。是書注引。

〔註59〕〔明〕胡應麟《詩藪・內篇・卷二》（上海市；上海古籍出版社，1979年11月），頁23。

雄健剛勁，有許多歷來傳誦的名篇。曹丕稱帝後的詩歌，主要在抒發其被壓抑下之憤懣與哀怨的心情，表現他不甘被旁落，期待用世立功的願望。明顯地可分為兩個階段。前一段時間可以看出他的雄心壯志與理想抱負，後段卻在父兄的陰影下，有志難伸，創作上受到生活體驗的衝擊下有所影響，從〈白馬篇〉的「捐軀赴國難，視死忽如歸」（432）後期又以〈贈白馬王彪〉為代表，詩裡交織著恐懼、憂憤、哀傷、自勉的複雜情緒下抒發其個人情感。更暴露了兄弟相殘的悲劇，「玄黃猶能進，我思鬱以紆。郁紆將何念，親愛在離居。本圖相與偕，中更不克俱。鴟梟鳴衡軛，豺狼當路衢。蒼蠅間白黑，讒巧反親疏。欲還絕無蹊，攬轡止踟躕。」（452）將內心的憤懣具體的表達，在抒情藝術上達到憂美的情緒，把雜沓的情感融於敘事、寫景很有文藝地展現於目前。曹植除詩外他的〈洛神賦〉更富盛名，子建用雍容華貴的筆觸，形塑一位純潔多情的女神意象宓妃，「榮曜秋菊，華茂春松。彷彿兮若輕雲之蔽月，飄颻兮若流風之回雪。遠而望之，皎若太陽升朝霞；迫而察之，灼若芙蕖出淥波。穠纖得衷，修短合度。肩若削成，腰如約素。延頸秀項，皓質呈露。」〔註60〕曹植雖然對洛神已有愛慕，卻也因人神道殊，洛神亦只好黯然離去，藉抒感悟卻表現其失意惆悵之情，鋪陳於悲鳴的情懷下，暗自療傷；曹植在文章上其〈與楊德祖書〉、〈與吳季仲書〉這兩篇散文札記文情跌宕，清新雋詠明理意趣，充分表現移情式的審美感通之表現。

　　曹魏三祖（220～266），代表了建安文學，在我國文學史上「建安風骨」有著重要的影響，無論李白或是杜甫以至於魯迅在〈魏晉風度及文章與藥及酒之關係〉上用清俊、通脫、華麗、壯大，來概括建安文學的藝術特色，更彰顯此時期文藝審美思想與情愫，及時代的生命意蘊。

〔註60〕傅亞庶注譯《三曹詩文全集譯注‧曹植‧洛神賦》（長春市：吉林文史出版社，1997年1月），頁785

（二）建安文學的山水情韻

余英時在其《士與中國文化・漢晉之際士之新自覺與新思潮》東漢靈帝時炙熱的黨錮，外戚與宦官、文士成為宮闈中受傷最重的一群。文人、士大夫只是被拉攏的對象，這些都是為了一時的厲害而結合，其精神與規模是有區別的，黨錮之禍後，魏晉士大夫生活方式較具體化、明朗化的產生一種體會與自覺，此既士代夫與其思想之變遷；固不可不注意文士的群體自覺，尤其重要者則為個體自覺，其與新思潮之興起有最直接相關之故也。〔註61〕而自覺就是意識到自我存在的價值，及所努力追求的意義為何？人的自覺是表現在多樣的形式上，也就是在敏感的文學審美上，能顯現的更直接更有條理些。

建安初期儘管還存在著軍閥混戰，從曹操營獻帝於許都後，形式上已存在一個中心。曹操之所以可以挾天子以令諸侯，漢帝已如同虛位，但仍有其號召力；除了他的才智出眾外，他善用漢帝為旗幟形塑正統，在政治上取得優勢，這是其成事的原因之一。文士在曹氏集團下，看到他們可以追求理想的現實面，因此相處和睦無間，文士都集於鄴下，形成一個文學的、政治的中心。從意識形態來看，各家打破藩籬，開始活躍於刑名之學成為一時之顯學，道家思維趁勢而起，黃巾之亂失敗後，統治階層另覓統制權術，應運而生的刑名成了風氣時尚，以救贖亂世為旗幟，雜糅各家學說，建安文學恰於此時，激盪出現實的思想與藝術形式的「建安風力」。

建安之前的文學仍以經學、子學為學術發展基礎，學術上仍屬於僵化形態的活動。到了建安時期，文人自覺促進文學的發展，觀念上與漢儒的人生哲學是不同的。文學上開始劃分集團，集團內部彼此有了唱和，便開始產生自覺地切磋文學的風氣，此風氣在此時達到最盛，且進入有意識的文學批評之最初階段，因為在文學發展上皆有具體的方向，是一條健康與正面的文學自覺之道路，進一步

〔註61〕余英時著《士與中國文化・漢晉之際士之新自覺與新思潮》（上海市；上海古籍出版社，1987年12月），頁307。

加速了文學的內涵與文士內在心裡的昇華,無論在文體或詩、賦、散文都有明顯的變革,藝術上「造懷指事,不求纖密之巧,驅辭逐貌,唯取昭晰之能」﹝註62﹞,直文兼備,內容與形式的和諧統一,已達爐火純青的展新階段,作品呈現清風麗質之美,語言風格,求華麗之美,不務纖密之巧,不僅語言明白暢達,音律和諧,朗朗上口,已具音樂之美﹝註63﹞,這就是建安文學在歷史上俱崇高典範之美的文學藝術。

抒情化成為建安文學的主要觀念,在擺脫經學的桎梏下獲得獨立自覺的活力,所以不能忽視其文學抒情意識與借景抒情,與描寫情景交融的樣式來表現,如曹丕的賦裡就有許多描寫景色的部分,用來襯托建安文人的敏銳觀察力及細緻內心世界,〈登台賦〉裡云:

> 登高台以驍望,好靈雀之麗嫻。
> 飛閣崛其特起,層樓儼以承天。
> 步逍遙以容與,聊遊目於西山。
> 溪谷紆以交錯,草木鬱其相連。
> 風飄飄而吹衣,鳥飛鳴而過前。
> 申躊躇以周覽,臨城隅之通川。(全三國文 39)

本篇寫於建安十七年(212)的春天遊西園作登銅雀臺,要求其他兄弟並作。又如王粲(177～217)的〈登樓賦〉也是借景來描繪漂泊羇旅異鄉,功不成,名不就的悵然心情,將其心境澈底的發洩出來,舉其末段為例云:

> 惟日月之逾邁兮,俟河清其未極。
> 冀王道之一平兮,假高衢而騁力。
> 懼匏瓜之徒懸兮,畏井渫之莫食。
> 步棲遲以徒倚兮,白日忽其將匿。
> 風蕭瑟而並興兮,天慘慘而無色。

﹝註62﹞﹝南朝梁﹞吳林伯著《文心雕龍義疏·明詩》,頁82。
﹝註63﹞殷翔撰〈文學的自覺——淺談間文學〉收錄於《淮北煤師院學報(社會科學)》(淮北;淮北師範大學,1938年第2期),頁45。原為淮北煤師院,現在為淮北師範大學。

> 獸狂顧以求群兮，鳥相鳴而舉翼。
>
> 原野闃其無人兮，征夫行而未息。
>
> 心悽愴以感發兮，意忉怛而憯惻。
>
> 循階除而下降兮，氣交憤於胸臆。
>
> 夜參半而不寐兮，悵盤桓以反側。〔註64〕

建安七子中以王粲的詩歌成就最爲傑出，此賦大概做於建安十一年或十二年（206～207）間，目前仍存疑，到底是王粲勸劉琮（生卒年不詳）降曹操前或後不得而知，但可知的是其歸附曹之後隨曹軍往江陵到了當陽時作此賦。這是一幅幾經戰火肆虐過的荒涼景緻，生動地將他的飄零身世，在悲憫亂世的心情藉景渲染當時之氛圍。

　　建安的抒情小賦，有別於漢的大賦，將個人情緒直接聯繫上景物，而抒情小賦是具體而微的將山水自然融入，這是建安詩歌創作上自然而然的文學審美。此時期的遊宴詩裡對自然景觀的範寫，主要集中在宴遊詩、贈答詩、紀行詩等作品中。

　　鄴下時期政治相對穩定，曹氏家族及建安文士們，就常藉登臨遊覽，曹丕在〈與吳質書〉中寫道「每至觴酌流行，絲竹並奏，酒酣耳熱，仰而賦詩。當此之時，忽然不自知樂也。謂百年己分，可長共相保，何圖數年之間，零落略盡。」（《全三國文・卷七・六六》）創作以寫與景有關的詩作，例如：曹丕〈於玄武陂作〉詩云：

> 兄弟其行遊，驅車出西城。野田廣開闢，川渠互相經。
>
> 黍稷何鬱鬱，流波激悲聲。菱芡覆綠水，芙蓉發丹榮。
>
> 柳垂重蔭綠，向我池邊生。乘渚望長洲，群鳥歡嘩鳴。
>
> 萍藻泛濫浮，淡淡隨風傾。忘憂共容與，暢此千秋情。

〔註65〕

這一年秋天，曹丕與其兄弟或許曹植也在場，共遊玄武陂，觀此次出遊「忘憂共容與」，可想而知，當時袍澤間情誼應是融洽。詩將陂中

〔註64〕〔魏〕王粲著，俞紹初校點《王粲集》（北京市：中華書局，1980 年 5 月），頁 19。

〔註65〕逯欽立輯校《先秦漢魏晉南北朝詩・魏詩卷四・魏文帝曹丕》〈於玄武陂作〉，頁 400。

景色之綠意盎然,深刻入裡於詩中。鄴下當時群遊風氣盛行,藉宴飲遊池欣賞景物及山水情緻;此時大量瀟灑於日月的抒情寫志詩,從詩酒風流於胸襟。

建安時期自然審美觀,相對於山水文學價值觀來的成熟,在「文學自覺」為中心思想下,隱藏著士族與文人對個人生命觀的知覺與體認,這個審思與體悟伴隨著士人積極進取的意識及對生命價值感的喪失,這也是此時士人文學發展的悲歌,士的階層在社會的演變與發展裡,境遇與心態開始解放,對宇宙自然的態度與生命的意義,有意無意地尋求人與自然的共通性,借自然來規範人格與社會秩序,還賦予自然種種屬性,人與自然的關係已轉化為審美範疇,我們在對一些審美的價值上做一些察考,不難發現,這些都是以自然為屬性,審美的觀念轉換成物我合一,無形中將士人與山水自然聯為一契。在司馬家族的壓力下,自然審美的思維與玄言、遊仙觀念進入兩晉,逐漸邁向真正山水審美的詩歌意境中。魏晉文士的山水心靈,已經把山水圖像完全結合成自然山水意象,他們從語言、詩歌、思想觀念、宗教文化中,自然山水已植入他們的心靈,所有的悲懷都藉山水言說,精神上已成為中國人對自然界內化下堅實的基礎。

二、兩晉山水美學藝術與玄言詩風

魏晉時期,對自然的「真」與「善」,理念上開始嬗變成「美」的價值,讓這個覺知更為深化,走向精神文化的歷程中,這已經是非常深遠的變化了,李澤厚說:「魏晉在中歷史上是一個重大變化時期。無論經濟、政治、經濟、軍事、文化和整個意識形態,包括哲學、宗教、藝術等,都經歷轉折。這是繼先秦之後第二次社會形態的變異所帶來的。」﹝註66﹞文學上正始太康年間(240～289)玄言文風最盛,

───────────────

﹝註66﹞李澤厚著《美的歷程·魏晉風度·》(臺北市;三民書局出版,2006年1月),頁98。

延續中國山水之遊,遁世山林,從自然山水汲取美學藝術的靈感。就兩晉求仙、攬勝、遨遊於山林是哪時代的士人所希企的隱逸環境,他們以獨具的審美觀,給予山水審美的積極意義,雖然未被重視,但對日後山水詩的發展,卻有關鍵性的影響。

　　魏晉時玄學派的言意之辨、意象之論、聲情之別,也是據此參考《易傳》「言不盡意」而展開討論並富有相似的美學因素。〔註67〕正始玄風透過各種辨析下,玄言詩及山水詩的崛起得到較有系統的詮釋。其詮釋的方法藉「清談」、「清議」從邏輯上理路分明,結合三玄《易》、《老》、《莊》爲談論的內容,啓發了意象論的新題材,在經由山水詩作雕鏤逼眞,生動寫實,強調形似實踐積累,山水景象自然呈現,給人煥然一新的感覺;流風此時加入了佛學、玄學、道學的思想哲理,在虛靜體道的修爲下,影響爾後的意境論,成爲中國詩學的理論核心影響極深。

（一）魏晉玄學與山水自覺

　　中國古典詩歌中講求的就是情景交融的藝術價值,漢末建安與正始時期,已經出現較爲成熟的山水詩,東晉「寄言上德,托意玄珠」〔註68〕的玄言詩就雜糅在模山範水的作品裡,玄言詩在詩人自覺藝術追求的刻劃下描繪自然山水,此詩風確實出現在東晉末,劉宋初期是詩壇特殊現象。值得我們去深思與討論的是,山水詩爲何在玄言詩之後的此時崛起?所有的文學發展都有其條件因素,就山水詩來說,促成其發展既是詩歌藝術抒情內驅力的醞釀下,形成詩歌創作審美概念的契機與實踐;仕宦在動盪的時代中,迫使詩人避居山林皋壤,又在玄思盛行的時代背景下,玄學精神默默影響山水詩的發展,這正是經學衰退後,魏晉玄風逐漸取代下的產品。玄言

〔註67〕李欣復著《中國古典美學範疇史‧第二章春秋戰國諸子確立的美學基本範疇概念》(香港:香港天馬圖書出版,2003 年 1 月),頁 32。
〔註68〕〔梁〕沈約撰《宋書‧卷六十八‧謝靈運傳》(北京市:中華書局,1974 年 10 月),頁 1778。

思想在此刻正好可以調節，儒、道間冥想與思辯的特質，是一種形
而上學的意義；其特殊時期影響學術思潮，玄學對詩歌藝術毋庸置
喙，玄言詩發生於玄學思維之下。士階級熱衷於揮麈談玄，引玄理
入詩，藉詩歌的形式辨析抽象的玄學命題，顯然，玄言詩是否定詩
歌藝術的內在價值，悖離詩言志的抒情氛圍，也是中國詩歌發展史
上一段插曲。而玄學不僅影響玄言詩。實際上對山水詩而言，卻是
一種蓄勢待發必要經過準備程序。

　　人與自然山水之間審美關係的成熟，是山水詩出現和發展的基
本前提。魏晉玄學通過對「言意」、「有無」等論題的冥想辯議，揭
示了在自然山水與最高範疇裡——「道」的微妙關係，無形中提高
了自然山水在文化結構中的地位，強化了自然與人們的精神聯繫，
從而間接推進了人們對自然山水的審美賞握。〔註69〕所以「言意之
辨」、「有無之辨」、「體用之辨」，強調的是將所思與現實是否能夠
完整清楚的聯結，提供玄學在學術上一種方法論的依據。其中又以
王弼（226～249）的學說最具啟發，也是玄學興起的關鍵。王弼以
「道」解《易》，重新解釋了「言」、「意」關係間之「言意之辨」，
許多玄學論述上「言意之辨」仍有道家的思維「立象以盡言」，荀
粲（約209～238）提出「言不盡意」說，以為「象外之意，係表之
言」都是「蘊而不言」，所以六籍雖存，固聖人之糠粃。……蓋理
之微者，非物象之所舉也。今稱立象已近億，此非通於意外者也；
繫辭焉以盡言，此非言乎繫表者也。斯則象外之意，繫表之言，固
蘊而不出矣。〔註70〕而王弼藉對《周易》的解釋，闡述了「忘言得
象」、「忘象得意」的觀念。可以從《周易略例·明象》中發現：

　　　　夫象者，出意者也。言者，明象者也。盡意莫若象，盡象
　　　　莫若言。言生於象，故可尋言以觀象；象生於意，故可尋

〔註69〕楊鑄撰〈玄學與山水詩〉收錄於《北京社會科學》（北京市：北京社
　　　　會科學編輯部，2000年4期），頁131。
〔註70〕〔晉〕陳壽撰，〔宋〕裴松之注《三國志·魏書·卷十·荀彧荀攸賈
　　　　詡傳》（北京市：中華書局，1964年10月），頁319。

象以觀意。意以象盡，象以言著。故言者所以明象，得象
而忘言；象者，所以存意，得意而忘象。猶蹄者所以在兔，
得兔而忘蹄；筌者所以在魚，得魚而忘筌也。然則，言者，
象之蹄也；象者，意之筌也。是故，存言者，非得象者也；
存象者，非得意者也。象生於意，而存象焉，則所存者，
乃非其象也；言生於象，而存言焉，則所存者，乃非其言
也。然則，忘象者，乃得意者也；忘言者，乃得象者也。
得意在忘象，得象在忘言。故立象以盡意，而象可忘。得
意在忘象，得象在忘言。故立象以盡意，而象可忘也；重
畫以盡情，而畫可忘也。〔註71〕

王弼繼承莊子「得意忘言」的觀念，強調「言」與「象」僅是「得意」
的方法，「言」不等同於「象」，「象」也不同於「意」；也就是說「意」
在「象」外，「象」在「言」外，如果只顧及「言」與「象」是不會
得到「意」的，唯有「忘言」「忘象」才有機會得到「得意」；其次王
弼並不是完全否定《周易・繫辭》「立象以盡意」，他認為「盡意莫若
象」，「盡象莫若言」從「言」觀「象」，從「象」可以察「意」也確
認了「言」與「象」的相對價值。王弼藉「言意之辨」感通儒與道，
並且將「言」與「象」和「意」三者間的關係合理地詮釋；更解決名
教與自然的「道與物」與「無與有」和「神與形」及「體與用」的相
對性問題。王弼從「言意之辨」的思維邏輯，一定程度上也解釋了「無」
和「有」、「道」與「物」的關係問題，然依照「貴無」的概念「無」
和「有」勢必對立殊途。而郭象（252～312）與向秀（約227～272）
主張「崇有」經過他們的闡說，「物」卻得到一個有系統的哲學觀；
郭象一再提出「物」的「自生」與「自造」和「自得」及「自然」、「自
爾」、「自建」其用意都在證明「無」、「有」不分「道」在「物」中。
而「體道」的最直接途徑便是置身於自然萬物之中，而不受污染與破
壞，天然與自然合而為一，自然界裡的山水景物兼容並蓄，玄學與山

〔註71〕〔魏〕王弼撰，樓宇烈校釋《王弼集校釋・周易略例・明象》（北京
　　　　市；中華書局，1980年8月），頁609。

水的精神距離即更爲接近。總之，從王弼對「言」的有限度地揭示，到郭象對「有」的本體地位的闡發，在玄學內部爲人們與自然山水建立深層的精神紐帶，提供了重要的哲理依託。〔註72〕

自然山水與「體道」間的寫景物而談玄理，自是水到渠成，然而，「以玄學對山水」跟「情」對山水的「體道」與審美，並不是對立的，當士人的精神修爲跨越了現實的拘束時，就能與山水自然合而爲一，因此我們從謝靈運的山水詩裡，可以窺見某些山水詩中，實現了玄理與人性間的情感，結合了美學的張力與美學感知融合一契；而謝朓的山水詩，就被人性間的情感與審美觀取代了玄理，魏晉玄學催促了山水詩的成熟，一旦山水詩脫離玄學理趣其山水詩的藝術審美，將使中國山水詩歌情景交融，成就新一頁的詩學藝術。

（二）玄言與山水自覺意識

魏晉六朝時期的中國，在政治上與社會上都是最苦痛的年代，可以與中世紀的歐洲黑暗時期相互比擬；文化層面的進展裹足不前，因獨尊儒術下，神格華語讖緯左右一切，在威權的意識形態下失去了自我，氳氳許久的玄學，老莊思想再度興起，而後佛教東來蔓延迅速，繼戰國之後中國發生第二次的思想解放運動，在文士的帶領下文學藝術生機盎然，進入一個文化自覺的年代。

在這般背景下，文人中出現一批名士，走在時代的尖端，建構新的思維體系，喚醒沈睡中的國家精神，特別是玄學的異軍突起，何晏（約 195～249）、王弼、夏侯玄（209～254）等開清談之風，史稱「正始之音」，肯定名教處於自然裡的「有」與「無」的概念，主張無爲而治，當時社會之間是充滿著衝突與矛盾，不難看出他們的自覺探取「援老入儒」的思想觀念，強調個人的人格並糅合道家與儒家學說爲

〔註72〕楊鑄撰〈玄學與山水詩〉收錄於《北京社會科學》（北京市；北京社會科學編輯部，2000 年 4 期），頁 135。

一體。正始後期的名士更在恐怖的氣氛下朝不保夕，開始探索個人的精神及超越理想人格的心靈寄託，喊出「越名教而任自然」是名教與自然合一的哲理（其中又有激進派和頹廢派之分）尊名教而絀自然；拋棄衰微的儒家經學，追求人的存在價值，且以莊子的思想爲中心，形成魏晉玄學文風，精神上以逍遙放浪形骸與風流得意，藉此擺脫塵世苦惱，尋求精神上生存的慰藉。

　　「聲無哀樂」以及「骨氣」、「神韻」與「實有」、「虛無」等觀念，直接影響到當時的審美意識與理趣。在辯思的理性玄風下，肇始這時代的人文發展更加熾盛；又以阮籍（210～263）、嵇康（224～263）的隱居出世，和放任山水自然的「竹林七賢」爲代表，名士閒聚竹林，遠離權力核心，澈底做到「越名教而任自然」的主張，這也是當時世人所嚮往的社會狀態，讓身心靈得以安頓。在此同時「文人自覺」亦逐漸形成流尚；所謂的「文人自覺」，是從美學的觀點出發，是人對這個社會與自然間關係的建立及適應，且是自覺式的甦醒，並非針對文學方面的自覺，還包含其他藝術，特別是書法、繪畫，直到東晉之後「山水自覺」蔚爲魏晉玄學思維下的一個重要成就，更是從玄言詩到山水詩、山水畫上反映了這個自覺，從郭璞（276～324）到謝靈運（385～433），而顧愷之（約 344～405）、宗炳（375～443）和王微（414～453）。他們在「文學自覺」內容上與哲學觀念上所展現的是一致地，將人的精神融入山水石澗中，以形象化的方式來體玄論道，描摹山水景物。

　　自古中國人一直關注著人與自然的關係，並希望他（它）們和睦相處順應自然；這是道家最崇高的哲理，天地的消失與存在，不影響道的意義，道是老莊哲學的根本，天地萬物都依循這個規律與法則運行不悖，但道仍法自然，可知自然對道的重要性。士大夫出身的文人畫家宗炳，便將山水畫的作用視爲，「澄懷證道」、「澄懷味象」、「洗心養身」，「澄懷」就是莊子以虛靜之心觀物和體道的對象，漸漸進入

美的意境之中，從而達到精神的解放，放下私慾及功利即可達到「澄懷」之境界。宗炳更在〈畫山水序〉中言及「山水以形媚道」的觀念，也就是說不論儒、道、釋各家都認同道，雖然在程度上、影響上皆有不同，惟其所言的道仍指老莊之說，以顯示宗炳的山水觀與法道之精神層次及審美「暢神」上他說：

> 峰岫嶢嶷，雲林森眇。聖賢暎於絕代，萬趣融其神思。余
> 復何爲哉，暢神而已。神之所暢，孰有先焉。〔註73〕

宗炳「暢神」說的特點在於使人獲得精神上的愉悅，其強調把山水畫從宗教神學中脫離出來，另一方面強調「暢神」的審美涵義，不難看出宗炳對藝術的關注。此後山水畫在精神層次上的探索以擺脫不了「暢神」的範疇。而王微與宗炳的山水畫，在本質上、藝術上是一種審美的享受，此時山水畫在自然與人之間，蘊涵更豐富的內在美與暢遊的山水意識。山水畫儼然成爲與名士溝通的管道，山水畫有其獨特的審美條件，這也是這一時期山水畫論及相關文獻資料比較具體與成熟的原因，唐朝的張彥遠（815～907）在《歷代名畫記》裡評論云：「宗炳、王微，皆擬跡巢、由，放情林壑。與琴酒而自適，縱煙霞而獨往。各有畫序，意遠跡高。不知畫者，難可與論。」〔註74〕宗炳、王微在山水畫伊始階段即將自己的藝術理論題升到精神追求的層次，他們的觀點更造就爾後中國山水畫的發展，落實於「山水自覺」中體現，與踐履在莊子學說上、人生感悟上及藝術上的發揚。

綜觀在老莊思想爲基礎下所衍生的魏晉玄學，及其對儒家思想觀念的衝擊與切入，想必帶給中國文化史上，空前的突破與創舉，山水畫能在此一時期興盛崛起，進而成爲中國畫的重要呈現形式，歷經千餘年而不衰頹，可以說老莊玄學理論，受到士大夫階層的推崇及支持下，改變傳統的山水畫和歷史發展的軌跡。

〔註73〕〔南朝宋〕宗炳撰，葉朗主編《中國美學歷代文庫‧畫山水序》（北京市：高等教育出版社，2003 年 12 月），頁 391。

〔註74〕〔唐〕張彥遠撰，〔日〕岡村繁譯注，俞慰剛譯《歷代名畫記‧卷六》（上海市：上海古籍出版社，2002 年 10 月），頁 333。

（三）玄言詩與山水詩

　　玄言詩的出現當然是在玄學影響下的一個結果，玄言詩的內容大都談玄說理，探究人生、社會、宇宙的多舛。通常將玄言詩分成兩類；以純粹說理，闡發玄理，內容及文字較枯燥，表象性差，欠缺詩韻為一類；通過玄理、玄境來描繪闡發玄意更富含詩韻；這一類往往透過山水玄境的描寫，而山水描摹只是手段，談玄論理才是目的。

　　文學上利用模山範水來達到玄趣，我們前面說過《詩經》、《楚辭》就是拿山水來比興，其主述並不是山水，像〈衛風・碩人〉「河水洋洋，北流活活」，又如〈唐風・揚之水〉「揚之水，白石鑿鑿」。這些都是借寫山水起興為目的。《楚辭》在描寫山水的句式較長，如〈涉江〉「入漵浦余僮佪兮，迷不知吾所如。深林杳以冥冥兮，乃猿狖之所居。山峻高以蔽日兮，下幽晦以多雨。霰雪紛其無垠兮，雲霏霏而承宇。」（130）描寫一個晦暗悽苦的環境，藉以襯托詩人的惱人心境；完全都是借山水來渲染。為了能將玄理表達得更好，玄言詩的作者在自覺或不自覺中引入了山水境象，雖然與《詩經》、《楚辭》在目的性上不同，若對山水的敘寫來說那僅是工具。來看謝安（320～385）的〈蘭亭詩・其二〉云：

> 相與欣佳節，率爾同褰裳。薄雲羅陽景，微風翼輕航。
> 醇醑陶丹府，兀若游羲唐。萬殊混一理，安復覺彭殤。

〔註75〕

「薄雲羅陽景，微風翼輕航」純粹是景語，描繪一個輕雲飄空，春風拂面的好天氣，如此環境美景下，名士品酒賦詩，談玄論道。

　　玄言詩一般來說玄境與玄理是融匯一致的，理援境悟，境援理述，以理為先，境為輔，二者不相錯置。如發生錯位，就意味著玄言詩風即將蛻變，改變玄言詩風，沈約（441～513）在《宋書・卷

〔註75〕逯欽立輯校《先秦漢魏晉南北朝詩・謝安・蘭亭詩其二》（北京市；中華書局，1988 年 9 月），頁 906。

六十七‧謝靈運傳序》認爲是殷仲文（？～407）謝混（？～412）
其云：「有晉中興，旋風獨振，爲學窮於柱下，博物只乎七篇，馳騁
文辭，義當乎此。自建武暨乎義熙，歷載將百，雖綴響聯辭，波屬
雲委，莫不寄言上德，托意玄珠，遒麗之辭，無文焉爾。仲文始革
孫、許之風，叔源大變太原之氣。」〔註76〕而殷仲文詩，今存完整
的詩也僅有一首，〈南州桓公九井作詩〉云：

> 四運雖鱗次，理化各有准。獨有清秋日，能使高興盡。
> 景氣多明遠，風物自淒緊。爽籟驚幽律，哀壑叩虛牝。
> 歲寒無早秀，浮榮甘夙隕。何以標貞脆，薄言寄松菌。
> 哲匠感蕭晨，肅此塵外軫。廣筵散泛愛，逸爵紆勝引。
> 伊余樂好仁，惑祛吝亦泯。猥首阿衡朝，將貽匈奴哂。
> 〔註77〕

此詩寫秋天景色，觀景抒懷，寫景的佳句較多，景中含理。但仍未脫
議論玄言的斧鑿，如一、二兩句。其實玄言詩的代表人物孫綽（314
～371）在他的〈秋日詩〉所表現的玄言味道並沒有殷仲文重，其詩
云：

> 蕭瑟仲秋月，飂戾風雲高。山居感時變，遠客興長謠。
> 疏林積涼風，虛岫結凝霄。湛露灑庭林，密葉辭榮條。
> 撫菌悲先落，攀松羨後凋。垂綸在林野，交情遠市朝。
> 淡然古懷心，濠上豈伊遙。〔註78〕

這首詩仍是藉秋景抒懷的詩，詩句中出現較多的對偶，景物的摹寫
比例上更爲增加，詩人觀察入微，描寫精緻，在後幾句議論詩的主
旨與一般玄言詩相同心懷濠上。對整首詩來說，詩風已不是那麼淡

〔註76〕〔南朝梁〕沈約撰《宋書‧卷六七‧謝靈運傳》（北京市：中華書局，
1974年10月），頁1778。

〔註77〕逯欽立輯校《先秦漢魏晉南北朝詩‧殷仲文‧南州桓公九井作詩》，
頁933。

〔註78〕逯欽立輯校《先秦漢魏晉南北朝詩‧孫綽‧秋日詩》，頁901。爾後
援引此書僅於詩後加注頁碼，不再另注。

乎寡味；蕭子顯評殷仲文詩說的就較為中肯：「仲文玄氣，猶不盡存」。〔註79〕再談謝混現存詩三首其中的〈游西池詩〉云：

> 悟彼蟋蟀唱，信此勞者歌。有來豈不疾，良遊常蹉跎。
>
> 逍遙越城肆，願言屢經過。回阡被陵闕，高台眺飛霞。
>
> 惠風盪繁囿，白雲屯曾阿。景昃鳴禽集，水木湛清華。
>
> 褰裳順蘭沚，徙倚引芳柯。美人愆歲月，遲暮獨如何！
>
> 無為牽所思，南榮戒其多。（934）

全詩寫景之句更多，地點也較為明確；如「西池」、「高台」、「繁囿」景物也可感清新；如「飛霞」、「白雲」、「水木」。謝混的詩已經不像玄言詩，作為體道悟理的工具，詩作也比較實際地從玄境下偏向山水實境；但詩裡仍可看見玄言的痕跡；如「逍遙越城肆」、「無為牽所思，南榮戒其多」，還是有老莊的影子留在其中。整體而言；這一首詩在山水描寫上，已經居主要的角色，玄思的部分可以說以退為陪襯的位置。謝混是東晉晚期的詩人，而在東晉前期的李顒（生卒年不詳）在山水景物的敘寫上，毫不遜於謝混，也有山水意境其〈涉湖詩〉云：

> 旋經義興境，弭棹石蘭渚。震澤為何在，今唯太湖浦。
>
> 圓徑縈五百，眇目緬無睹。高天淼若岸，長津雜如縷。
>
> 窈窕尋灣澳，迢遞望巒嶼。驚飆揚飛湍，浮霄薄懸岨。
>
> 輕禽翔雲漢，遊鱗憩中滸。黯藹天時陰，岌嶢舟航舞。
>
> 憑河安可殉，靜觀戒征旅。（858）

這是一首描寫太湖的寫景詩，細數太湖的浩瀚氣勢恢宏，山川島嶼之狀，淵飛魚躍，刻劃精細，描寫太湖動態情狀，此首詩屬早期優秀的山水詩作。庾闡（約 298～約 351）也是東晉較早期的詩人，其〈三月三日臨曲水詩〉也有典型的山水描摹，詩云：

> 暮春濯清氾，游鱗泳一壑。高泉吐東岑，迴瀾自淨澡。
>
> 臨川疊曲流，豐林映綠薄。輕舟沈飛觴，鼓枻觀魚躍。

〔註79〕〔南朝梁〕蕭子顯撰《南齊書・卷五二・文學傳》（北京市：中華書局，1974 年 2 月），頁 908。

〔註80〕

這首詩寫景的比例較高,是當時典型詩裡較具體描寫山水景物,也已具備山水詩的形態。范文瀾在爲《文心雕龍・明詩篇》作注時,他說庾闡是東晉最早寫山水詩的作家之一。〔註81〕雖然孫綽是玄言詩人,但在東晉中期,孫綽的山水詩也已具備一定的水準。因此玄言詩與山水詩,是在交相發展、相互融匯下而成的,並非對立存在。劉勰所說的:「莊老告退,山水方滋」,有欠允當,與其說兩者都是詩人視野裡的創作題材,玄理、山水是互相接受一起發展:誠如《莊子・知北游》:「山林與,皋壤與,使我欣欣然然而樂」;又在〈齊物論〉中說:「天地與我並生,而萬物與我爲一」,表現了接納山水與欣賞大自然的對等情懷,這便是山水詩最早孕育的重要觀念。

在談山水詩與玄言詩的流變時,論者多會將焦點聚在,劉勰所言的「莊老告退,山水方滋」的問題上,它涉及到南朝宋初文學的發展與變革,現代學者論述云云,眾說雜沓不外乎三種;其一:從時間角度來說的,認爲「山水方滋」不在宋,他們主要談的是山水詩產生的年代。其代表人物爲錢鐘書,他認爲應當在漢代。方勇從我國詩歌史來看他認爲在先秦已有山水作品。魏宏燦則認爲在兩漢。其二:從老莊與山水的關係來說的,認爲山水詩興起時老莊並未消退。以王瑤爲代表,他認爲用玄言來說理,倒不如用山水來說更好,是在文學效用上的問題,因此山水興起老莊並未告退,持相同看法的還有,羅宗強、繆鉞、葛曉音。其三:也是從老莊與山水的關係來闡發,論述兩者的關係,基本上同意,但不全然同意劉勰的說法。有曹道衡、沈玉成、駱玉明,他們認爲老莊與山水二者間的關係,玄言詩告退後,山水文學便開始滋生,這是文學發展的過程。

〔註80〕 〔唐〕歐陽詢撰,江紹楹校《藝文類聚・卷四・庾闡三月三日臨曲水詩》(上海市:上海古籍出版社,1985年3月),頁65。
〔註81〕 〔南朝梁〕劉勰撰,范文瀾註《文心雕龍・卷二・明詩篇》(北京市:人民文學出版社,1962年12月),頁92。

　　從上面分歧的意見來看，學術界確實存在著不同的見解，惟其對研究的角度與產生的時間上，提出對流變的質疑，筆者認為先秦以降山水文學確實存在也一直存在著，僅在其表現形式，因時代因素而有所不同，不論從詩歌史來看，老莊觀點的演變，山水文學的表面化，它都一直存在於文人或世人周遭，是時間與環境的糾結下，主從關係發生質變與量變，而影響我們對山水文學的關注，實際上，是互補互存的關係，直到現在仍是如此。

第四章　南朝歷代山水詩的演變

　　宗白華曾在談「詩」時將詩的內容分爲兩個部份，就是「質」同「形」時，對詩下了定義：「用一種美的文字——音律的、繪畫的文字——表寫人情緒中的意境。」這能表寫的、適當的文字就是詩的「形」，那所表寫的「意境」就是詩的『質』，換句話說：「詩的『形』就是詩中的音節和詞句的構想，詩的『質』就是詩的情緒。所以要想寫出好詩眞詩，就不得不在這兩方面注意。」﹝註1﹞，「詩的意境」就是詩人的心靈，與自然的神秘互相接觸映射時造成的直覺靈感，這種直覺靈感是一切高等藝術產生的源泉，是一切眞詩，好詩的（天才）的條件。﹝註2﹞而這一切自然的詮詩詠嘆，是所有美的泉源，也就是一切藝術的發端。若想探究詩歌藝術的目的，不外乎將瞬息萬變的自然美景之印象，透過文字的表述，將其生命意義流傳下來，這就是詩人對詩歌藝術美與對自然美的價值貢獻留下泥爪。南朝山水詩人對自然的知覺活動，分屬不同的脈絡，但細想其實萬物皆動，只在於詩人的觀賞中察覺的方式不同而有所不同，「自然」無時無刻在動，如四時變化、物換星移，這是靜中見動；另一種對「自然」

﹝註1﹞ 宗白華著《宗白華全集・新詩略談》（合肥：安徽教育出版社，1996年9月），頁168。

﹝註2﹞ 蕭湛著《生命心靈意境——論宗白華生命藝術之體系・藝術作品的本原》（上海市；上海三聯書店，2006年2月），頁108。

的詠嘆是經過「動」，就是詩人本身的活動，來觀察自然變化，即是
萬象無處不在運動，動與物不能單獨存在或詮釋，它的精神生命是
無處不在的。南朝詩人透過他們的精神生命藉自然山水來表達自然
之眞，當然經過動態的模寫，才能賦予生命，表現生命的存在意義，
這才是山水詩形態演變的美學藝術目的。

　　方麗萍以「陰柔」之美來概括南朝山水詩的美學風格，並對其形
成原因作了如下分析：其一、是對器用的重視與對自然的輕視，導致
南朝詩人以山水爲對象的遊戲之風，如；傳統的人格結構，如；深入
骨髓的等級制度心理因素。其二、是享樂主義的生活追求，及農耕文
化平和寧靜的心態，還有佛、道思想的影響及儒學「獨尊」地位的喪
失。其三、是現實原因，如；心理原因──對否定性刺激的肯定性平
衡，現實社會中的痛苦、緊張、鬱悶，只有在山水中才可以尋找快適、
寧靜、舒暢，再如；物質保障──莊園經濟的事實，最後；地域因素
──半壁江山沒有了雄渾遼闊。「南朝山水詩是特定的政治經濟條件
下的產物，是南朝士族普遍趨向的意志消沉和仕途玩物喪志心態下的
反映。」〔註3〕由此可以理解爲什麼在唐朝出現了與南朝迥然不同的
山水詩。

第一節　劉宋時期山水詩的滋長

　　魏晉以來，隨著山水審美的意識日益抬頭，自然物和自然現象不
再被視爲人格特質的象徵，而受到禮贊，它們逐漸從暢神愉悅的情感
中獲得賞析，文人階級開始注意到山水可以成爲獨立欣賞的對象，在
士大夫的文化內涵中除了道德美之外，自然山水還具有一定存在之美
的價值。於是，登臨山水去體悟自然之美，漸漸成爲士族、詩人日常
生活的一部份，欣賞山水景物及風貌之美，更成爲他們創作來源的重

〔註3〕　方麗萍撰〈南朝山水詩的美學風格即形成原因初探〉收錄於《唐山：
　　　　唐山師範學院學報》（唐山師範學院學報雜誌編輯部，2003 年第 25
　　　　卷第 6 期），頁 41。

要部份，劉宋時期的謝靈運，就被認爲是中國歷史上第一個大量創作山水詩的士族詩人，更開啓了劉宋山水詩滋長的要素。

一、山水詩興起的原因

　　我們稱某一首詩爲山水詩，是因爲此詩裡的山水景物不是位居陪襯的次要地位，而是詩中美學詮釋的主要對象。以下逐錄幾位學者的看法；（一）葉維廉說，山水在詩中解脫其襯托的地位騰躍爲主要地位的美感觀照對象，這一變化在晉宋間完成。〔註4〕魏晉至宋間文化急劇的變化，一是文士對漢儒僵死之名教的反抗；二是道家的中興和清談之風興起，當時士子爲追求與自然合一的隱逸與遊仙；三是佛教透過了道家哲學詮釋的盛行，和宋時盛傳佛影在山石上顯現的故事。這些變化或直接或間接引發了山水意識的興起。

　　（二）袁濟喜認爲：「由於山水賞會的興起，促成了玄言詩和山水詩的產生。」〔註5〕

　　朱光潛說過山水詩興於晉宋的另一個原因是，「與社會動蕩密切相關的是中國文化到了晉宋時代開始轉向頹廢，晉宋初山水詩當以謝靈運和顏延之爲代表。錢鐘書認爲，『山水方滋，當在漢季』其原委在於『達官失意，窮士失職』乃倡幽尋勝賞，聊用亂思遺老，遂開風氣耳。」〔註6〕錢鐘書的這段話，切中了謝靈運創作山水詩與山水審美的心態。晉宋其間很明顯地是，詩的文學從玄言詩遞變爲山水詩的重要契機，從某些意義上說，山水詩裡帶著深層的審美意識，實際上由玄言詩裡的體道意識嬗變而來的，這種體悟是由抽象邁入具象，再由概念移向實景時，詩歌則形成歌頌玄言轉爲詠讚山水。

〔註4〕葉維廉著《中國詩學・中國古典詩中山水美感意識的演變》（北京；生活・讀書・新知三聯書店，1992年3月），頁85。

〔註5〕袁濟喜著《六朝美學》（北京：北京大學出版社，2000年8月），頁134。

〔註6〕錢鐘書著《管錐篇・第三冊》，頁1036。

　　林庚在〈山水詩是怎樣產生的〉一文中認為，山水詩是詩歌發展中必然會出現的事情，人類征服大自然和改造大自然的同時，把大自然對象化，這就必然會反映在詩歌裡，最初這種對象化是通過神話的形式出現的，隨著生產力的發展，神話時代過去了，於是大自然直接成了詩歌中豐富想像的一個重要方面。〔註7〕前面的幾位學者對山水詩的發展紛陳其說，也將山水詩勃興的時間點與門閥士族、寒門士子與玄風變革有著重要的關聯性。林文初在《中國山水詩史》一書中提到：「從東漢到晉，出現一類『山水依傍田園』的作品，其中的山水描寫，顯然也只是作為摹寫田園生活的一種點綴或陪襯。……東晉以來人們考槃山林，著意追求山水之美的情趣……創作模山範水的山水詩是不一樣的。」最後它歸結兩點：第一、在山水詩描寫的份量上，東晉之前，山水在作品中還只佔少數，至東晉才從「附庸」蔚成「大國」，即在題材上成為一篇作品的主要描寫對象。第二、東晉之前的山水描寫，只起比喻、象徵、襯托的作用，或者像畫山水地形那樣機械地拼湊；到東晉，人們才把筆墨直接訴諸自然山水本身，山水成了審美對象。這裡應該成為我們判斷山水詩的一個基本標準。〔註8〕筆者個人也認同此說。

（一）山水詩興起與道教的關係

　　晉宋間山水詩的興起依據袁行霈、羅宗強進一步的分析認為：「山水詩的產生，與當時盛行的玄學與玄言詩有著密切的關係。當時的玄學把儒學的『名教』與老莊提倡的『自然』結合在一起，引導士大夫從山水中尋求人生哲理與趣味。」〔註9〕至於玄學如何結合「名教」與「自然」，又怎麼讓士大夫去追求山水的趣味性，因晉

〔註7〕　林庚撰《唐詩綜論‧山水詩是怎樣產生的》（北京市；人民文學出版社，1987年4月），頁64。

〔註8〕　林文初撰《中國山水詩史‧第二章‧山水詩的形成》（廣州市；新華書店發行，1991年），頁21。

〔註9〕　袁行霈主編《中國文學史‧卷二》（北京市；高等教育出版社，1999年8月），頁104。

宋間局勢紛亂影響文人、士大夫選擇仕宦、朝隱或隱逸，遂先以追逐山水之樂爲避世觀望的心態下形成。玄學家懂得「山水以形媚道」（〈畫山水序〉）、的理論。所以在玄言發展的時期，山水審美的理念也逐漸興起，於是山水體道，成了一種普遍的風氣，玄言詩常寓玄理於山水之中，或透過山水以抒發情緒，這樣一來出現不少描摹自然山水的佳句，儒、釋、道之玄理詩中亦涵詠著山水詩。若推理爲真，玄言詩與山水詩，必然互有因果關係；晉宋之際山水審美的意識當然逐漸升溫，甚至於，山水畫、書法也跟這個理論展現起來。這一系列的文化發展現象，這裡我們整理一下玄學的發展，開啓的山水審美意識，玄言詩藉山水詩體道，接著繪畫與書法的醞釀而生，更是山水詩即興而起。

　　晉宋之際的山水文學，我們不能不提及「道教」，這些創作者多與道教信仰有關，有些荒誕不經的事，在當時卻發生重大的影響；從秦皇、漢武、三曹都跳脫不了，尋找長生不老之藥，因此尋山僻境，登山泛海，不得其蹊徑。道教養生觀念促使玄理遁入自然名山，追求享樂，而又以受道教思想影響最爲深的謝靈運表現最爲突出與突兀，沈約在〈謝靈運傳序〉裡云：「性奢豪，車服鮮麗，衣裳器物，多改舊制，世共宗之，咸稱謝康樂也」〔註10〕；劉裕代晉後對謝氏家族戒心重重，致使謝氏一族逐漸凋零，惟山水詩家仍屬康樂爲鼻祖，謝宣城爲繼。值得我們注意的是，謝客在他的〈遊名山志〉，對山水的記載及景物名稱的寫錄，可以想見江南山水勝景如畫，然其卻在山水詩中，竭盡心力模山範水，揮灑自己的詩文采筆。

　　道教在漢末興起，成熟發展於魏晉南北朝，山水詩的成熟時間恰好與此流派同時，當然絕非巧合，道教的發展給山水詩興起有促成的因素。東漢的隱士並未遁入山林，而是聚眾講學，不管是擊壤自娛，雖不出仕，亦未離群索居。道教出現前山林野壑對人們來說只是一個

〔註10〕〔南朝梁〕沈約撰《宋書‧卷六七‧謝靈運傳》（北京市：中華書局，1974 年 10 月），頁 1778。

軍事上及經濟上的意義，但對道教來說，山水多一層養生的價值，道教入名山為修煉成仙，如此不僅可以避世遠禍，還可以得到仙人的幫助「煉丹」。從《抱朴子內篇》中的〈論仙〉、〈金丹〉、〈登涉〉裡有所論說。看來山林不僅可以修煉，還可以傳經授籙，不受干擾的理想場所，如張道陵（34～156）創天師道於鶴鳴山（今四川成都大邑縣，又名鵠鳴山），周益（生卒年不詳）在峨眉等山獲得神書而創上清派，陶景弘（456～536）在茅山有「山中宰相」之稱，以山林生活取得入世與出世的平衡，影響社會不同階層的信徒入山訪聖。

　　道教的神秘性及誘人的山林神仙生活，強烈吸引著當時的文人雅士，如三曹父子，雖未必真的長期入山，但他們確實嚮往這樣的生活。阮籍、嵇康亦若是，都曾經親自體驗道士山林生活。又如王羲之（303～361）與道士許邁（300～349）共同入山採藥，共修服食。此時期經常與道士往來的還有孫綽、陶潛、謝朓（464～499）、江淹（444～405）、沈約等；山水美景與神仙養身，包含佛門子弟也受到道教養生觀念，因時光易逝，而心瀾揚波，服用道家丹砂、靈芝養身亦可用於養神，可知道教對山水詩的影響。

　　一直到南北朝後期，山水描摹與神仙道教同為一詩的情況仍然可見。劉勰在《文心雕龍·明詩》裡說：「宋初文詠，體有因革，莊老告退，而山水方滋」，來說明山水詩的起因，其實劉宋以前的山水詩是老莊與道教的內涵加入山水敘寫，以後也是一樣，只在於佔篇幅比例的不同，加諸其它因素山水詩文在發展上來說，道教對山水詩的成熟與壯大是有所影響的，早期的山水詩，其特點在於山水描寫與道家隱遁山林的生活密不可分，此足可為證。

（二）晉宋山水審美意識的崛起

　　山水詩真正具體的表現山水，成形於晉宋這並非偶然，它與劉宋的山水審美意識相濡而生，是人與大自然契合的關係，亦因東晉偏安江左，江南美景與世居於此的生命力本然的結合。事實上，自然山水在幾億年前即與人類休戚與共，江南自然山水不會自己嬗變成山水藝

術，是自然現象的美，這一切都在於人的覺知感通，人才是審美意識地參與者，不然，它沒有所謂美與不美的問題；具備自然美的條件與現象，能不能被審美主體接受，仍取決於審美主體對自然美的知覺與感受能力與審美品味。當人對審美意識建立後，才能體悟與感知山川美景。審美的對象「物」呈現後，審美才會發生。

我們已經推論人類心靈存在感性、知性、志性三個層面，每一層面各有兩端而形成收斂的方式，和諧一致的認識性結構，和向外散發的形式，與自我實現的意向性意識，這樣三分法，與二分法便結合起來。認識性結構旨在尋真，意向性系列旨在持善，兩者平衡見諸感性形態即是求美，……諸心靈要素縱橫聯繫，交叉感應，形成一種立體，多面的結構如圖所示：

圖一　心靈的結構圖式〔註11〕

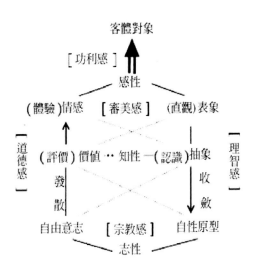

我們確認了審美之內在心智的循環過程後，反觀晉宋山水審美思想，

〔註11〕胡家祥著《審美學・心靈的結構圖式》（北京市：北京大學出版社，2000 年 5 月），頁 78。

應該是有史以來最具體、最理性與感性下，充滿山水審美心靈本質與特徵的年代，進而確立山水美的獨立地位，不再依附玄學之中；既然自然山水的美，已有其實質地位後，藝術上山水美的旨趣不必是「無」與「道」，而是可以形色寫貌，此將預見山水詩畫從平面到立體向度時代的來臨。

二、劉宋山水詩與遊覽、行役詩

山水詩出現後，幾乎沒有一位詩人沒有寫過山水詩，而最蓬勃發展的劉宋時代，詩人們並沒人明確說明何謂山水詩，第一次提出「山水詩」一詞的是，唐朝王昌齡（690～756）在〈詩格〉中說道：「欲爲山水詩，則張泉石雲峰之境極麗豔秀者，神之於心，然後用思，了然境象，故得神似。」〔註12〕僅說明如何創作山水詩，卻未說明何謂山水詩。段躍慶從廣義與狹義來定義山水詩；在廣義上，泛指古今中外「模山範水」類的詩而言，它通常對大自然山山水水、草木花卉、鳥獸蟲魚等一切現象的描寫，所形成的借景抒情、情景合一的詩歌作品。他與我們平時讀的山水詩涵義基本相同。所謂狹義的山水詩，則是指具有特定時空條件、特定表現內容和特定手段的詩歌作品。〔註13〕山水詩在文學上的分類有其必要性，在〈詩格〉裡將山水詩列在意境之一格，如是看來山水詩的發展已經相當成熟，王昌齡並沒有舉出詩的形式，但白居易（772～846）在〈讀謝靈運詩〉時這麼說：

> 謝公才廓落，與世不相遇。壯志鬱不用，須有所洩處。
> 洩爲山水詩，逸韻諧奇趣。大必籠天海，細不遺草樹。
> 豈唯玩景物，亦欲攄心素。往往即事中，未能忘興諭。
> 因知康樂作，不獨在章句。〔註14〕

〔註12〕〔唐〕王昌齡撰〈詩格〉收錄於〔宋〕陳應行編《吟窗雜錄》（北京市：中華書局，1997年5月），頁207。
〔註13〕段躍慶撰〈是論山水詩的義界〉收錄於《貴州大學學報》（貴州；貴州大學編輯部，1989年第1期）頁59。
〔註14〕〔唐〕白居易著《白居易集・卷七・讀謝靈運詩》（北京市；中華書局，1999年11月）頁131。

白居易認爲山水詩是康樂在失意落寞時，試圖獲得心靈上的慰藉或精神上的寄託時所作的詩章，仍未對山水詩的底蘊具體說明。

　　綜合上面對山水詩的定義，要準確地去規範或下定義是有其難度的，確實對研究山水詩的學者會受到一些影響，原因在於山水詩裡的「情景──理趣」的比例認定；山水詩裡的山水景物是獨立的審美對象，而不是抒情的比興工具或附屬品。山水詩裡的山水景物自然描寫，都是詩人親自登臨，所見所聞眞實的山水自然的景觀，這才是山水詩裡最重要的構成要件，因此談論山水詩的定義，將失去山水詩的自由度與發展，限制詩人的體悟運思後詩句的組成。

　　《文選》是我國最早的一部詩文選集，全集中將詩分成十三卷，二十三類。從詩的內容與形態，權衡今天的標準，將山水詩主要模寫的對象納入「遊覽」、「行旅」兩類，統計如下表〔註15〕：

表八　山水詩模寫「遊覽」、「行役」

作　者	遊　覽	行　役	小　計
曹丕	1		1
潘岳		4	4
潘尼		1	1
陸機		5	5
殷仲文	1		1
謝混	1		1
陶惠連	1		1
陶淵明		2	2
謝靈運	9	12	21
顏延之	3	3	6
鮑照	1	1	2
謝朓	1	5	6

〔註15〕李亮撰〈山水詩的界定和分類〉收錄於《海南師範學院學報》(海口：海南師範大學，1991 年第 1 期)，頁 45。

江淹	1	1	2
丘遲		1	1
沈約	3	2	5
徐勉	1		1
計十六人	23	37	60

山水詩人謝靈運的作品，主要歸類於「遊覽」、「行役」兩類中，共二十一首，是列名十六人中詩作最多佔三分之一強，其次為顏延之與謝朓共六首。從《文選》的分類上來看「遊覽」、「行役」詩，就是山水詩，〔清〕葉燮（1627～1703）《原詩‧外篇下》中云：

> 遊覽詩切不可作應酬山水語。如一幅畫圖，名手各各自有筆法，不可錯雜；又名山五嶽，亦各各自有性情氣象，不可移換。作詩者以此二種心法，默契神會，又須步步不可忘我是遊山人，然後山水之性情氣象、種種狀貌、變態影響，皆從我目所見、耳所聽、足所履而出，是之謂遊覽。且天地之生是山水也，共幽遠奇險，天地亦不能自剖其妙；自有此人之耳目手足一歷之，而山水之妙始洩：如此方無愧於遊覽，方無愧乎遊覽之詩。〔註16〕

山水詩最主要呈現的是他的主體性，詩人與山水間氣象不同、內蘊不同，下筆時風貌自然迥異，山水景物是靜置的物體，不能自我改變，惟詩人的心裡內在的情景交融，影響當下思維，山川景物之妙，氣象萬千，亦唯待詩人雋詠歌頌，在山水審美的過程中吟詠之作品才是山水詩。葉燮呼應《文選》的分類時說「遊覽詩」即是山水詩是無可疑惑地。誠如朱光潛所說的，藝術是變化無窮的不容易納入到幾個簡賅固定的公式裡去，山水詩的概念是一個「變化無窮」的，山水景物也隨時序的自然力在變，各有其不同的風貌情致，要幫山水詩下一個定義或界定，無非是詩人融入自然山川摹寫景物即謂之「山水詩」，筆者認為不失景情自然交融即是「山水詩」。

〔註16〕〔清〕葉燮著，霍松林校注《原詩‧外篇下》（北京市；人民文學出版社，1979 年 9 月），頁 69。

（一）晉宋時期山水詩的勃興

前面已經談過，東晉時期已經出現過一定數量的山水詩作，其中有《文選》所收的所謂紀遊的山水詩，與帶有玄趣的山水詩。所以我們認為《文選》裡的紀遊詩，在純粹意義上也就是以模山範水為主調的紀遊山水詩，伴隨著詩人追求山水之樂的風氣，更深一層的認識自然，讓自己的審美程度提升，以便於文學上顯示出來。從謝靈運的山水詩作中我們察覺到那種一句寫山，一句寫水，一句寫遠景，一句寫近景，一句寫物，感受到山水詩裡的自然景物的層疊交織與空間概念，謝詩喜用對偶駢句，應該是受到太康詩風的影響。以下茲列舉晉宋間具代表性山水詩人於後，並對其詩略予述評：

1、謝靈運山水詩的開創

謝靈運出生在百年門閥世族，作為山水詩的鼻祖，謝靈運是中國歷史上偉大的山水詩人，也是見諸史冊的第一位旅行家。其詩充滿道法自然的精神，貫穿著一種清新自然恬靜之韻味，一改魏晉以來晦澀的玄言詩之風。李白、杜甫、王維、孟浩然、韋應物、柳宗元諸大家，都曾取法於他。然出仕不順，迫使他在秀麗的江南的山水中徘徊，在他身上體現了士族文化與江南自然山水的聯繫。這種結合也間接帶來山水詩的勃興。謝康樂有著深厚的文化素養，傑出的文學才華，《宋書‧謝靈運傳》說其「文章之美，江左莫逮」，《詩品》稱其詩為「元嘉之雄」，可見其在當時詩壇的崇高地位。謝靈運的詩集，目前所見版本皆為後人片紙鱗爪搜羅編成，山水詩共有七十多首（依顧本）佔他詩作的大部份，而多數的山水詩寫於永嘉太守時期，《宋書》本傳云：

> 出為永嘉太守。郡有名山水，靈運素所愛好，出守既不得
> 志，遂肆意遊遨。遍麗諸郡，動踰旬朔，民間聽訟，不復
> 關懷，所至輒為詩詠，以致其意焉。〔註17〕

分析這一段話可以歸納出三點：一是出守永嘉為不得志，其抱負在於

〔註17〕〔南朝梁〕沈約撰《宋書‧卷六七‧謝靈運傳》，頁 1753。

擔任重要清顯之職，少帝即位，司徒徐羨之（364～426）掌權，常出謗語；二是永嘉一帶山明水秀風景優美，其自幼喜愛山水，便投入大自然的懷抱中；三是遊賞中創作大量的山水詩，以寄情抒懷。這史料有過分渲染謝客寫山水詩的動機，忽略了他對大自然美的追求。如果沒有這樣的環境，謝詩也不會出現這樣的風采與面貌，筆者在此選錄兩首來分析：

> 江南倦歷覽，江北曠周旋。懷新道轉迥，尋異景不延。
> 亂流趨孤嶼，孤嶼媚中川。雲日相暉映，空水共澄鮮。
> 表靈物莫賞，蘊眞誰爲傳。想像崑山姿，緬邈區中緣。
> 始信安期術，得盡養生年。〔註18〕（〈登江中孤嶼〉）

謝靈運這首詩是寫在永嘉太守任上，江中孤嶼，是永嘉江（甌江）中的孤嶼山，在溫州南四十里。詩人在去江北遊覽的行程中，前四句敘事，說明出遊的原因，中間四句描寫景色，孤嶼的奇特景觀，後六句說理，全詩圍繞在孤嶼山優美風景裡。孤嶼山位在江流中間，沒有人發現和欣賞，而嶼山裡面的神仙事蹟也從不爲人周知。詩人由此聯想到只有遠離塵囂，才得以貽養天年。詩的大部份是記敘遊覽的歷程和孤嶼山的風光，「雲日相暉映，空水共澄鮮」句，寫那白雲麗日、澄江與藍天互相輝映的景色，很鮮明生動。最後雖流露出偏處海隅的牢騷，但以慕神仙、求長生而又落入了玄趣之中。此詩以三段式的描寫方式敘事──→寫景──→說理的方式呈現，三段式的安排文字上前後呼應。又（〈石壁精舍還湖中作〉）詩云：

> 昏旦變氣候，山水含清暉。清暉能娛人，遊子憺忘歸。
> 出谷日尚早，入舟陽已微。林壑斂暝色，雲霞收夕霏。
> 芰荷迭映蔚，蒲稗相因依。寫景披拂趨南徑，愉悅偃東扉。
> 慮澹物自輕，意愜理無違。寄言攝生客，試用此道推。
>
> 〔註19〕（〈石壁精舍還湖中作〉）

〔註18〕　〔南朝宋〕謝靈運傳，顧紹柏校注《謝靈運集校注・登江中孤嶼》（鄭州；中州出版社，1987年8月），頁83。

〔註19〕　〔南朝宋〕謝靈運傳，顧紹柏校注《謝靈運集校注・石壁精舍還湖中作》，頁112。

詩的其一悟理；是謝靈運在會稽遊石壁所作的一首山水詩，靈運左遷永嘉太守，在郡約一年之後便稱疾辭官，斷然退隱，懷著政治上的失意，離開永嘉回到故鄉會稽始寧，在優美的山水之間幽居起來。此詩便是他隱居期間的創作之一。「精舍」，李善說是讀書齋；呂向說是山寺；劉履說是謝安故宅；黃節說是儒者授生徒之處。說法甚多，難考誰是。謝靈運〈遊名山志〉曰：「湖三面悉高山，枕水渚山。溪澗凡有五處。南第一谷，今在所謂石壁精舍。」〔註20〕從題名及內容來看，此詩寫詩人從石壁精舍回到泊於湖中的船上，又乘船回到家中的所見所感。全詩以「還」爲開始，鋪敘了一天徜徉山水之間到傍晚歸來時的情景，並從中悟出了道家養生的理趣。

其二前六句寫記遊：一、二句寫暢遊一天後的感受。「昏旦」，說明是一整天，同時，說明了此詩的重點。詩人把握住大自然的變化，忠實地描繪於詩篇；從清晨到黃昏，山中氣候變化，早晚溫差，山光水色一時一景，用一「變」字，眞實且生動。大自然朝夕旦暮變幻，山水蘊「含」清麗明亮的光輝，引人入勝，耐人尋味，詩人便被佳景所吸引而流連忘返。所以三、四句續寫山水佳景使人樂而忘歸，五、六句則說明山水美景使其忘歸的具體程度；以詩人的主觀感受——情，來反襯客觀美景。「出谷日尚早」呼應前一句「旦」字；「入舟陽已微」呼應前句之「昏」字，二句同時暗和詩題「還湖中」，說明在外遊玩了一整天，待返回湖中乘舟時已是暮色深邃，引出下文對當時泛舟湖上之景緻的摹寫。七至十句寫景；描摹客觀物志——景，再現幽靜澹雅的黃昏湖中景色。其三、七、八兩句寫遠景遼闊，表現出「雄美」，寫出詩人在舟中回望遠林及山谷暮色與天邊的晚霞；九、十兩句寫近景；細緻表現出「幽美」，近寫湖上芰荷弄影，蒲稗互依；呈現出一片溫柔綺麗與空靈，切合「陽已微」的情景。續二句興情：十一至十二句寫捨舟登岸而歸。山光水

〔註20〕〔南朝宋〕謝靈運傳，顧紹柏校注《謝靈運集校注·遊名山志》，頁272。

色，賞心悅目，夜色卻毫不留情地將它們隱匿了起來，詩人不得不捨舟登岸，撥草由小路走進東軒休憩，回味著愉悅的遊覽。其四、末四句悟理；十三至十六句總括前意，點出理趣，寫詩人感悟哲理。一天的遊興雖已結束，但是娛人的山水引起的愉悅仍繼續著，閉目回味，才有了更為深沉的感悟；詩人覺得嫵媚明麗的山光水色，可以使人湛懷息機，思慮澹泊，心境坦蕩，心滿意足，這樣就會順自然之理，得養生之道，此乃老莊「澹泊去物憂，適己養天年」之眞諦。全詩可謂脈絡分明，秩序井然，佈局周密，時相照應，一脈相承，渾成一體。這首詩以情理——→記行——→寫景——→說理，情調和諧不至唐突的意趣。

從前人對謝靈運寫作山水詩歸納出幾個步驟，經過林文月到魏宏燦的分析得知，除上兩種模寫山水的形式外還有第三種寫景——→記行——→寫景——→情理的結構式，這可以達到情景交替，變化出新的寫作畫面，將不同的情語用敘述性的方式將景緻連綴成篇，如〈從斤竹澗越嶺溪行〉詩云：

> 猿鳴誠知曙，谷幽光未顯。巖下雲方合，花上露猶泫。
> 逶迤傍隈隩，苕遞陟陘峴。過澗既厲急，登棧亦陵緬。
> 川渚屢逕復，乘流翫迴轉。蘋萍泛沈深，菰蒲冒清淺。
> 企石挹飛泉，攀林摘葉卷。想見山阿人，薜蘿若在眼。
> 握蘭勤徒結，折麻心莫展。情用賞為美，事昧竟誰辨？
> 觀此遺物慮，一悟得所遣。〔註21〕

這首詩是謝詩的佳作，以移步換景的遊覽方式，觀察立體的山水相貌，結構完整，同時也將自己生命曲折艱難的跋涉歷程，表達於詩，是靈運人生體驗的心路歷程。詩人在沿著景物的自然呈現中，寄寓尋覓生命安頓，途經坎坷與艱難。詩人把山水視為「淵凝虛境」之體，運用自己的思理從中參悟出山水之美與人生的眞諦，即用清明的自然道理，在山水中體察玄音叩心塵累，滯情融化後疏朗感受；這首詩立

〔註21〕〔南朝宋〕謝靈運傳，顧紹柏校注《謝靈運集校注·從斤竹澗越嶺溪行》，頁 121。

意不僅在山水，更在玄理。

　　第四種寫景兼釋題──→情理。在始寧的山水詩中，常會出現這樣的結構形式的詩，這與上面幾首詩的格式有所不同，寫景是從釋題中完成「釋題已畢，寫景即成」。如〈石門新營所，四面高山，迴溪石瀨，茂竹修林〉詩：

> 躋險築幽居，披雲臥石門。苔滑誰能步，葛弱豈可捫。
> 裊裊秋風過，萋萋春草繁。美人遊不還，佳期何由敦。
> 芳塵凝瑤席，清醑滿金罇。洞庭空波瀾，桂枝徒攀翻。
> 結念屬霄漢，孤景莫與諼。俯濯石下潭，俯看條上猿。
> 早聞夕飈急，晚見朝日暾。崖傾光難留，林深響易奔。
> 感往慮有復，理來情無存。庶持乘日車，得以慰營魂。
> 匪為眾人說，冀與智者論。〔註22〕

這首詩前四句破題，將石門獨特的環境說明，這兩句也點明了詩題「石門新營所」，都圍繞在一個「險」字下展開，「裊裊」以下十句寫景入情，這是詩人避居中的活動，希望「美人」的來到，始終不見蹤跡，所以內心百感交急，「俯濯」以下六句轉入景語之中，使情景交融，更是繼續釋題，以視覺、聽覺多角度、多層次的切入石門新居的特殊感受，最後六句「感往」入理說玄，巧妙地轉化老莊的典故，以理入情，達到無所求無所欲的境界。

　　最後是疏蕩式結構，〈入彭蠡湖口〉詩，寫的氣勢磅薄，內心跌宕，表現其疏蕩式結構的特色：

> 客遊倦水宿，風潮難具論。洲島驟回合，圻岸屢崩奔。
> 乘月聽哀狖，浥露馥芳蓀。春晚綠野秀，岩高白雲屯。
> 千念集日夜，萬感盈朝昏。攀崖照石鏡，牽葉入松門。
> 三江事多往，九派理空存。靈物郤珍怪，異人秘精魂。
> 金膏滅明光，水碧輟流溫。徒作千里曲，弦絕念彌敦。〔註23〕

〔註22〕〔南朝宋〕謝靈運傳，顧紹柏校注《謝靈運集校注‧石門新營所，四面高山，迴溪石瀨，茂竹修林》，頁174。
〔註23〕〔南朝宋〕謝靈運傳，顧紹柏校注《謝靈運集校注‧入彭蠡湖口》，頁191。

如果我們從結構的角度切入「倦水宿」有一種不耐的語氣，接著寫洞庭水之兇險，影約可見，靈運對旅途多舛，已有準備，此詩打破了遊旅詩的格局情思起伏迴環，千轉百折。透過這些形式架構寫山水詩，謝靈運確實擅於發現與描摹山水景物的特徵是其精微之處，更表現謝客山水詩的特色。

從魏宏燦對謝靈運山水詩結構性所作的分析，他的詩有他的完整性，他觀察山水是移景入情，移步換景，在全景式的山水景色中，以全方位的觀察，符合完形心理學，將觀賞物，全景式地從內心出發來作整體的觀察及描寫，而非陶潛式的靜觀，僅拘限於一地，對目視所及的地方觀察描摹，僅止於一地之表象來寫景，而無法全方位的觀照，山水、田園景緻的入詩，一首好的山水詩要情景、景情、理情、情理交織融匯後，呈現的便會是一首總和美學藝術的詩。

謝靈運在山水詩裡最大的貢獻，在於他發現了自然審美的價值，他融通了山水詩與玄言詩，用山水意象闡發玄理，寓玄理於景情之中，使山水詩脫離玄言的理路欣欣向榮，《文心雕龍・物色》云：「自近代以來，文貴形似，窺情風景之上，鑽貌草中之中，吟詠所發，志惟深遠，體物為妙，功在密附。」〔註24〕，「文貴形似」是謝靈運代表劉宋時期詩歌的特色，對山水詩的描寫提供藝術美的經驗，是山水詩發展的一個過程，模山範水儼然成為山水詩的重要特徵。〔清〕沈德潛（1673～1769）《古詩源・例言》云：「詩至於宋，體製漸變，聲色大開。」〔註25〕，「聲色大開」是謝客著意追求山水注重色彩描繪的結果，將逼真美麗的景色呈現出來，在視覺上得到美的感受，精彩豐富的大自然山光水秀，如在目前，這是審美價值與靈活的藝術表現，這是謝靈運詩歌的特色。

綜論之，謝靈運的詩作，主要是通過精微的觀察與細膩之自身經

〔註24〕 〔南朝梁〕劉勰撰，范文瀾注《文心雕龍・卷十・物色篇》，頁694。
〔註25〕 〔清〕沈德潛選《古詩源・例言》（北京市；中華書局，1977年7月），頁2。

驗,「趨辭逐貌」下以文字再現山水形貌的詩篇,他更以山水體道的方式感悟玄理,這類詩歌在他的詩集中佔多數分量,從玄言奪胎而出成為山水佳篇,卻仍雜糅玄言,難免傷於雕鏤,典故橫陳,字句雕琢諧暢不足,諳於毀色。如〈登池上樓〉、〈石壁精舍還湖中作〉等,情景理結合得恰如其分的好詩,為數可數。有些詩作卻是有句無篇,整篇詩風格融通的不多,謝詩給人一新耳目之餘,又給了某種程度上的失望,除老莊之語外,甚至楚辭、佛偈也充斥詩中,因此追求更富於美學藝術創作的山水詩,還留待後人發掘與創作。

2、鮑照(414～466)山水詩的承繼

南朝劉宋時期,由於山水詩人的聲名被謝靈運這位大家所掩飾,因此鮑照的山水詩比較不受到學者的注意與探討,其實他詩的風格與藝術仍傳承於大謝,並在謝詩的體例下作了突破性地開展。事實上,鮑照所處的年代恰在大謝與小謝之間,可以那麼說他在山水詩的發展上,有著承先啟後的作用,一般人都認為謝朓是謝靈運的後繼者,而忽略了鮑照,或許鮑照在創作樂府詩上更為顯著。實際上他的山水詩的數量正好介於謝客與謝宣城之間,他除受謝詩的影響外在其詩體的基礎上也作了若干的修正,同時也影響了謝朓在山水詩的創作上。

鮑照對山水詩的貢獻可概分為以下兩點;一是他具備純熟的創作風格,二是他對大謝的詩在結構上做了些變革與創新。鮑照他不屬於達官顯貴,沒有顯赫的家世,與謝相比他只不過是個寒門小吏,所以他的詩作在敘寫時都跟工作所見所聞有關。在詩歌的寫作上鮑照很少用典,或用哲學的腐詞來表達自己的觀念,與其說鮑照利用詩歌炫耀才學,倒不如說他是致力於開創自己詩歌詞藻與句法的詩人。

從詩的風格角度來看,可將鮑照的詩分為兩類;一是詩裡沒有道德規範或引用文學典故,惟詩裡仍有拗口難懂的詞彙。避免用現有的詞語,而創作自己的詩歌語言,他詩的難解不在於用典,而在於如何

分析他新奇的語彙。二是他的山水詩用最簡明與直白的語言形式寫成，自然是襯底，但加強了個人的修飾。沈約跟謝朓似乎也有這樣的詩文樣貌，明顯地受到他的詩風影響。

鮑照的一些文章字詞顯得深奧難解，而他的詩大部份也是如此，劉勰《文心雕龍·練字》中指出平易字詞的趨向：「自晉來用字率從簡易，時并習易，人誰取難？今一字詭異，則群句震驚，三人弗識，則將成字妖矣。」〔註26〕鍾嶸在《詩品》裡論沈休文時：「詳其文體，察其餘論，固知憲章鮑明遠也。所以不閑於經綸，而長於清怨。」〔註27〕明遠詩簡易的風格反映了，他試圖從賦的韻文及難字中跳出泥沼。也由於他的多才，敢於嘗試利用民歌俚語入詩，也使他造就了自己詩歌的風格及語言。

明遠的山水詩較為進步，他的詩在描寫的過程中講求逼真，形象貼近謝康樂，在諧暢自然上富於情感與個性；比較上更側重客觀描寫山水自然景觀，鮑照筆下的山水詩更多源自於內心的激盪而幻化出美的意象，情景綿密契合，鮑照熔煉漢魏、兩晉詩歌抒情的特質，詩工於寫景，重視情景融合，使山水詩更動人，鮑照打破大謝三段式敘事──言景──說理的特點，他用豐富的情感去接受大自然，從心理結合自然，山川景物在他的筆下更具審美色彩，更有層次，主觀色彩與客觀描摹相諧臻於完美。

明遠意識到山水詩應將情與景的契合視為重要因素，開始追求「形」與「神」及「理」的和諧藝術境界，其山水詩重視意境的勾勒，如同欣賞一幅山水畫作一般，往往吸引著一種獨特的理趣，去領略一種鮮明的詩風。他的山水詩篇有〈登廬山〉、〈登廬山望石門〉、〈從登香爐峰〉、〈登翻車峴〉等二十多篇。鮑照因在劉義慶（403～444）府中（約439）做事，所以有機會多次訪廬山，當時劉義慶鎮守江西地

〔註26〕〔南朝梁〕劉勰撰，范文瀾注《文心雕龍·卷八·練字》，頁624。
〔註27〕〔南朝梁〕鍾嶸著，陳延傑注《詩品注·卷中·梁左光祿沈約》（北京市：人民文學出版社，1980年10月）頁52。

區，所以他的山水詩也大概作於此時；〈登廬山〉詩云：

　　懸裝亂水區，薄旅次山楹。千巖盛阻積，萬壑勢迴縈。
　　巃嵷高昔貌，紛亂襲前名。洞澗窺地脈，聳樹隱天經。
　　松磴上迷密，雲竇下縱橫。陰冰實夏結，炎樹信冬榮。
　　嘈囋晨鵾思，叫嘯夜猿清。深崖伏化跡，穹岫閟長靈。
　　乘此樂山性，重以遠遊情。方躋羽人途，永與煙霧并。

〔註28〕

首先他描寫了行旅中沿途的風景，鮑照或許沿著長江經鄱陽湖到廬
山，每一句都有對仗，這裡可以看見大謝詩的風格，水的摹寫與山
的描繪是并列地，明遠是一個好奇與博學的旅者，他用賦的體例鋪
陳語言及意象，從不同的視角描寫所見。他的詩歌範寫的就是千谷
萬壑，山的表裡，急流與遮蔽天空的高樹相對照，廬山松樹的特色
和雲彩間特別加以描摹，詩裡提及夏天的聲音與冬天茂盛的炎樹，
舉凡廬山的氣候、山勢、林相，禽鳥、猿猴清嘯。詩中將廬山的景
物并容兼具，用客觀的語言敘寫一幅陰冷的、孤寂且詳盡的廬山，
直到詩末，詩人表達了關於整個風景的個人的想法。這是著名的佛
教聖地，倒不如說是道教；絕壁裡的洞穴常與仙人聯繫在一起，鮑
照稱自己是樂山者，從這裡可以瞭解他將儒家思想巧妙地與道教思
想聯結起來。長壽是道家所追求的，通過這樣的糅合，鮑照想像與
仙人同途，并在廬山雲霧裊繞下，對著朦朧的山色，道家的入世環
境，做出詩的結尾，表明與塵囂斷絕的願望。

　　另一首好的詩作是〈登廬山望石門〉詩云：

　　訪世失隱淪，從山異靈士。明發振雲冠，升嶠遠棲趾。
　　高岑隔半天，長崖斷千里。氛霧承星辰，潭壑洞江氾。
　　嶄絕類虎牙，巑岏象熊耳。埋冰或百年，韜樹必千祀。
　　雞鳴清澗中，猿嘯白雲裡。瑤波逐穴開，霞石觸峰起。
　　迴亘非一形，參差悉相似。傾聽鳳管賓，緬望釣龍子。

〔註28〕〔南朝宋〕鮑照撰《鮑參軍詩註・卷三・登廬山》（北京市；人民文
　　　學出版，1957 年 6 月），頁 76。

松桂盈膝前，如何穢城市。〔註29〕

鮑照在詩之開端就說他不適合過隱者的生活，他對世間仍有所眷戀，再次的說他是一個勤奮的旅者，一早出發，最先吸引他的是景物陡峭的山脊和參差不齊的山勢輪廓，天然的山色與朦朧的周遭環境有其獨特的調和與氛圍，接著用互文的方式將山勢擬為「虎牙」與「熊耳」，實際上它們是兩座名山，通過兩座不知名的山將廬山視覺化，是有其難度的，鮑照借用兩個名詞來傳達山的意象，更讓讀者去想像它陡峭與參差的山勢。「虎牙」與「熊耳」非常形象化地將嶙峋與塹絕高聳的山勢描繪得恰如其分。「埋冰」與「韜樹」在陰冷的山中氣氛烘托下，與增添一種孤寂與無法度量的空間意識。

用視覺意象的方式描繪山形後，明遠又回到前一首詩將聽覺寫著禽鳴猿嘯。動物的描寫可以增加詩歌畫面的動態化，如同洶湧的流水般突然靜謐，廬山上的一切都獲得生命，鮑照就像畫家般將廬山的色彩暈染在畫布上，瑤池配上白雲，清澗與霞石相映襯。面對這樣綺麗的勝景，鮑照希望聽見仙人的呼喚且看到他的蹤跡。最後他問；有這樣的松桂陪伴，為什麼還有人能忍受出世的塵囂？〔清〕方東樹（1772～1851）語：「欲學明遠，須自廬山四詩入，且辨清門徑面目，引入作澀一路，專事鍊句鍊意，驚創其警生奧，無一筆涉習熟常境。杜、韓於此，亦所取法。然非反靜對，不知其味。瀹發心思，益人神智。鮑謝兩雄并峙，難分優劣。」〔註30〕其所評論至為精辟。

除廬山詩外，鮑照其他詩也有像廬山詩那樣的山水詩，也具有險峻奇特的特徵，如〈登翻車峴〉詩云：

高山絕雲霓，深谷斷無光。晝夜淪霧雨，冬夏結寒霜。
溠坂既馬領，磧路又羊腸。畏塗疑旅人，忌轍覆行箱。
升岑望原陸，四眺極川梁。遊子思故居，離客遲新鄉。

〔註29〕〔南朝宋〕鮑照撰《鮑參軍詩註・卷三・登廬山望石門》，頁77。
〔註30〕〔清〕方東樹著，汪紹楹校點《昭昧詹言・卷六・鮑明遠》（北京市；人民文學出版社，1961年10月），頁169。

　　新知有客慰，追故遊子傷。〔註31〕

首兩句用誇飾的手法，山高入雲，澗谷幽深非常險峻，接著寫晚上惡
劣的天氣，以說明翻車峴的險惡環境，且點明翻車峴比起泥濘的馬嶺
山沙石多，山裡的羊腸小徑更要難行。

　　總而言之，作為山水詩人，鮑照與謝靈運的區別，在於描寫技巧
的精湛，詩裡將玄言詩的說理部份剔除，較之謝詩的陳腔濫調的結
尾，鮑詩處理的顯得快樂逍遙，有豐富的想像力語調鮮明獨到；批評
鮑詩者，均將注意力集中在技巧上，欠缺深入的主觀意識的反思；在
觀察廬山的形貌後，才能真正瞭解鮑照做到忠實敏銳的描繪，怪異變
化的山石構成的廬山，在唐以前鮑照是描寫廬山最多的詩人。除了惱
人的建功立業的慾望外，他沒有放棄他的野心，在行旅中帶著官宦的
焦慮，他還是喜愛描繪建康都城的風景。在〈還都至三山望石頭城〉
詩裡，鮑照熱情的描寫南京的景緻：「泉源安首流，川末澄遠波。晨
光被水族，曉氣歇林阿。兩江皎平迥，三山鬱駢羅。南帆望越嶠，北
榜指齊河。關扃繞天邑，襟帶抱尊華。長城非壑嶮，峻岨似荊芽。攢
樓貫白日，摛堞隱丹霞。征夫喜觀國，遊子遲見家。流連入京引，躑
躅望鄉歌。彌前嘆景促，逾近勌路多。偕萃猶如茲，弘易將謂何。」
〔註32〕這首詩對鮑照來說是個特例，他在行旅中很少欣賞途中的風
光，儘管像廬山那樣吸引人的地方。官吏的傷懷與景境互為交織，這
成為鮑照山水詩的核心，因為背景的關係，鮑照與謝詩在主題必然迥
異，鮑照詩裡反復出現的詩句與主題都跟返回都城家中的渴望有關，
對沈淪下層僚屬，以及羈旅之苦也作了反省。更為謝朓歌詠都城的詩
做了鋪陳。儘管深奧的詩句有時會出現在鮑照的詩裡，然而典故不再
是詩裡重要的負擔，他在宦遊觀感上表現了一種簡易而明確的詩歌風
格，這預示了謝朓詩的出現。

〔註31〕〔南朝宋〕鮑照撰《鮑參軍詩註・卷三・登翻車峴》，頁81。
〔註32〕〔南朝宋〕鮑照撰《鮑參軍詩註・卷三・還都至三山望石頭城》，頁
　　　　107。

3、顏延之（384～456）山水詩的吟詠

元嘉詩壇，通常素以顏、謝並舉顏工對偶，謝工山水，兩者當時皆蜚名士林的大詩人，然顏詩易懂，所以當時顏詩遠比謝詩盛行，在中國詩歌史上亦佔有一定地位。沈約《宋書．謝靈運傳》說：「爰逮宋氏，顏謝騰聲。靈運之興會標舉，延年之體裁明密，并方軌前秀，垂範後昆。」〔註33〕後人通常說其用事過多，雕繢滿眼來概括他的詩文特徵，給予否定性的評價，與當時的文學地位頗不相稱。顏延之現存詩三十四首，其中有幾首殘篇，內容不外乎抒懷內況，或朝廟應制及山水詩作。顏延之在晉宋之際與陶潛、靈運私交甚篤，傳爲千古美談。

顏延之的應制詩在遵法傳統的儒家觀念下，讚頌王政必以雅音辭麗爲典，鋪陳精工，因他的詩在風格上就是以一種莊重典雅的方式呈現，辭句求工，用典深密，詩歌藝術技巧上，主要表現在，文辭藻麗，對仗精工，用典繁密。因之他的詩文被評爲雕繢滿眼，摛采鏤金，如果以當時玄言詩風相比，顏詩無疑是革新進步的。延之的詩文創作雖不及謝的「富豔難踪」，其也充分表現了元嘉文學的特質，代表晉宋詩風轉變的傾向，所以顏謝並舉是有其道理的，在文學上應給予顏氏一公允的評價與地位。

顏延之生活在山水詩風盛行的年代，他的作品不乏寫景之筆觸，如〈車駕幸經口侍由蒜山作〉詩云：

> 入河起陽峽，踐華因削成。嚴險去漢宇，襟衛徙吳京。
> 流池自化造，山關固神營。園縣極方望，邑社總地靈。
> 宅道炳星緯，誕曜應辰明。睿思纏故里，巡駕幣舊坰。
> 陟峰騰輦路，尋雲抗瑤甍。春江壯風濤，蘭野茂荑英。
> 宣遊弘下濟，穹遠凝聖情。……（1230）

這是一首陪侍遊蒜山的應制之作，在陪侍中四目所及的山水造作，其中仍不乏尊主聖恩之言。又如〈車駕幸京口三月三日侍遊曲阿後湖

〔註33〕〔南朝梁〕沈約撰《宋書．卷六七．謝靈運傳》，頁1753。

作〉：「山祇蹕嶠路，水若警滄流。神御出瑤軫，天儀降藻舟。萬軸胤
行衛，千翼汎飛浮。彫雲麗璇蓋，祥飆被綵遊。江南進荊豔，河激獻
趙謳。金練照海浦，笳鼓震溟洲。藐盼觀青崖，衍漾觀綠疇。人靈騫
都野，鱗翰聳淵丘。」（1231）這也是一首應制侍遊，時間是三月三
日上巳日侍遊時看見京口之風光。這樣的山水詩，如果跟謝客作比
較，就如同鮑照對顏、謝所作的評論：「謝五言如初發芙蓉，自然可
愛；君作鋪錦列繡，雕繢滿眼」〔註34〕（《南史・顏延之傳》）這是鮑
照在顏延之面前所作的褒貶，對顏氏的詩文做很客觀的評價，對山水
詩來說，延之真的只在辭藻上顯現其文采功夫邇！

　　晉宋山水詩的作品，在謝靈運地推動下，山水詩作品的寫作不乏
其人，如謝惠連（407～433）的〈泛湖歸，出樓中望月〉、謝莊（421
～466）的〈北宅秘圓〉等，篇幅中僅以此三人為代表性作家，史稱
「元嘉三雄」，在文學作品上有其貢獻及殊異之處，但仍不貶其在歷
史上文學的定位。如果從藝術美的角度來說，文字的雕琢與逼真地描
寫滿繢的山水景色，如能相輔相成那是上乘的詩作，然人都會有其盲
點與擅長，因此，藝術是浩瀚的文藝表現，美的追求才是山水審美中
最具價值意義的詩學作品。接續我們將談論齊梁山水詩人的藝術審美
的部份。

（二）劉宋山水審美意識與佛教的影響

　　劉宋之際山水審美的觀念開始出現轉變，從某種程度看東晉後
期到劉宋初年，山水審美觀在意識上出現一樣的問題，這問題在詩
歌文藝史上，產生諸疑難，如果從佛學對劉宋山水審美的影響上來
論析，進一步從佛教的角度來看劉宋時期山水審美的遞嬗裡起了哪
些變化。基本上，以宗炳、謝靈運為例，將當時的名僧慧遠間的關
係尋繹出山水自然關係裡對文藝思想的影響，從側面來導入山水景
物作為一個獨立審美的具體論述下，對前賢之說以為借鑑。

〔註34〕〔唐〕李延壽撰《南史・卷三四・顏延之傳》（北京市；中華書局，
　　　　1975 年 6 月），頁 881。

　　東晉隆安四年（400）廬山的道人與佛僧進行一次大規模的群遊活動，說明其目的在於「因詠山水」，卻僅存詩一首實難考據當時詳情，雖然從詩序中概略可觀其端倪，瞭解當時他們對山水所蘊含的審美態度，更可從那些山水詩人的「佛對山水」的底蘊，梳理出東晉末，劉宋初山水審美的因革。迄錄慧遠（334～416）〈遊石門山序〉文曰：

> 石門在精舍南十餘里，一名障山。基連大嶺，體絕眾阜。闢三泉之會，並立而開流，傾岩玄映其上，蒙形表於自然，故因以爲名。此雖廬山之一隅，實斯地之奇觀。皆傳之於舊俗，而未睹者眾。將由懸瀨險峻，人獸跡絕，徑回曲阜，路阻行難，故罕經焉。

> 釋法師以隆安四年仲春之月，因詠山水，遂振錫而遊。於時交徒同趣，三十餘人，咸拂衣晨徵，悵然增興。雖林壑幽邃，而開塗況進；雖乘峴履石，並以所悅爲安。即至，則援木尋葛，歷險窮崖，猿臂相引，僅乃造極。於是擁勝倚岩，詳觀其下，始知七嶺之美，蘊奇於此：雙闕對峙其前，重岩映帶其後，巒阜周圍以爲障，崇岩四營而開宇；其中則有石台、石池、宮館之象，觸類之形，致可樂也；清泉分流而合注，漾淵鏡淨於天池，文石發彩，煥若披面，檉松芳草，蔚然光目。其爲神麗，亦已備矣。斯日也，眾情奔悅，矚覽無厭。遊觀未久，而天氣屢變：霄霧塵集，則萬象隱形；流光回照，則眾山倒影。開闔之際，狀有靈焉，而不可測也。乃其將登，則翔禽拂翮，鳴猿屬響，歸雲回駕，想羽人之來儀；哀聲相和，若玄音之有寄。雖彷佛猶聞，而神以之暢；雖樂不期灌，而欣以永日。當其衝豫自得，信有味焉，而未易言也。

> 退而尋之，夫崖谷之間，會物無主。應不以情而開興，引人致深若此，豈不以虛明朗其照，閒邃篤其情耶？並三復斯談，猶昧然未盡。俄而太陽告夕，所存已往，乃悟幽人之玄覽，達恆物之大情，其爲神趣，豈山水而已哉！

> 於是徘徊崇嶺，流目四矚：九江如帶，丘阜成垤。因此而

推，形有鉅細，智亦宜然。乃喟然嘆：宇宙雖遐，古今一
契；靈鷲邈矣，荒途日隔；不有哲人，風跡誰存？應深悟
遠，慨焉長懷！各欣一遇之同歡，感良晨之難再，情發於
中，遂共詠之云爾！（1085）

此序語焉不詳，僅可得知與佛學的「形」、「名」闡說山川大地都能法
相佛學的觀念，自然山水都變成佛教的神明。這篇序文離慧遠立佛影
台相隔二十年，如果沒有前文及慧遠〈萬佛影銘并序〉，那麼，僅知
前面的序文內容，便不知視山川大澤等為法相體現的觀念。這些文義
同屬的文章，只是再說明東晉佛學發展的過程，有學者將前序與〈萬
佛影銘并序〉及〈蘭亭集序〉作一比較，認為是在「因詠山水」，根
本上是肯定山水詩的發展，作為一種獨立於詩壇題材，只不過它是在
玄言詩與佛理的催促下出現的，所以山水詩開始時，它的風貌夾雜著
玄言詩，隨著山水詩的描寫，山水成分愈來愈重要，山水詩逐漸成熟，
更像是脫胎於玄言詩。而佛教也同樣透過山水，體現熱愛山林卻不拘
於山水景物，「以神山同物化，未若兩具冥」及謝安所（320～385）
謂的「萬殊混一理，安復覺彭殤」（906），與關注生命意識相近。沙
門諸道人在〈遊石門山序〉的醞釀下以山水美的態度面對山水詩與山
水畫，借〈萬佛影銘并序〉闡述「神道無方，觸象而寄」的思維，開
始接受山水詩，不僅為佛教信仰帶來新的契機，不論玄佛之士開始鍾
情山水風尚，而息染佛門，樂遊山水的行跡與行為找到了依據，沙門
諸道人對石門美景的獨鍾，卻又常常嘘嘆山水神明之所在，最終歸結
於「悟」出事物兼有其因緣變化的存在，以此為其解惑或說合理化吧！
僧侶陶醉在山林盛景卻不承認，而必需將他們的樂趣與狂喜歸結於佛
理，我想他們已經瞭解也懂得從自然界中去體悟佛理。佛教的基本教
義就在勘破世界萬物不實的虛象，執著於山林是外在的景物，對佛教
來說有悖於道的，但是當時的僧侶們被其周圍景緻吸引，不需要不承
認自己被外在景色所感染，他們是「因詠山水」，並且也實際地表達
尋理後的真情。因此，他們不承認他們陶醉山林，倒不如說雖感山林

之美卻未能像玄談中人，以玄對山水，從外物中看見自己與自然相契合的心靈意象，對佛僧來說，山水雖美外在客觀的條件是不存在的，「寓目理自陳」這是心靈與自然的溝通方式之一，是可以變通而不是拘泥形式。佛法不僅可以藉由本身的形象真理化，通過「影」寄寓萬物，有了佛影的光環，山山水水法身顯象關照世人，便可以成為思存法身，誠意溝通，便構成了物我、主客相離相即的關係。

　　從上面我們大概可以認識佛教對晉宋間士人山水審美意識的遞嬗，除了對山水詩的影響外，對山水畫的理論與創作也有實際的作用，慧遠聯繫其周圍的僧侶尋繹了中國山水詩、畫的堂奧藝術與歷史淵源，實際上也讓晉宋本土士人，接受、改造外來的文化，從而影響中國文藝美學思想與外來佛理文化相結合。

第二節　齊梁時期山水詩的遞嬗

　　齊梁士族延續著前代上品無貧賤的理念，仍由士族把持一切權利，求仕大都流於清顯，風流雅俗相尚，不求營事。從蕭道成（472～482）篡宋後，時序進入南朝的後期（479～589）其間經歷三個國祚最短的朝代，齊、梁、陳，蕭道成與齊武帝蕭賾（440～493）在位期間國政尚能維持，社會相對穩定，武帝死後齊明帝蕭鸞（452～498）陰謀奪位，國家就如同陳朝吏部尚書姚察（533～606）在《梁書・何敬容傳》云：「魏正始及晉之中朝，時俗尚於玄虛，貴為荒誕，尚書丞郎以上，簿領文案，不復經懷，皆成於令史。逮乎江左，此道彌扇……宋世王敬弘身居端右，未嘗省牒，風流相尚，其流遂遠。望白屬空，是稱清貴；恪勤匪懈，終滯鄙俗。」〔註35〕說明了齊梁時士人鄙俗的流風，莫不如此。所以國祚僅二十三年，經七個帝王，又被蕭衍（464～549）篡，建立梁也僅五十五年，梁武帝在位四十

〔註35〕〔唐〕姚思廉撰《梁書・卷三七・何敬容傳》（北京市：中華書局，1973 年 5 月），頁 534。

八年（502～549），休養生息，勵精圖治，一度歌舞昇平，然梁武帝是一個僞善之君，昏暴貪婪，晚年信奉佛教，因姑息養姦遷就門閥，宗室擁兵自重，互相傾軋，儼然小國林立，諸王混戰侯景之亂（547～549）江南陷入空前浩劫。

　　總之，當時齊梁士族在朝居官，並不考量國計民生，社稷安危，都在爲自身養德延壽，良吏無立身之處，隱士行爲被人稱羨。唯文學上仍呈現繁榮興盛的面貌，在詩壇上更是人才輩出，《隋書・文學傳》云：「暨永明（南齊）、天監（梁）之際，太和（北魏）、天保（北齊）之間，洛陽、江左，文雅尤盛。此時作者，濟陽江淹、吳郡沈約、樂安任昉、濟陰溫子升、河間邢子才、巨鹿魏伯起等，並學窮書圃，思極人文，縟彩鬱於雲霞，逸響振於金石。英華秀發，波瀾浩蕩，筆有餘力，詞無竭源。方諸張、蔡、曹、王，亦各一時之選也。」〔註36〕在當時產生不少詩人，確都出於名門望族，一門之內父子兄弟叔姪均工於詩，家學相承文思敏捷援筆成書，這是一個追求雕琢文飾的時代。宴集酬應是王公貴胄，免不了要賦詩聯句，因此相當注意文學素養，這種風氣一直到陳滅還因息不衰，在這風尚氛圍的意蘊下，詩歌在田園、山水詩後出現詠物和宮體詩，兩大詩派。確實是詩歌發展的鼎盛時期。鐘嶸在《詩品・總論》說：「王公搢紳之士，每博論之餘，休嘗不以詩爲口實，隨其嗜慾，傷卻不同。淄澠並泛，朱紫相奪，喧議競起，準的無依。」〔註37〕跟著產生了一些著名的詩評家，鐘嶸、劉勰、沈約、蕭統等。詩集的編纂，成果斐然，蕭統的《陶淵明集》，集《文選》三十卷，江淹（444～505）將自己的詩編爲前、後兩集，徐陵（507～583）的《玉臺新詠》十卷，徐伯陽（生卒年不詳）《文會詩》等對保存南朝文學作出了貢獻。〔註38〕

〔註36〕　〔唐〕魏徵撰《隋書・卷七六・文學傳》（北京市；中華書局，1982
　　　　　年10月），頁1729。
〔註37〕　〔南朝梁〕鐘嶸撰，陳延傑注《詩品注・總論》，頁1753。
〔註38〕　鐘優民撰《中國詩歌史・魏晉南北朝・第九章・齊梁陳詩》（臺南市；
　　　　　臺灣復文興業，1994年5月），頁365。

一、齊梁山水詩的創作觀

在中國詩歌史上，大量創作山水詩確立山水文學者應謝靈運莫屬，而齊梁山水詩比起劉宋則更加興盛，且發展出新的山水詩的風格，去除體物言志，藉物談玄的詩歌，主張清新瀏亮，情景相融的詩歌風格。在山水詩的發展歷程上，再一次的變革，齊梁山水詩從言志轉變到情性上。

《詩經》與《楚辭》將山水景物視爲意象，並將景物看爲比興的媒介，或是生活上的一種陪襯物，直到曹操的〈觀滄海〉出現，才確立山水審美的對象是可以獨立存在，且是歌詠的對象，這首詩可以說是詩壇上，第一首寫山水的景物詩。山水詩到齊梁逐漸成熟，後生的詩家輩出，詩風也變得清新自然，從寫景描摹來抒發胸臆及意趣，謝朓是當時最出色，成就最高的詩人，如他的〈晚登三山還望京邑〉以自然流暢的語氣摹寫建康（今南京）郊野的景物云：

> 灞涘望長安，河陽視京縣。白日麗飛甍，參差皆可見。
> 餘霞散成綺，澄江靜如練。喧鳥覆春洲，雜英滿芳甸。
> 去矣方滯淫，懷哉罷歡宴。佳期悵何許，淚下如流霰。
> 有情知望鄉，誰能鬒不變？〔註39〕

這首詩應作於齊明帝建武二年（495），抒寫詩人登上三山時遙望京城和大江美景引起的思鄉之情。謝朓出爲宣城太守時。江水經三山，從板橋浦流出，可見三山當是謝朓從京城建康到宣城的必經之地。三山上因有三峰、南北相接而得名，位於建康西南長江南岸，附近有渡口，離建康不遠，相當於從灞橋到長安的距離。詩中描繪的景物是一幅色彩斑爛的圖畫，層疊出現美景呈現在我們的眼前，讓我們感受到春的影子，春天的景色及聲音，讓這景色與詩人思鄉的情緒巧妙地融匯。又如〈遊東田〉詩云：

> 戚戚苦無悰，攜手共行樂。尋雲陟累榭，隨山望菌閣。
> 遠樹曖阡阡，生煙紛漠漠。魚戲新荷動，鳥散余花落。

〔註39〕〔南朝齊〕謝朓著，曹融南校著集說《謝宣城集校註·卷三·晚登三山還望京邑》（上海市；上海古籍出版社，2001年4月），頁278。

　　　　不對芳春酒，還望青山郭。〔註40〕

此詩充滿動態的美，一幅秀麗自然流動的景給人親臨其境的感覺，山
水景色若在眼前的感覺，涵詠著詩人對自然情感無盡的審美心理。可
以說山水詩到齊梁已經開始質變，由言志抒懷到抒情寫志，情景相偕
景物相容。

　　齊梁山水詩受到佛教思想的影響，在情性說下直接產生，體悟與
山水景物並容的哲學觀念，也就是情性與性靈，就是人的自然本性的
闡發，純粹為閒適怡情的審美享樂，不在是對世俗的不滿，更不會為
了體會玄理；所以他們對山水風物的描寫，是直接袒露賞心悅目之
情，竟陵王蕭子良（460～494）〈遊後園詩〉云：

　　　　托性本禽魚，棲情閒物外。蘿徑轉連綿，松軒方杳藹。

　　　　丘壑每淹留，風雲多賞會。（1382）

其詩寫的就是其心理即現實生活中閒適的寫照；齊梁山水詩獨特的
審美情趣，實際上，東晉與劉宋以來士族流連山水，「吏隱」相結合
的生活方式，與齊梁詩人雍容、閒雅的處世態度，與齊梁氏族普遍
體羸氣弱，不堪行步，不願冒險探幽，而是在青山秀水，園林池沼
中蕩漾的生情趣，有著密切的關係。〔註41〕

（一）齊梁山水詩創作的意趣

　　齊梁山水詩不等同於劉宋時期有所謂階段性的目的意義，大謝、
鮑照的山水詩在文學史上已形成一個高峰，齊梁在承繼之餘緒下接續
發展。詩歌景物描寫的目的，功能與之觀察的方法和線索，都呈現出
不同的風情與面貌，齊梁在山水景物的描寫其內容形式，至此詩歌美
學風格藝術情感都發生了變化。

　　建安時期往往因應環境的需要，描寫山水自然景物在於抒發內
在情感，與環境氛圍上，自然山水可能是一個重要的出口；東晉山

〔註40〕〔南朝齊〕謝朓著，曹融南校著集說《謝宣城集校註·卷三·游東
　　　　田》，頁 260。
〔註41〕杜曉勤著《齊梁詩歌向盛唐詩歌的嬗變》（北京市；北京大學出版社，
　　　　2008 年 12 月），頁 135。

水詩是和著玄言詩作出現自然山水是詩的點綴，主要功能在為玄理，尋找一個具象化的物象，謝靈運的山水詩就深受玄言詩的影響，常常被論者說其山水詩有著玄言詩的尾巴，在他的內心中仍然認為，山水是替玄言哲理服務的，有它階段性的功能，但其發展的結果，恰是山水詩獨立於玄言詩之外時，尤其從齊梁起山水詩的景物描摹是多樣性的，已不復見玄思哲理的面貌，山水詩在這時代是在體現作者的審美意識，山水詩具有一定的審美藝術。創作的目的是為了寫景而描繪景物，也就是說，山水風貌在作者的主觀情感下，已經滿足且具獨立審美藝術的美學意義。這種全新觀念的出現，是齊梁詩歌創作的重點，儘管有些作品不具備山水詩的全貌，然其比例上還是重於以往。就拿劉孝綽（481～539）的〈夕逗繁昌浦詩〉曰：

> 日入江風靜，安波似未流。岸迴知軸轉，解纜覺船浮。
> 暮煙生遠渚，夕鳥赴前州。隔山聞戍鼓，傍浦喧棹謳。
> 疑是辰陽宿，於此逗孤舟。（1823）

如果我們單純地從詩的表面去看景物的描寫，似乎有點淡淡的離愁，然作者卻無意識地用景說情，取景物入詩，完全只是取其意象的契合，他僅從審美的角度試圖用景語去渲染描摹一幅江舟暮色圖。

何遜（480～520）與陰鏗（511～563）都是齊梁間具代表性的山水詩人，在他們的詩歌創作裡，情感、哲思等均被限縮到最低範圍，景物模寫及所產生的美感，都是詩歌的重心，如何遜的〈贈王左丞〉詩云：

> 櫚外鶯啼罷，園裡日光斜。遊魚亂水葉，輕燕逐風花。
> 長墟上寒靄，曉樹沒歸霞。九華暮已隱，抱鬱徒交加。
> 〔註42〕

陰鏗的〈五州夜發〉詩云：

> 夜江霧裡闊，新月迥中明。漁船惟識火，驚鳧但聽聲。

〔註42〕〔南朝梁〕何遜著《何遜集‧卷二‧贈王左丞》（北京市：中華書局，1980 年 9 月），頁 35。

　　勞者時歌榜，愁人數問更。〔註43〕

以上兩首詩，都可以看見他們情緒上的流露，然而作者寫此詩的主要目的不在於情感，也沒有要說理。如同這樣的自然景物不趨附於情與理而單獨存在，在齊梁以前的詩歌裡是非常少見，但在齊梁年間卻是普遍存在的現象，除一些較有名望的作家外，其他作家也會用同樣的寫作方式表現出來。

　　這種變化來自於一個漸進式的過程，從東晉以來，詩歌中的寫景寓理的功能轉為平淡或消失，我們從詩歌的架構上可以一窺究竟。……謝靈運、謝朓、鮑照至沈約、王融到唐人的詩，其最後的說理性部份越來越失去其重要而被剔除。既已認可山水自身具足，便無需多費辭詞，日人罔祐次在其《中國中世紀文學研究》一書曾就山水詩中的寫景和陳述句子的比例作了一項有趣的統計，試抽樣舉例：〔註44〕

表九　山水詩中的寫景和陳述句子的比例

作　者	詩	寫景行數	陳述行數
湛方生	帆入南湖	4	6
謝靈運	於南山往北山經湖中眺望	16	6
鮑照	登廬山	16	4
謝朓	遊東田	8	2
謝朓	望三湖	8	2
沈約	遊鍾山詩第二首	全景	
范雲	之零陵郡次新亭	全景	
王融	江皋曲	全景	
孔稚珪	遊太平山	全景	
吳均	山中雜詩	全景	

〔註43〕〔南朝梁〕何遜、陰鏗著《何遜、陰鏗集注・卷二・贈王左丞》（天津市：天津古籍出版社，1988 年 12 月），頁 63。

〔註44〕溫儒敏、李細堯編《尋求跨中西文化的共同文學規律——葉維廉比較文學論文選》（北京市：北京大學出版社，1987 年 1 月），頁 102。

從上表中我們可以得出，謝朓的山水詩，詩歌創作結構轉變後，對他有極重要的意義，他開此風之先，影響往後詩歌創作的方式，其中的全景詩全部都是齊梁的詩人，詩人在可以自由發揮，對萬物即興地闡說下，說明了詩歌從東晉「景──情──理」結構轉爲全景式呈現。全景詩當然不是齊梁時才出現，曹操的〈觀滄海〉，就是全篇寫景，大量出現全景式山水詩結構當然屬齊梁一代，換言之，齊梁詩人對完形美學藝術審美的概念已經開始醞釀，確認了景物在詩中的功能性之重大遞嬗。雖然當時的詩人並沒感受到詩風的變革，但從今天的詩文的賞析下，完形的發展，帶來了詩的情感與形式的變化，詩人對詩的感通更加敏銳。這與莊子的「言不盡意」有異曲同工之妙。詩歌是語言的藝術，不可能脫離語言的邏輯性思考與形象性的描寫，讀者可以循序漸進的體悟，從鮮明活潑的山水自然中試煉出眞意，強調形象本身所要傳達的理趣，在完形心理上來看是具體且明確。

全景詩的出現爲佛道兩家對自然人生的體道提供更好的形式，然而齊梁詩人，因爲自身的修爲與悟性的不足並沒有全然發揮與利用這種形式，宗白華在〈中國的藝術意境之誕生〉一文中提到：「意境的傳達有三個層次一是直觀感相的摹寫，二是活躍生命的傳達，三是最高靈界的啓示。」〔註45〕，「齊梁山水詩人可以說是達到了第一與第二層次，卻沒有能力達到最高的層次，即禪境。」〔註46〕儘管齊梁山水詩人中有些已經可以達到哲思與禪意，如王籍〈入若耶溪〉中的：「蟬噪林逾靜，鳥鳴山更幽。」（1853）能讓人無情感與理性的抗衡與干擾下體現一絲禪境，由於詩人不在主觀意識下的感知，最終還是覺得空泛。

〔註45〕宗白華著《美學與意境‧禪境的表現》（北京市：人民出版社，1987年4月），頁214。

〔註46〕王青撰〈齊梁山水詩創作的新特點〉收錄於《煙大台學學報（哲學社會科學）》（煙台：煙台大學學報編輯部，1991年第8期），頁29。

（二）齊梁山水詩人的審美觀照

　　從上文瞭解，齊梁部份山水詩人審美理想的體物觀照，那麼，他們究竟有什麼樣的審美內涵呢？我們僅需從觀察齊梁詩人，在描寫景物題材時他們的思維觀念就能窺知一二。我們分析齊梁山水詩在範寫自然景物時的內容形式，即能歸納出下列三點於下：

　　第一、在詩歌畫面的佈局結構上，強調所謂的「空」。

　　詩人在模寫詩歌時，是全景式的描寫，此刻詩人四目所及的畫面上，則顯得明朗、空疏、靜謐、空闊，他們在描寫時通常採用空闊遼遠作為背景，把詩歌畫面擴充到最大的範圍內。如庾信（513～581）的〈郊行值雪詩〉：「風雲同慘慘，原野共茫茫。」〔註47〕；謝朓的〈宣城內登望詩〉：「寒城一以眺，平楚正蒼然茫。……威紆距遙甸，巖巘帶遠天。」〔註48〕；何遜〈入東經諸暨縣下浙江作詩〉：「風雲同慘慘，原野共茫茫。」〔註49〕等。

　　這些詩裡全部描寫一個遼闊深遠的背景，點綴著浮雲、孤帆、疏林的小景，形成有近景有遠景及空闊的景觀與橫向空間展開的視覺特徵，景物雖少意境深遠的效果，使讀者可以有所遐思。因此，齊梁詩人觀察景物不像靈運移步換景，在轉換間融入對象，常在一個固定點靜觀描摹自己在遠眺俯察時觀覽所見，而遠眺是構成詩歌畫面廣闊的主要方法，平闊的江、廣大的視野、渺不可及的天際與悠遠而淡的山景，全是在這時空背境下佈局詩的畫面，視覺效果不就是詩人追求的審美觀，也是畫家繪畫裡的普遍視覺意識；也是一種中國藝術家的審美特質。

　　為達到視覺審美的效果，一些開放飄渺的朦朧意象，便成為山水

〔註47〕〔北周〕庾子山著，泥瑙注，許逸民校點，《庾子山集注‧卷四‧郊行值雪詩》（北京市：中華書局，1980 年 10 月），頁 295。
〔註48〕〔南朝齊〕謝朓著，曹南融校註集說《謝宣城集校註‧卷三‧宣城郡內登望》，頁 260。
〔註49〕〔南朝梁〕何遜著，泥瑙注，許逸民校點，《何遜集‧卷一‧入東經諸暨縣下浙江詩》，頁 20。

詩人取象入詩的法則，向謝朓的〈高齋視事詩〉云：「曖曖江村見，
離離海樹生。」〔註50〕，何遜的〈還渡五州詩〉云：「蕭散煙霞晚，
淒清江漢秋」〔註51〕，范雲的（451～503）〈餞謝文學離夜詩〉云：「遠
山隱且見，平沙段還續。」（1545）都是讓詩的畫面蒙上一層朦朧與
空渺的效果。

　　第二、齊梁詩人在色彩描寫上喜愛素冷的效果，原則上詩中色
調以冷色系為主。如張融（444～497）〈別詩〉云：「白日山上盡，
清風松下歇；欲識離人愁，孤臺見明月。」（1410）澄白與翠綠兩色
構成詩的色彩。又如何遜的〈暮秋答出朱記室詩〉云：「寒潭見底清，
風色及天淨。」〔註52〕這樣的例子很多，也顯出齊梁詩人的色彩自
然喜好，經常出現所謂的「寒」字，這種清冷，素淡的色調與五彩
繽紛的大謝詩來，顯然是一種微妙的變化。〔註53〕

　　第三、在詩裡的動靜配置，比較偏向整體的幽靜；在聲音的描
摹以及景為主調，在行動上的繪製以靜景為多，何遜〈還渡五州詩〉
云：「蕭散煙霞晚，淒清江漢秋。沙汀暮寂寂，蘆岸晚修修。」〈春
夕早泊和劉諮議落日望水詩〉：「日暮江風靜，中川聞棹謳。草光天
際合，霞影水中浮。」〔註54〕第一首詩，不論動靜上都是幽靜的狀
態；第二首在整體表現上亦算是寂靜，川中棹聲更能呈現四周的清
與幽和寂寥。而表現動態的詩又以王籍的〈入若耶溪〉：

　　　　艅艎何泛泛，空水共悠悠。陰霞生遠岫，陽景逐回流。

　　　　蟬噪林逾靜，鳥鳴山更幽。此地動歸念，長年悲倦遊。

　　（1853）

〔註50〕〔南朝齊〕謝朓著，曹南融校註集說《謝宣城集校註·卷三·高齋
　　　　視事》，頁 280。

〔註51〕〔南朝梁〕何遜著，《何遜集·卷一·還渡五州詩》，頁 20。

〔註52〕〔南朝梁〕何遜著，《何遜集·卷一·暮秋答朱記室》，頁 7。

〔註53〕王青撰〈齊梁山水詩創作的新特點〉收錄於《煙大台學學報（哲學
　　　　社會科學）》，頁 30。

〔註54〕〔南朝梁〕何遜著，《何遜集·卷一·暮日早泊和劉諮議落日望水》，
　　　　頁 7。

起頭兩句寫詩人乘小船入溪遊玩，用一「何」字點出滿懷喜悅之情，用「悠悠」一詞描繪出「空水」寂遠之姿，極富情致。三四句寫眺望遠山時所見的景色，詩人用「生」字寫雲霞，賦予其動態，用「逐」彷彿陽光有意地追逐著，清澈曲折的溪流。把無生命的雲霞陽光寫得繪聲繪影，詩意盎然。五六句以動顯靜的手法來渲染山林的幽靜。「蟬噪」、「鳥鳴」籠罩著若耶溪。山林的寂靜更為深沉。「蟬噪」二句是千古傳誦的佳句。「山更幽」，用聲響來襯托一種靜謐的境界，而這種表現方式正是王籍的創新。最後兩句寫詩人面對林泉美景，不禁倦厭宦遊產生歸隱之意。全詩因景啟情而抒懷，十分自然和諧。此詩文辭清婉，音律諧美，創造出一種幽靜恬淡的藝術境界。

綜論之，齊梁山水詩人審美理趣上，比較偏向對靜態的描繪，這種美學理論的哲思基礎，在老子時就建立了，老子的人生與政治思想，提出貴陰尚柔的一種治國方法與處世態度。正是這樣的觀念下，齊梁詩人的詩論畫面之空寂遼遠，都是否定文采修飾的，希望自然而然，平淡樸實之美，從理想人格，到語言形式等，都是一樣的要求。所以，齊梁的詩人對素淡色調的喜好，是有哲學依據的。由於這樣思潮的影響下，讓平淡清新與自然之美在魏晉南北朝間成為一種風尚，也就是「初發芙蓉，錯彩鏤金」的一種境界。

齊梁的文學整體美學觀念，一般說來都認為是綺靡繁縟，頹廢輕豔，而其宮廷文學創作的表現，儘管當時詩人的地位顯赫，決定當時的美學藝術觀念，而在形式的集體文學創作下，由其是山水詩的表現特別清新，就算朝中文學宮體綺麗，但山水詩卻是清新瀏麗，這樣的矛盾現象，真實反映在詩人創作題材的美學風格上。因此，齊梁山水詩，不論是詩中景物的功能、結構、景物的內容與表現的方式，或是詩裡的美學觀念，都是新的風貌，在功能結構上，不在依附哲思，而獨立於情感全景描述，景物描摹大量的以全景式構圖，這種文學的意念在詩歌創作上有更完美的體現，而山林野壑的空疏、淡雅、靜寂寫作的方式，表現出道家的美學理念，這一切都取

決於齊梁山水詩整體美及略帶愁思與恬淡的文風表現。

二、齊梁山水詩的創作成就

　　葛曉音說:「齊梁文風一直是浮靡之習的代稱。其骨力不振之弊,人皆見之,其藝術變革之功,則毀譽不一。當代學著論及這一段詩歌時,即使對形式追求的成績有所肯定,也僅限於聲律得提倡和寫景的技巧,除少數詩人的名篇佳句受到注意外,大多數都被冷落,……我們更客觀地研究中國古典詩歌發展的軌跡不無益處,……大力提倡流暢自然的詩風,促使詩歌完成了由難至易,由深至淺,由古至盡的變革,……此後人與大自然的和諧變成爲中國古典詩人共同的特質,成爲中國古典詩歌的基本特徵之一。」〔註55〕因此,我從論述中可以瞭解,齊梁的詩歌除了綺靡的詩風外,尚有被放入故實內,可共賞析研究流暢自然景物的詩風,也有其被評論的必要,前節我們概略介紹過此時期的清麗山水詩風,現在我們擇幾位山水詩人來做個別的賞析與進一步認識齊梁詩風。

(一)清麗山水見宦遊之情的謝朓

　　「謝朓字玄暉,陳郡陽夏人,是南北朝時期的著名詩人,其詩歌創作成就極高倍受同時代及後世詩人、評論家的推崇,同時代的沈約稱二百年來無此詩。」〔註56〕(《南齊書‧謝朓傳》),沈德潛《說詩晬語》謂「齊人寥寥,玄暉獨有有一代」〔註57〕,〔明〕王世貞(1526～1590)《藝苑巵言》稱「玄暉不唯工發端,……一時之傑」〔註58〕等,不勝枚舉,均對謝朓的詩歌創作成就加以肯定。謝朓現存詩歌中,

---

〔註55〕葛曉音撰〈論齊梁文人格心晉宋詩風的功績〉收錄於《北京大學學報(哲學社會科學版)》(北京市:北京大學編輯部,1985 年第3 期),頁 17。

〔註56〕〔南朝梁〕蕭子顯撰《南齊書‧卷四七,謝朓傳》(北京市:中華書局,1974 年 2 月),頁 825。

〔註57〕〔南朝梁〕蕭子顯撰《南齊書‧卷四七,謝朓傳》,頁 825。

〔註58〕〔明〕王世貞著,《藝苑巵言‧卷三》(濟南:齊魯書社,1992 年 7月),頁 135。

山水詩的數量佔了將近一半，其山水詩不僅數量多，且其藝術成就高。謝朓的山水詩蘊涵了謝靈運山水詩清新明麗的長處，又剔除了謝靈運山水詩中的玄理成分，在取景上，捨棄了謝靈運所追求深險奇奧，以常見之景加以描繪，發掘景之清新秀麗，謝朓的詩歌亦以清麗著稱，《南齊書‧謝朓傳》「有文章清麗」，施補華（1835～1890）《峴傭說詩》亦評為「謝玄暉名句絡繹，清麗居宗。」〔註 59〕謝朓山水詩大都取於其仕宦生活中之所見，其筆下描寫的都是金陵帝都、荊楚風物、宣城勝景，其山水詩又以融情於景見長，劉熙載《藝概‧卷二》「謝玄暉詩以情韻勝」。〔註 60〕因此，仔細研讀謝朓的山水詩，我們不難發現清新秀麗的山水中蘊含著他的宦遊身世之情，誠如沈德潛所言「筆墨之中筆墨之外，別有一段深情名理。」〔註 61〕（《說詩晬語》）

　　謝朓出身於門閥士族，早年以其顯赫的家世與文名「朓少好學，有美名，文章清麗，」（《南齊書‧謝朓傳》）頗受竟陵王蕭子良（460～494）、子隆（474～494）的賞識，仕途較為順利，竟陵王蕭子良開西邸，謝朓得其預席，同西邸文士酬唱應和，此時描寫京邑的雍容華貴，與自然風物相結合，無不體現出謝朓開朗的情懷。

　　永明十一年（493），謝朓的生活和創作轉入了另一個新階段，被讒還都作〈暫使下都夜發新林至京邑贈西府同僚〉：

　　　大江流日夜，客心悲未央。徒念關山近，終知返路長。
　　　秋河曙耿耿，寒渚夜蒼蒼。引領見京室，宮雉正相望。
　　　金波麗鳷鵲，玉繩低建章。驅車鼎門外，思見昭丘陽。
　　　馳暉不可接，何況隔兩鄉。風雲有鳥路，江漢限無梁。

〔註 59〕 〔清〕施補華《峴傭說詩‧三四》（上海市；上海古籍出版社，1978年 9 月），頁 977。
〔註 60〕 〔清〕劉熙載著《藝概‧卷二》（上海市；上海古籍出版社，1978 年 12 月），頁 56。
〔註 61〕 〔清〕沈德潛著，霍松林注《詩說晬語‧六六》（北京市；人民文學出版社，1979 年 9 月），頁 203。

常恐鷹隼擊，時菊委嚴霜。寄言蔚羅者，寥廓已高翔。

〔註62〕

謝朓返京後，遇到了一年之內，朝廷三易其主的動蕩，蕭鸞（452～498）即位前後，隨王被殺，竟陵王因憂鬱而卒，謝朓雖曾為子隆、子良的幕僚，因其岳父王敬則（生卒年不詳）南齊開國功臣，蕭鸞倚重的蕭衍是他的兒女親家等家世關係，反到倖免於難，而且頗受重用，《南齊書・謝朓傳》「有以朓為驃騎諮議，領記室，掌霸府文筆，又掌中書詔誥。」〔註63〕自己「趨事辭宮闕，載筆陪旌棨」來表達對明帝的厚愛之情。即使這樣，謝朓對政治的險惡已深有感觸，描寫京邑是「紫殿肅陰陰，彤庭赫弘敞。」的蕭瑟清冷，其所思慮的卻是如何全身避禍，以嚮往追求一種閒適的生活。從〈遊東田〉詩更為明顯亦體現了謝朓這種追求，儼然已有後期詩歌的韻味，該詩開篇點出了「攜手共行樂」的目的，體現出謝朓追尋恣意山泉的悠遊閒澹之情。

建武元年（494），謝朓出為宣城太守，其原因史無明載，但肯定是再次失意於朝廷，謝朓似乎已感覺到再次返京的機會渺茫。謝朓山水詩融情於景，將都邑風物和自然山水完美融合，在這裡山水已經成了他情感生活的一部份，成為他的情感載體，結合宦遊之情於山水之中，淨化了前期山水詩的玄理，使山水詩達到了主客體的完美結合，山水詩不僅具有了清新麗景，而且情韻更勝，開拓了山水詩創作的新歷程，進而將南朝山水詩推向了一個新階段，開啟有唐一代山水詩創作的先聲。

謝朓在山水詩的創作上，確實曾受到康樂與鮑照的影響，詩章中的謀篇與文字的結構，可看見玄理的闡發，如〈遊山詩〉曰：

托養因支離，乘閒遂疲寒。語默良未尋，得喪雲誰辯。

幸蒞山水都，復值清冬緬。凌崖必千仞，尋溪將萬轉。

〔註62〕〔南朝齊〕謝朓著，曹融南校注（上海市；上海古籍出版社，1991年12月），頁205。以下援引謝朓詩於引文後僅注頁碼。

〔註63〕〔南朝梁〕蕭子顯撰《南齊書・卷四七，謝朓傳》，頁826。

堅崿既崚嶒，回流復宛澶。杳杳雲竇深，淵淵石溜淺。
傍眺鬱篾篰，還望森柟梗。荒陂被葳莎，崩壁帶苔蘚。
黽狖叫層嵁，鷗鳧戲沙衍。觸賞聊自觀，即趣咸己展。
經目惜所遇，前路欣方踐。無言蕙草歇，留垣芳可搴。
尚子時未歸，邴生悲自免。永誌昔所欽，勝跡今能選。
寄言賞心客，得性良爲善。(233)

這詩呈現出玄理──景──寓理的寫法，如同大謝詩的創作模式，在
玄理中的典事也接近謝客的用法，如邴曼容〈初去郡〉詩曾提及他的
事蹟，這首詩中的一些字詞，更像是謝靈運與鮑明遠的寫法，此詩更
營造出冷的氣氛，冷肅的意境都與大謝，鮑照類似。

　　謝朓山水詩消散的風格，在詩裡的閒適澹遠的雅緻情懷，如〈新
治北窗和何從事詩〉曰：

國小暇日多，民淳紛務屏。闢牖期清曠，開簾候風景。
泱泱日照溪，團團雲去嶺。岧嶤蘭橑峻，駢闐石路整。
池北樹如浮，竹外山猶影。自來彌弦望，及君臨箕潁。
清文蔚且詠，微言超已領。不見城壕側，思君朝夕頃。
回舟方在辰，何以慰延頸。(359)

是詩爲謝朓在宣城時才修好的北窗，憑軒瞻眺，賦詩以酬一位何姓的
友人，「泱泱」兩句寫的是遠景；日出照在溪上，只見一道白光掠影
浮於天際，似在擁抱山壑。「岧嶤」兩句則是近景，蘭橑浮在溪上，
石路上石子接連聚集；而「池北」寫中間的景色，看那不遠不近的池
塘北岸，樹木像是浮在池子上面般，竹林那邊山巒若隱若現。這首詩
是一首很好的描寫景色的詩，「池北樹如浮，竹外山猶影。」將視覺
的模糊迷幻勾勒的的確精緻；我們回過來看，謝朓詩的雅緻，宣城是
一座民風淳樸的地方，城吏雜務不多，常有暇餘，而今天修好北窗，
開窗望景，青峰曼妙，窗外的景色格外悅目秀麗！在細覽山光水色
後，玄暉又自然的想起許由出世的高蹈隱是生活，這樣的景，這樣的
情緒下，心靈與美景結爲一派構成風雅閒逸的氣氛。

　　小謝似乎很喜愛，把玩這樣的環境，又如〈冬日晚郡事隙〉詩云：
　　案牘時閒暇，偶坐觀卉木。颯颯滿池荷，脩脩蔭窗竹。
　　簷隙自周流，房櫳閒且肅。蒼翠望寒山，崢嶸瞰平陸。
　　已惕慕歸心，復傷千里目。風霜旦夕甚，蕙草無芬馥。
　　云誰美笙簧，孰是厭蒍軸？顧言稅逸駕，臨潭餌秋菊。
　（228）

這也是一首公餘閒適的詩，傍晚閒坐時透過窗戶觀賞四下的風景；滿池發出泠風颯颯之聲的枯荷雖能耐寒，但這時竹林業已衰敝乏神。這已是「冬日」了。接著，起身沿著簷廊走了一遭。郡署的房櫳是一片空與靜漠，僚屬們都已下班。四望所及，是寒山一脈，蒼翠在眼；而寒林葉落，居高俯瞰，郊野平陸，也居然悠然入簾。謝朓久忙得閒，這些靜寂的景物，便在心中留下特別鮮明的印象。坐觀、巡視，分兩部份寫。其中，有近景，有遠景；有耳之所聽，有目之所見；有仰望，有俯瞰，但無處不是蕭瑟的冬景，無處不是凝滯下的靜謐。

　　下四句寫內心的感知。眼前是一片冬景，時間又已傍晚，歲暮、日暮，最能引起羈旅愁鄉之思。所以最終微吟：「已惕慕歸心，復傷千里目。」歸鄉已使心魂驚動，遠眺更憑添愁緒。用「已」、用「復」，更寫出作者的愁思層疊，難以平復。何況，回憶起下車伊始，蕙草還有著餘芳；而今，卻已是朝夕風霜彌天了。一是「無」，一是「甚」，更見出節換時變，令人興感。

　　無可排解的羈旅、歸思，終於讓謝朓在結尾四句裡吐露了胸臆：「云誰美笙簧？孰是厭蒍軸？」表達自己既不羨慕作王臣的那種享受、也不厭棄飢寒交迫的隱士生活之意願。先用「云誰」，又用「孰是」，兩句都用反問詰語，表示他想棄官從隱之強烈意念。接著，又把自己的入仕、出守比作乘上了奔逸失路、茫然無歸的車駕，現在應趕快停車解駕，表達他尋求隱居長生的心願。

　　我們常常覺得玄暉的思鄉悲苦的味道，比起鮑照來說是比較輕的；他臨風嗟嘆惆悵落寞，而鮑照是凝重、蒼茫的，玄暉是纖柔不絕

如縷；像他的〈京路夜發〉詩裡說：

> 擾擾整夜裝，肅肅戒徂兩。曉星正寥落，晨光復泱漭。
> 猶沾餘露團，稍見朝霞上。故鄉邈已夐，山川修且廣。
> 文奏方盈前，懷人去心賞。敕躬每踞踏，瞻恩惟震盪。
> 行矣倦路長，無由稅歸鞅。(276)

　　永明十一年（493）秋天，謝朓在荊州隨王府遭讒還都，在京城建康（今江蘇南京）寫下了〈暫使下都夜發新林至京邑寄西府同僚〉、〈酬王晉安〉等詩。不久即出爲新安王中軍記室。這詩就是離開京都赴中軍記室任上時所作。「京路」，表明詩人開始離開都城，還在京郊的路上跋涉。「夜發」則點明了詩人出發的時間。詩人別出心裁，選擇夜間出發，似頗有難言之隱。他是遭讒還都、被貶出京的，他要盡快離開這繁華之地，免得被人看見尷尬的樣子，所以，他才急忙不待天明，連夜整理行裝，急備車馬，匆匆踏上「京路」，黯然離去。「戒徂兩」，即準備車輛。「擾擾」，零亂不堪貌，「肅肅」，蕭條肅瑟貌，二詞描狀他整裝夜發的情景，紛亂匆忙，頗有幾分悽惶寒愴之意。此處，更兼寫到詩人心神凌亂、思緒倉惶的心智。表面上形色匆匆，實際上心緒空茫，全從「擾擾」、「肅肅」的形容描狀中傳達出來。明寫形狀，暗傳心思，筆法蘊藉而巧妙。首聯寫的是「夜發」。

　　接下來六句，寫「京路」上所見夜景。詩人仰望天空，但見曉星寥落，稀稀疏疏點綴在迷濛之中；黎明曙光，若隱若現，已在邈遠的東方悄然浮動。這幅景色，淒清曠寂，寒意逼人，但畢竟透露出些微清新的氣息。因爲，忙了整夜，剛剛啓程，目光一下子投入無垠深袤的夜空，心胸頓時爲之一闊，情緒畢竟還是有些興奮的。縱使不論新安王中軍記室是否優於隨王西府文學，從爾虞我詐險象環生的惡劣環境中擺脫出來，高懸於頭頂上的尙方寶劍終於放下，那麼，此行當然還是有如釋重負之感。這種情緒交織著「夜發」時的倉惶，微妙而複雜，全都於這幅黎明曙光的描寫之中；他踏著秋夜的露水，邁著沉重的步伐，漸漸地一輪朝陽，冉冉升起，壯麗的河山，再次展現在詩人

眼前，一種難以言狀的激動襲上心頭。玄暉說：「可愛的故鄉漸漸遠我而去了，啊，山高路遠，秋水茫茫，我什麼時候才能回到故鄉的懷抱呢？」

　　前八句寫行旅和途中所見景色，章法嚴縝細密，層次脈絡分明，客觀時間的推移和主觀情感的演變，全都迭現出來。著筆細膩而精緻，平蕪中出現崎嶇。至第四聯，天已大白，玄暉視野明晰而開闊，山形水勢，江河湍流，盡收眼簾。詩人巧妙地把山川景物融入了故鄉之戀的描寫之中。而「故鄉邈已夐」一句，不說我離故鄉，反說故鄉離我，彷彿是故鄉遺棄了他，這就把被貶的委曲心情維妙地傳達出來。運筆曲折，平中寓奇。一條清晰的行旅時程表昭然若現：從都城到京郊，由近至遠、時間、黑夜、黎明、旭日東昇、由暗趨明。頗堪玩味的是，在全詩由暗轉明的過程中，暗喻了詩人情緒由明轉暗的演變過程。晨光微曦，曙色剛明，靜謐的景把詩人紛亂的情緒淡化、平靜下來，但艱難跋涉，漸行漸遠的故鄉，山川已逝又將他的心情陷入了故鄉的思念之中。能見度愈高，景色見得愈多，悠悠鄉情愈加濃郁，心境愈加深沉。這就在尋常描寫之中，隱約顯現出了景趨豁亮而情入黯淡的反差，顯示出詩人寫景抒情的藝術功力。

　　最後六句抒懷，便是承著這隱約黯淡之情愫漸次展開。從「文奏」句概言現在，剛剛埋頭於各類文牘，旋即踏上「京路」遠去他鄉，親朋好友率皆離別而去了，一種強烈的孤獨感及悵惘意緒湧上心頭。「敕躬」句言過去時；猶言效命皇上，為官朝廷，每念及過去，玄暉深感仕途跼蹐蹭蹬，宦海維艱，故常有朝不保夕的「震盪」之慮。「行矣」句言將來時。無論是眼前的行旅之路，還是未來的宦海之途，浩渺迷茫，風雲莫測；所以，他倦怠了，小謝把自己看作一匹套上韁繩奔波不息的馬，終日蹄踏在漫漫悠遠的路上，不知何時才能有歸期，何處才是歸宿。這裡，沒有按照一般時態「過去——現在——未來」的正常秩序平鋪直敘，而是跟著情緒細微感情的生發，拈出「過去」與「未來」到「現在」，從容寫起。從「現在」的困頓、落泊「釋放」出去，

便自然憶起過去的「每跼蹐」、「唯震盪」，對未來前途充滿疑慮，對宦海升沉不定，充滿倦怠之意。

此詩結構上前半寫景、後半抒情的特徵十分明顯。前半段寫景，依稀隱約看出詩人情感的脈絡，使人在景色觀照之際領略到淒涼、蒼茫之感。後半部雖直抒胸臆，但仍寓於寫事紀行，但從寫事紀行之中，情感的起伏張目綱舉，才體現出較強的抒情意味。因此，這詩是婉轉低迴的，詩人表現出極大的克制，既使橫遭厄運的一腔憤懣不平，卻不敢直接暴露出來，在表面上仍如往昔表現出平和高遠的面貌。由此，便可以體會到詩人寫作此詩時深重的心態和複雜的感情。

就算是失意的情緒，也沒有因思鄉而倦遊，而消弭其寫景的筆力，和賞景山水的喜悅；玄暉的山水之作就是送別時用敘寫的山水，從惜別之情融入山川美景中，〈送江水曹還遠館〉詩云：

高館臨荒途，清川帶長陌。上有流思人，懷舊望歸客。
塘邊草雜紅，樹際花猶白。日暮有重城，何由盡離席！
（246）

這首詩，第一個碰到頗費斟酌的問題，題面上是「還遠館」，而開頭第一句即是「高館臨荒途」，那麼兩個「館」字所指是一，或是二？如果「高館」即題中之「遠館」，則所寫爲玄想之詞；若否，則是實寫送別之地的景色。揣摩全詩，細臆詞意，毋寧作後一解爲是。

首聯分別從高、遠兩個方向描寫送別的場景；荒郊野途，高館孤峙，清流映帶，長路迢遞。可能江水曹（祐）暫寓於此，如今他又要到更遠的館舍，謝朓將與他訣別。荒涼淒清的景物渲染出離別愁緒。此處著一「帶」字尤爲傳神；那潺湲的清流彷彿將眼前的路帶到遙遠的地方，在離人的心上更添渺遠迷茫的情思。次聯則說明離者的懷歸之情。此聯透露出江水曹的遊宦生涯，此行所去只是遠館而非故鄉，故而客中作客，撫慰「懷舊望歸」之情，只能更增羈旅情愫。但是詩的第三句並未依循此而展開，而是又重回寫景。詩人爲讀者描繪出一片明麗的景色，那池塘春草、花樹相間、紅白掩映的風光確乎令人陶

醉。面對如此賞心悅目的景色，人不應該離別，而應該流連忘返，盡情享受自然的賜予，但偏偏這正是離人分手的時刻。如果說首聯的寫景正與離情相契合的話，那麼此聯的寫景則以強烈的反襯凸顯出離別的情懷。送君千里終須一別，這是無可奈何的現實，尾聯又歸結到送別之意。「日暮有重城」，時光的流逝暗示出依依惜別的深情，而高城暮色的景物又加深了傷別的情緒。天色將晚，已到了不得不分手的時刻，主客雙方只得在「何由盡離席」的感慨中分道揚鑣，詩的最後留給人的是無可奈何的感喟，結句將惜別之情發揮得非常充分。

離別是古詩中一個陳腐的舊題。這一主題的短詩，究竟透露出一些什麼「新變」來呢？最突出的一點是詩人通過景物描寫而抒發感情，構造意境的創作方法。漢魏古詩多胸臆語，直抒所感、古樸質實，情語多於景語，景物描寫僅僅是抒情的附屬。而到了謝朓，則注意在寫景中寓情，讓情感蘊藏在景物之中，二者不是游離之物，而是相聚合，成為涵詠情韻的詩境，避免對感情作直白的、正面的表述。即以此詩而論，詩人以清麗詞句描繪出一個悠遠而又富有色彩的境界，對別離之情幾乎未作鋪陳，讀者感受到的是一種惜別的氛圍，情緒的薰染，情感的表達是含蓄蘊藉的。這就是後人所說的「風格」、「神韻」。正是在這一點上，小謝的詩成為唐詩的先聲。謝靈運也模山範水，但精雕細琢，失之刻板，刻意寫形，而缺乏情韻。玄暉則刊落繁縟，以清俊疏朗的筆調將景物構造為富有情韻的意境。於是樸拙的古詩一變而為清新俊逸的近體風格。唐詩那種簡筆傳神的寫景，情韻流動的意境，風神搖曳的格調，正是從小謝這裡肇生其端的。

謝朓的詩以羈旅行役中的山水，謝客則是多寫遊覽中的山水。謝宣城則多「望」裡的山水，是屬於靜觀為主，謝客、鮑照的山水詩句都是移步換景，以遊觀的方式；玄暉的山水詩，多是具象透視的，不會刻意去借山水來散發胸鬱，他觀賞山水全在於自然地欣賞沒有目的性，他在宣城時期是他最舒暢愉悅的時光，心境是優遊、蕭散、閒適地觀賞風景，他對秀麗的風景更多一些細膩的感受，示意享受山水的

抒寫更爲從容、細緻、精準。

　　他在宣城時山水詩題多有一「望」字，如〈宣城郡內登望〉、〈後齋迴望〉、〈苦日悵望〉等，在「望」的過程間，小謝常有歸鄉的念頭，風景與情思、山林的意念渾然相接，山水詩的內蘊更爲感人與魅力。在此選迻〈宣城郡內登望〉詩賞析：

> 借問下車日，匪直望舒圓。寒城一以眺，平楚正蒼然。
> 山積陵陽阻，溪流春谷泉。威紆距遙甸，巉巖帶遠天。
> 切切陰風暮，桑柘起寒煙。悵望心已極，惝怳魂屢遷。
> 結髮倦爲旅，平生早事邊。誰規鼎食盛，寧要狐白鮮。
> 方棄汝南諾，言稅遼東田。(225)

建武二年夏（495），謝朓出爲宣城太守。題中「郡」字，即指宣城郡。首句「下車」，指到任。從「切切陰風暮，桑柘起寒煙」二句來看，寫此詩時已屆深秋。也就是說，謝朓到任已有些日子。然而，他卻清晰地記得，到任之日「匪直望舒圓」。不是月明風清，而是月亮殘缺，夜已深沉。「望舒」指月亮。這二句交代到任時間，似極尋常，卻寓曲折。「下車日」既非今日，「匪直望舒圓」又已時過境遷，但詩人還念念不忘，平明登眺，竟首先提到他，實已流露出擔任宣城太守的寥落心情。殘缺的月，彷彿一個殘缺的影子，時時纏繞著玄暉。因而，當他「郡內登望」之時，領略到的完全是大自然蒼莽蕭蕭的景象：「寒城一以眺，平楚正蒼然。」此聯以大筆勾勒寒城登望的蒼茫遼闊之景，爲全詩奠定了「蒼然」的襯底。寒城登望，觸目都是蒼茫之色。這就把主觀情緒和客觀景物融合在一起，通過秋天的色彩眩染，著力把小謝心裡的寥落表現出來。而且，兩句中「一」、「正」相呼應，尤其傳達出一種豁然展現的意蘊，表面上是寫詩人忽然觀覽到寒城內外一片蒼茫之色，實際上，是詩人內心情緒的一種釋放，正在這疏宕之際，悵惘心境與蕭瑟之物境，在一片蒼茫渾融之中冥然結合。以下三聯接寫登眺景色。三、四聯寫山勢水流。「陵陽」山名；「春谷」水名，均在宣城郡內。遠遠望去，但見山勢高竣險要，逶迤起伏，遙接天邊；

而水流潺湲，蜿蜒曲折，伸向郊外。「威紆」句近承春谷溪流，「巉巖」句遠接陵陽山勢，章法上恰成交叉形式，顯出精心細密安排，這是實寫。五聯仍用實筆，繼續寫景。「暮」字點明時間，隱約交代出郡城登眺的時間，已駐足蹉跎多時；而「陰風」、「寒煙」之淒冷意象，則又在蒼茫底色上更加強調冷寂的色調。晚風為自然景色，桑柘是農家風光，但在詩人眼中，皆成陰寒之物，所以才說「切切陰風暮，桑柘起寒煙」。沉沉日暮，風煙四起，恍惚在詩人眼簾罩上一層迷濛輕紗，漸漸看不到辨不清眼前的秋景了。因此，一種悵然寥落之情，又再次籠罩心頭：「悵望心已極，惝怳魂屢遷。」至此，一個「悵望」，轉捩詩題「登望」，並將這種登望的特定心境以「悵」交代出來。詩人以惆悵之心，眺望秋日寒城之景，其結果是心情愈加沉重，景色愈加蒼涼。心魂隨物往，景色因情生。在結構上，此聯是轉折，至此作結上篇寫景，轉入下篇抒情。

「結髮」謝朓十九歲解豫章王太尉行參軍，二十三歲歷隨王蕭子隆東中郎府。當時，蕭子隆為持節，督會稽、東陽、新安、臨海、永嘉五郡東中郎將。所以，「結髮倦為旅，平生早事邊」，云當是詩人回溯此段生平。「倦為旅」，表明他的初衷並不在仕途騰達，並不想馳騁疆場，叱吒風雲；而卻「平生早事邊」，這是說他身不由己的感慨，雖不是遭讒受貶，但違背初衷是十分不願。更重要的是因為「平生早事邊」，此後才遭受一連串的打擊，諸如荊州隨王府遭讒還都、出為宣城太守，這就更加重了詩人「倦為旅」的情緒。坐實「悵望」的內容，是上一聯的再次強調。謝朓這裡連續化用四個典故，意義上帶有轉折、退一步設辭的意味。既已走上仕途，忝為一郡之守，那就要恪盡職守，施行良政，絕不能食肥衣裘，無所事事。謝朓曾在〈落日悵望〉詩中說：「既乏琅邪政，方憩洛陽社」（230），思想脈絡與此同一機杼。同是登眺之作，同為「悵望」之情，又都同發施行良政之想，可以看出謝朓這一思想的連貫性。

在詩的結構上，此詩前半寫景、後半抒情，這是從謝靈運山水

詩的結構方式承襲而來，表現出早期山水詩的典型結構特徵。此詩起於自然，尋常中暗寓曲折深邈，尤其是第二聯，大筆劃攬蒼茫渾淼之景，傳達出一種整體氛圍和浩杳境界，令人感受鮮明、強烈體味無窮。他十分傳神地表達其此刻登臨的特有心情，把景的描繪與情的抒發完美地結合。末篇抒懷，卻顯得質實、曲拗，用典繁複，旨趣難求令人讀來深感躓礙。也許，詩人是有難言之隱而不得不用此法，但無論如何，既削弱了詩歌藝術上的整體美。

因為玄暉詩語之清秀，構成其詩歌的另一意境，所謂的秀雅。這種清秀的境界，得於他的秀雅故實，興起的秀雅的情感，也因此形成了他秀雅的風格。〔註 64〕整體來說謝朓的創作踐履了他的「好詩圓美流轉如彈丸」的主張。

（二）陰、何山水審美觀

六朝受到道家思想的影響，人們對自然的審美關係發生了變化，將主觀的審美意識融入客觀的觀念之中，讓自我消融於天地之間，道家認為這是「物化」，一種強力的返樸歸真的傾向，這一種觀念，造成了人與自然關係的根本改變，產生新的美學思想，這一美學觀，強調的是審美主體對審美客體的主觀覺知，不是對客體的完整呈現與具體寫實。不僅是「形式」的再現，更是審美態度的變化，南朝山水詩，從二謝、到陰何，特別是陰鏗、何遜的山水詩，已經受主客體變化下，對山水詩創作的影響。

南朝以後，山水詩成為文學領域詩歌的重要議題，結合了中國傳統的哲學理念，「天人合一」的基本思想概念。強調人與自然和諧為一，尤其魏晉之後的遠亂避禍理念，另一方面文士對現實環境不滿的情緒普遍彌漫的氛圍下，道家對文人的影響甚巨，大批的文士投入自然與自然環境為伍，文學上主客體的融合得到審美意識普遍的認同，山水詩在這樣的環境下氤氳蓬勃創作，大謝仕宦不遂，便

〔註 64〕朱起予撰〈論謝朓的山水詩〉收錄於《蘇州大學學報（哲學社會科學版）》（杭州；蘇州大學學報編輯部，1996 年 2 期），頁 40。

肆意山水遨遊自然，托情寄寓，排遣抑鬱不得志的情懷，在大自然中尋找可留戀的審美條件，山光水色與人，鑲嵌爲一。

南朝山水詩在文學發展史上是一個重要的階段，山水詩是一種藝術形式的文學，在詩壇上有其重要的地位；一方面可以透過詩人的筆細膩、逼眞地再現山水的風貌於讀者面前，另一方面，山水形象作爲客觀審美的對象，而成爲一種心靈的創造。山水不再是陪襯而是獨立審美的對象，也不再是人活動的背景。情景交融、形神具備讓山水詩作更具體、更有魅力，讓人喜悅與激動。這個人與自然的審美主從關係透過詩人的覺知、感通似乎已經可以和諧一致。

從二謝及其他山水詩人的投入與創作，山水詩到陰、何，山水詩從形式與神似兼具，已經到了「離形得神」，就在主客條件下，構成所謂的「意境」，唐詩裡所創作的玲瓏興象，圓融的意境，在陰、何詩中已初俱形態，意境的創作與情景融通相比，他們所強調的是詩裡營造的氣氛予人的感受，強調作品內容的潛在涵義，山水詩裡意境的創造，會讓「形」所構成的詩表面具象徵意義，深入到「神」所構成的內在深層之轉化。何遜與陰鏗詩中所俱的形態，可視爲梁、陳時代山水詩的代表，承繼小謝詩風，完全脫離玄言，向緣情轉移，成功地使山水從哲理，化身爲心靈的結合。趨同的過程中成功地，創造融情於景的境界，使山水詩從哲理的化身變爲情與靈的結合。〔註65〕

前面我們論及大謝的詩被認爲公式化，到了謝朓山川景物佔了他的審美意識較多，詩人開始用豐富的感情去領受大自然，尋求大自然與心靈的結合，謝朓筆下聲律詞藻的運用更符合大自然中的聲色，在這些基礎下，梁代的山水詩有了更進一步的發展，其中又以何遜的最高，文壇領袖沈約嘗謂何遜曰：「吾每讀卿詩，一日三復，

〔註65〕張安娜撰〈論何遜和陰鏗山水詩的情景交融〉收錄於《山西大同大學學報（社會科學版）》（大同；山西大同大學學報編輯部，2009年10月第23卷第5期），頁59。

猶不能已。」〔註66〕對何遜的詩給予極高的評價。

　　何遜的詩風與謝朓相似，清秀俊麗，情詞宛轉，富於情致，更勝謝朓。山水詩所涵融的情感更加開闊廣泛，加入了情感的要素，更加強化山水詩的藝術魅力，何遜的山水詩，山光水色，景物的情與送別的、思鄉的情緒，贈答懷人的詩融入更多、更深的層次，色彩的運用與客觀地描寫結合得更臻完美，這都是山水詩發展歷程中的重大收穫，唐詩也受到相當深刻的影響，如〈慈老磯〉詩云：

　　　　暮烟起遙岸，斜日照安流。一同心賞夕，暫解去鄉憂。
　　　　野岸平沙合，連山遠霧浮。客悲不自已，江上望歸舟。
　　　〔註67〕

暮色靄雲乍現，夕陽將落前粼光灑在水面，從水際到岸邊，連山遠霧與詩人心中悲悽之情雜糅在一起，把詩人離鄉、別友的愁思淋漓盡致地表現出來，與謝朓比，何遜更會烘托羈思離愁，更勝於渲染氛圍，更能傳達內在的情緒。這樣的描摹景情融合的作品確實不遜於唐詩。又如〈臨行與故遊夜別〉詩云：

　　　　歷稔共追隨，一旦辭群匹。復如東注水，未有西歸日。
　　　　夜雨滴空階，曉燈暗離室。相悲各罷酒，何時同促膝？
　　　〔註68〕

據詩意推測，此詩當作於第一次從鎮江州時。全詩極力烘染與朋友離別時依戀難捨的情景深婉動人。這是一首贈送朋友的離別詩，將眼前的景緻，尋常的故實，利用平易、潔淨的語言，情致淋漓的書寫與朋友間的友情。沈德潛《古詩源》說何遜詩：「情詞宛轉，淺語俱深。」〔註69〕像這類的詩，無論是寫情景，融景於情，語言精謐，通篇格調

〔註66〕　〔唐〕姚思廉撰《梁書，卷四三，文學上・何遜》（北京市；中華書局，1973 年 5 月），頁 693。
〔註67〕　〔南朝梁〕何遜，〔南朝陳〕陰鏗集注，劉暢、劉國珺注《何遜集注、陰鏗集注・慈老磯》（天津市；天津古籍出版社，1988 年 12 月），頁 108。
〔註68〕　〔南朝梁〕何遜，〔南朝陳〕陰鏗集注，劉暢、劉國珺注《何遜集注、陰鏗集注・臨行與故游夜別》，頁 106。
〔註69〕　〔清〕沈德潛著《古詩源・卷十三・何遜》（北京市；中華書局，1977 年 7 月），頁 314。

一致，感情流露一貫，比謝朓詩更為進步。

　　隨著詩歌寫景抒情的效果受到重視，意境的寫作如歷在目，儼然成為詩人追新的標記。山水詩人意識到詩歌的景情一致之重要性後，開始強調神形、情理的脈絡一契與藝術境界。山水詩就好像讓人接觸到山水畫那般，引人入景情與境相融，如〈答高博士〉詩云：

> 北窗涼夏首，幽居多卉木。飛蝶弄晚花，清池映疏竹。
> 為宴得快性，安閑聊鼓腹。將子厭囂塵，就予開耳目。
> 〔註70〕

詩人把自己所居之境，寫得如此美好，當然不是為了自我陶醉。他的本意，無非是想邀請煩憂中的友人來此相敘。詩人開篇未說相邀之意，先話居所清景之美，正是要激發友人來訪的興味。因為這景緻是展現給朋友看的，故筆下點綴得分外美好，不染一點塵俗之色。多了一層鋪墊，詩人再開口相邀，就更具吸引力了。意境的創造，在於把山水詩情景交融地將美的藝術推向情感與形式美，將山水美的結構與詩人的感知結合，對自然山水的感受就會更加豐富深刻。何遜實現了對自然景象進一步超越。

　　繼謝朓後，何遜的山水詩的聲律或在煉字上，更要求精工對偶完整，取得更高的成就。新體詩對偶工整、煉字鍊句、音韻和諧，各方面的發展有助於山水詩，景物描摹範寫上達到較高的藝術美的成果。如〈下方山〉詩云：

> 寒鳥樹間響，落星川際浮。繁霜白曉岸，苦霧黑晨流。
> 鱗鱗逆去水，彌彌急還舟。望鄉行復立，瞻途近更脩。
> 誰能百里地，縈繞千端愁。〔註71〕

這首詩具有很高的藝術性。作者將尋常情，眼前景，妙手拈來，波瀾生動，加之整首詩對偶整齊，疊字連用，讓詩更增添了一層和諧

〔註70〕〔南朝梁〕何遜，〔南朝陳〕陰鏗集注，劉暢、劉國珺注《何遜集注、陰鏗集注・答高博士》，頁100。
〔註71〕〔南朝梁〕何遜，〔南朝陳〕陰鏗集注，劉暢、劉國珺注《何遜集注、陰鏗集注・下方山》，頁61。

的形式美。這些藝術審美的技巧經過時間的推移，運用的方法更爲精準，使得詩歌的抒情寫狀，功能的發揮更加看見藝術審美的效果，尤其何遜的寫景方式常出新語，煉字更加圓融，爲後人所推崇。

　　我們在山水詩裡從大謝小謝，一直演繹到何遜，南朝的山水詩在藝術內容的展現上，日趨成熟，汰舊翻新不斷推陳，累積無數很好的藝術經驗，更爲爾後的山水摹寫奠下一個兩好的根基，也開啓唐以後山水詩興榮的景象。

第三節　陳代時期山水詩的成熟

　　陳代的詩歌仍然是以士族爲中心，寒門的地位已有顯著的增長，然而在文化上尙無法打破寒門下品的觀念，梁陳時期寒門人多顯，而文學上卻欠缺數量，齊、梁、陳的史傳中亦未見寒門，在逯欽立所輯〈陳詩〉裡，也僅見兩位陳昭與陳暄爲寒門人士，其他主要詩人如陳叔寶、江總（519～594）、徐陵（507～583）、……陰鏗、只有陰鏗品第較低。陳代承繼梁代的榮景，也在梁末的動盪中受到重創，陳代建立後的社會相對安定，剩餘的氏族力量大不如前，還受到一些禮遇，集中在權力核心裡，文學到後主，之後也漸趨恢復繁榮。

一、陳代山水詩的風格

　　陳代的氏族已無經邦能力，殘餘的貴族仍給予一些尊榮，但已經失去對國家治國理想，失去追求的信念，其原因是：

　　一、梁末的動亂給文士帶來了幻滅感。由極盛到覆亡的巨大打擊，剝奪了他們的安全感，……，任何的幸福都不長久，不可依賴，所謂「曾經滄海難爲水」。

　　二、滅亡的命運使他們產生恐懼感。當時政治局面已很明顯，雖然一時還保持著安寧，我想詩人們內心不可能未感受到強大

的壓力。〔註72〕

陳代詩人中陳叔寶（553～604）、張正見（？～約 575）、徐陵（507～583）、江總等都寫過山水詩，因成就不高，沒什麼特色。唯一在山水詩創作上對後世具有影響力的要數陰鏗，陰鏗寫景多用白描手法筆觸洗練，筆調疏淡，但時有靚麗之筆，顯示出其調和色彩的匠心獨具。〔註73〕，陰鏗與何遜一樣也是繼謝靈運、謝朓之後中國山水詩發展上，有能力繼承山水文學，在當時文士中較具獨特地位的詩人。陰鏗先仕於梁，入陳後，在徐陵的推薦下爲文帝所賞識，官至晉陵太守，員外散騎常侍，卒年約五十歲。

陰何齊名并稱，詩歌風格相近。〔清〕陸時雍（生卒年不詳）說：「何遜之後繼有陰鏗，陰、何氣韻香鄰，風華自布，見其婉而巧笑，微方幽馥，時欲襲人。」〔註74〕陰鏗寫景見長，尤擅於江上景色，他的山水詩，如畫般地集中發揮於長江中下游，而以江陵、洞庭湖及武昌一帶風光景物。如〈渡青草湖〉詩云：

　　　洞庭春溜滿，平湖錦帆張。沅水桃花色，湘流杜若香。
　　　穴去茅山近，江連巫峽長。帶天澄迴碧，映日動浮光。
　　　行舟逗遠樹，度鳥息危牆。滔滔不可測，一葦詎能航？
　　　〔註75〕

青草湖與洞庭湖相接，南邊稱青草，北日洞庭湖。整首詩以寫洞庭湖春水盪漾，一望無際迤邐風光。連著沅水、湘流，更可以見到江湖一體，浩淼廣袤。面對這不同景緻的畫面，詩人想起洞庭湖與青草湖與道教洞天矛山通連，與巫峽奇峰連接，幻想連連。在以天水

〔註72〕馬海英著《陳代詩歌研究・陳代詩歌的背景》（上海市；學林出版社，2004 年 4 月），頁 7。
〔註73〕陶文鵬、韋鳳娟著《靈境詩心——中國古代山水詩史》（南京市；鳳凰出版社，2004 年 4 月），頁 168。
〔註74〕〔清〕丁福保輯，《歷代詩話續編・明・陸時擁・詩鏡總論》（北京市；中華書局，1983 年 8 月），頁 1409。
〔註75〕〔南朝梁〕何遜，〔南朝陳〕陰鏗集注，劉暢、劉國珺注《何遜集注、陰鏗集注・答高博士》，頁 100。

一碧，寫湖之澄澈，以鳥息桅檣寫湖面的壯闊，最後，化用《詩經‧河廣》「葦杭」之句，小與大對比的方式做了全詩的結尾。

　　一首好的山水詩要做到，如〔清〕李重華（1682～1755）《貞一齋詩說》：「必須情景互換，方不複沓；更要識景中情，情中有景，兩者循環相生，即變化不窮。」又說：「寫景是詩家大半工夫，非直即眼生心，」〔註76〕陰鏗的仕途沒有何遜那麼不順遂，因此少了何遜那種憂嘆。他的詩篇中有更多清新的風景畫，與作為遊子都有的鄉愁別緒、羈旅思鄉之情的交融，讓詩產生動人心弦的境界，如〈晚泊五洲〉詩云：

> 客行逢日暮，結纜晚洲中。戍樓因砧險，村路入江窮。
> 水隨雲渡黑，山帶日歸紅。遙然一柱觀，欲輕千里風。
>
> 〔註77〕

五洲（今湖北）浠水縣西蘭溪大江中。黃昏泊舟，愁思頓起，戍樓因山而險，村路僅到江邊，暮色中江水漸漸跟著全黑，濃豔的夕陽，被群山籠罩在暈紅之中，以「黑」、「紅」兩色對比，既描寫黃昏斑爛下濃重的色彩，藉此強調漂泊的遊子心中的惆悵，因漂泊詩人渴望旅程加快，日行千里，快返江陵，「一柱觀」就是江陵。在〈和登百花亭懷荊〉詩裡，陰鏗表達著同樣的愁緒：「江陵一柱觀，潯陽千里湖。風煙望似接，川路恨成遙。」〔註78〕相映成趣，接著又是〈五洲夜發〉，這五洲應該是詩人常過往的地方。其詩云：

> 夜江霧裡闊，新月迴中明。溜船惟識火，驚鳧但聽聲。
> 勞者時歌榜，愁人數問更。〔註79〕

〔註76〕王夫之等撰，《清詩話‧明‧李重華‧貞一齋說詩》（上海市：上海古籍出版社，1978年9月），頁931。

〔註77〕〔南朝梁〕何遜，〔南朝陳〕陰鏗集注，劉暢、劉國珺注《何遜集注、陰鏗集注‧晚泊五洲詩》，頁230。

〔註78〕〔南朝梁〕何遜，〔南朝陳〕陰鏗集注，劉暢、劉國珺注《何遜集注、陰鏗集注‧和登百花亭懷荊》，頁210。

〔註79〕〔南朝梁〕何遜，〔南朝陳〕陰鏗集注，劉暢、劉國珺注《何遜集注、陰鏗集注‧五洲夜發》，頁242。

作者寫的是夜霧行舟的真實感受，江水因月色反光，霧裡江面更顯得遼闊，新月初上，從遠處望去更加明亮，見到漁火跳動，舟動似乎驚擾了水鳥，船夫夜唱，相襯下夜更為寂寥，旅人問時，更覺時間難耐，全詩利用聲、光、色境界全開。再看〈和傅郎歲暮懷湘洲〉詩，這首詩是陰鏗在古體詩轉入近體詩，有其傑出的貢獻，更要說明的是陰鏗不論寫景，景已不然是實景，在聲色、構思、設意上都有特殊的巧思，虛實相映照的鋪陳，詩云：

> 蒼茫歲欲晚，辛苦客方行。大江靜猶浪，扁舟獨且征。
> 棠枯絳葉盡，蘆凍白華輕。戍人寒不望，沙禽迴未驚。
> 湘波各深淺，空軫念歸情。〔註80〕

這是一首由送客引發的遊子孤獨情結，與作客異鄉痛思歸鄉的悲情詩。本篇寫歲末客行及江中所見之景，最後抒發自己的思歸之情。傅郎指傅縡（530～585），陳時官至秘書監、右衛將軍兼通事舍人，掌詔誥。後因讒被殺。湘洲，這裡湘洲即指臨湘（今長沙市）。在歲末行江之苦狀，給人深入其境之感，如「棠枯絳葉盡，蘆凍白華輕。」還是因季節的寒冷，描繪出眼前實景，那麼「戍人寒不望，沙禽迴未驚。」就是推論的虛景，又如「沉水桃花色，湘流杜若香，穴去茅山近，將連巫峽長。」〔註81〕（〈渡青草湖〉）也是由眼前實景——洞庭湖推想出的虛境。他的一些詩，都是通過景物發思古之幽情，而在寫景時多少有懷古的味道，如〈登武昌岸望〉詩曰：

> 遊人試歷覽，舊蹟已丘墟。巴水縈非字，楚山斷類書。
> 荒城高仞落，古柳細條疏。煙蕪遂若此，當不為能居。
> 〔註82〕

「舊蹟已丘墟」，雖然將蜀山、巴水帶出或廣闊或細微的山光水色，

〔註80〕〔南朝梁〕何遜，〔南朝陳〕陰鏗集注，劉暢、劉國珺注《何遜集注、陰鏗集注·和傅郎歲暮懷湘洲》，頁214。

〔註81〕〔南朝梁〕何遜，〔南朝陳〕陰鏗集注，劉暢、劉國珺注《何遜集注、陰鏗集注·渡青草湖》，頁216。

〔註82〕〔南朝梁〕何遜，〔南朝陳〕陰鏗集注，劉暢、劉國珺注《何遜集注、陰鏗集注·登武昌岸望》，頁228。

僅此一句，給人今非昔比世事悽涼的感覺。

　　與何遜相同，陰鏗也是致力於五言詩的創作，現存三十五首詩，都是五言詩，元人陳繹曾（1012～1088）《歷代詩話續篇・詩譜・律體》曾認為：「沈約、吳均（469～520）、何遜、王筠（481～539）、任昉（460～580）、陰鏗、徐陵、薛道衡（540～609）、江總（519～594）右諸家，律詩之源，而尤近古者，視唐律雖寬，而風度遠矣。」〔註83〕沈德潛《古詩源・卷十四》：「詩至於陳，專攻琢句，古詩一線絕矣。」〔註84〕此若比前人，陰鏗不僅省略了古詩的迴環，注意到意象，錘鍊字句，而且對仗、音韻等處下了更多的功夫，所以更接近唐律。

　　因之，南朝山水詩人不但在山水詩創作上取得很高的成就，而且解決了山水詩創作的根本問題，營造出更符合美學規範和具有鮮明審美藝術特徵的形式、方法和原則，為開創我國山水詩的傳統奠定堅實的基礎。如果考慮到東晉時期山水詩的萌芽，南朝詩人的山水詩創作空無依傍，無可借鑒，一切都需要開創和獨立探索的精神，就足以看出南朝詩人文學與審美的創新精神。就這樣，山水詩因南朝詩人的努力有了卓著成效，終於邁入成熟，其影響所及也遠遠地超過了南朝而廣被及歷代。南朝是我國山水文學發展史上的第一個階段性任務——唐代山水詩——就是直接借南朝山水詩的成功經驗繼之而起，這顯示南朝山水詩在我國文學發展史上的重要地位和承先啓後的作用。齊梁之後的山水詩人，在山水詩的畫面上的經營，我們可以發現對完形的觀念更成熟，在感通上也能注意到視覺、聽覺、嗅覺、味覺、觸覺來挪動畫面，讓山水詩從靜態的詩歌，成為有畫面的詩畫，對詩歌美學藝術的經營有突破性的表現，對審美意境上更臻成熟，對唐朝山水、

〔註83〕　〔清〕丁福保輯，《歷代詩話續編・〔元〕陳繹曾・詩譜・律詩總論》，頁625。

〔註84〕　〔清〕沈德潛著《古詩源・卷十四・陰鏗》（北京市；中華書局，1977年7月），頁281。

田園詩給予一個很重要的啓迪。

二、陳代山水詩的表現

　　南朝陳代文學發展到後主時，在次出現了新的巔峰，這與後主
的文學集團有密切的關係。陳叔寶疏於國政、醉心於文學，身旁聚
集了一批文士。將這一批文士稱爲「狎客」，他們把文學當作暇時娛
樂的工具，且這些文士相當墮落在文學活動上；從政治上、思想上
看這一些文士，活動在豔情色彩下展露了「亡國將屆」。然而這些人
在文學與藝術上，卻具獨特性及價值意義。這是陳叔寶自覺的組織，
主要原因是他們之間有相類似的詩歌風貌。根據《南史・陳本紀下》
記載：

> 陳後主愈驕，不虞外難，荒於酒色，不恤政事。左右嬖佞
> 珥貂者五十人，婦人美貌麗服巧態以從者千餘人。常使張
> 貴妃、孔貴人等八人夾坐，江總、孔范等十人預宴，號曰
> 「狎客」。先令八婦人襞采箋，制五言詩，十客一時繼和，
> 遲則罰酒。君臣酣飲，從夕達旦，以此爲常。〔註85〕

《陳書・江總傳》也有類似記載：

> 篤行義，寬和溫裕。好學，能屬文，於五言七言尤善，然
> 傷於浮豔，故爲後主所愛幸。多有側篇，好事者相傳諷玩，
> 於今不絕。後主之世，總當權宰，不持政務，旦日與後主
> 遊宴後庭，共陳暄、孔范、王瑳等十餘人，當時謂之狎客。
> 由是國政日頹，綱紀不立，有言之者，輒以罪斥之，君臣
> 昏亂，以至於滅。〔註86〕

我們從史料上的記載明顯地了解，歷史上對他們的批判態度。「君臣
昏亂，以至於滅」，沉溺於遊宴賞會、狎溺豔情對於一國之君來說可
謂荒淫誤國。

〔註85〕〔唐〕李延壽撰《南史・卷十・陳本紀下・陳後主》（北京市；中華
　　　　書局，1975 年 6 月），頁 306。

〔註86〕〔唐〕姚思廉撰《陳史・卷二十七・列傳二十一・江總》（北京市；
　　　　中華書局，1973 年 3 月），頁 347。

　　陳後主帶領這個文學集團，其代表人物有江總、徐陵、周弘正（496～574）、顧野王（519～581）、岑之敬（519～579）、王瑳（生卒年不詳）等；他們的作品內容涵蓋到生活的各個層面，最重要的還是以宮體詩為主，此外還有一些寫景詩、邊塞詩、詠物詩、贈別詩、寄寓託志之作等。可以那麼說，這個文學集團在詩歌創作上，在文學史上還能佔有一席之地，而且這一文學集團特別鍾愛宮體詩情，對其它詩作則相對於冷漠。本文將就此文學集團的詩歌創作為例，對其大量的寫景詩進行探討，綜論而言，其寫景詩主要包含宮廷、遊宴與描寫林苑、寺院的寫景詩，以及山水詩和描寫都市景緻的寫景詩。從這些寫景詩裡，我們將從以下幾個型態的寫景詩來加以探討。

（一）宮廷遊宴與描寫庭院、寺院的寫景詩

　　寫景詩隨著宮廷遊宴的風氣而產生，與宮體詩有著割不斷的關係。在宮裡藉著遊宴活動，其中還有一個重要內容，就是對美景的欣賞和評析，寫景詩即由此相應而生。這類宮廷遊宴的寫景詩，是從愉悅的情緒和對審美物為欣賞主體，更經常夾雜著宮廷的豔情，詩文審美藝術中，悲觀的文采則相當少見。這裡試舉幾首純粹寫景的詩作：如陳叔寶的〈獻歲立春光風具美泛舟玄圃各賦六韻〉詩：

　　　　寒輕條已翠，春初未轉禽。野雪明岩曲，山花照迴林。
　　　　苔色隨水溜，樹影帶風沈。沙長見水落，歌遙覺浦深。
　　　　餘輝斜四戶，流風颻八音。既此留連席，道欣放曠心。

　　〔註87〕

又如江總的〈春日〉詩云：

　　　　水苔宜溜色，山櫻助落暉。浴鳥沉還戲，飄花度不歸。

　　（2594）

再則顧野王的〈芳樹〉詩作云：

　　　　上林通建章，雜樹遍林芳。日影桃蹊色，風吹梅逕香。

〔註87〕逯欽立輯《先秦漢魏晉南北朝詩·陳詩》，頁2514。

幽山桂葉落，馳道柳條長。折榮疑路遠，用表莫相忘。
（2477）

這一文學團體所寫之景大多圍繞著宮廷內外，對美景的欣賞實質上
與宮體詩對女性的欣賞是同樣的。在一個即將覆滅的王朝，對美的
重視勝過任何時代，詩人面對美景，充塞愉悅之情溢於言表。他們
所寫的景都是生機盎然、令人嚮往；舉凡季節性的花草、山光水色
下的，苔蘚、櫻花、鳥鳴、落英、雜樹、柳桂等都具藝術審美。但
這些寫景詩雖然細節鋪陳豐富，卻難有高妙的及開拓出審美想像空
間的新視野與意境，詩裡都是意象的堆砌，很難形成整體的藝術審
美意境。但是，其中的警策之句卻俯拾即是，如「野雪明岩曲，山
花照迴林。」特別是「迴林」二字最為傳神，用「野」來修飾「雪」
也富饒趣味，而「明」的運用則將所有的景變得活潑玲瓏富於生命
力。「日影桃蹊色，風吹梅逕香」二句也是對仗工整，極富韻致。應
該說，這種盡情的遊樂在這一集團的寫景詩中是主要的，與這集團
的整體活動密切相關。〔註88〕這個文學集體在遊宴賦詩中，很難出
現不愉快的情緒，他們都懷著一派輕鬆的心緒盡情地遊藝和享樂，
這些人與上朝時對國家大計與討論積弱的國勢是炯然不同的。但這
並不表示詩人們的傷感是蕩然無存的，在私下獨處時，傷感與孤寂
便愈趨明顯，這種不安的情緒在詩人描寫庭院和寺院的景物詩中矧
為強烈之感受。庭院和寺院是寂靜的不得不讓人靜心與反思的地
方，在這樣的環境下容易激發，一些真實的情感流露是在正常不過
了，這自然不同於遊宴的歡暢。在舉幾首詩來說明：陳後主〈同江
僕射遊攝山棲霞寺〉詩云：

時宰磻溪心，非關狎竹林。鶩岳青松繞，雞峰白日沈。
天迴浮雲細，山空明月深。摧殘枯樹影，零落古藤陰。

〔註88〕楊淑敏撰〈陳叔寶文學集團寫景詩中的愉悅與傷感〉收錄於《宿州
學院學報》（宿州市，宿州師範專科學校，2009 年 10 月第 24 卷第 5
期），頁 86。

霜村夜鳥去，風路寒猿吟。自悲堪出俗，詎是欲抽簪。

（2513）

江總〈內殿賦新詩〉云：

兔影脈脈照金鋪，虯水滴滴瀉玉壺。

綺翼雕甍遍清漢，虹梁紫柱麗黃圖。

風高暗綠凋殘柳，雨馳芳紅濕晚芙。

三五二八佳年少，百萬千金買歌笑。

偏著故人織素詩，願奏秦聲採蓮調。

織女今夕渡銀河，當見新秋停玉梭。（2596）

很明顯，他們於寂靜與獨處時的心情著實冷靜，內心仍擔憂著即將面臨，且無法避免的亡國深沉哀怨，所以此時的景也「皆著我顏色」：浮雲、空山、枯樹、古藤、寒猿、殘柳、晚芙等都渲染上一層悲思，這些都是詩人心靈的寫照。而深諳政情的江總更是十分明瞭下一刻歷史的運命，他感慨喟歎說：「人生復能幾，夜燭非長遊。」（2587）（〈山庭春日詩〉）江總知道陳代滅亡是必然的，卻無力回天，他們最終仍以遊戲及近似於頹廢的政治態度來欺騙自己。當然並不是說這些作品沒有價值，如援引陳後主的〈同江僕射遊攝山棲霞寺〉詩，其實陳後主的寫景詩謀篇迭宕，劉宋以來他的山水詩還能有一席之地。如「天迥浮雲細，山空明月深。摧殘枯樹影，零落古藤陰。霜村夜鳥去，風路寒猿吟。」（2513），前兩句寫景色時空與位置產生的對比效果，敏銳的視覺，中間兩句仍從視覺來描繪山中荒涼、殘破景象；後兩句則將寒風怒號猿猴哀鳴，從觸覺、聽覺、視覺角度勾勒詩面，和前面靜態摹寫，襯托出冬季攝山冷清與蕭瑟的景觀，確實是首很好的山水景物詩。

除了這些愉悅的、傷感的山水景物詩外，還有為數不多且頗有氣勢的寫景詩，似乎又讓人看到詩人另外一面，但這光芒卻是微弱的，在詩歌裡所呈現的景物也極為缺乏。又如後主的〈玄武湖餞吳興太守任惠詩〉云：「寒雲輕重色，秋水去來波。待我戎衣定，然送大風歌。」（2520）描寫寒雲、秋水的句子，簡潔有概括性，意境宕出確有特色。

後兩句抒臆想安定天下的壯志。然自己卻被俘虜；詩裡所寫的與現實生活的雄心似乎是兩樣情。

　　陳後主的驕縱，荒誕沉溺酒色，不理朝綱政事。從更多的詩材來看，還有兩種寫景詩較引人注目，一是城市風光的寫景詩，一是山水詩，特別是後者，在承接南朝開創山水詩之風，推動唐代山水詩創作高峰有不可或缺的重要性。城市風光的描寫，以〈洛陽道〉為題的詩作裡從這些詩人筆下所展現臚織於下：

> 洛陽馳道上，春日起塵埃。濯龍望如霧，河橋渡似雷。
> 閒珂知馬蹀，傍慢見薏開。相看不得語，密意眼中來。
> （2526）（徐陵）

> 日光朝杲杲，照耀東京道。霧帶城樓開，啼侵曙色早。
> 佳麗嬌南陌，香氣含風好。自憐釵上纓，不歎河邊草。
> （2506）（陳叔寶）

> 洛陽九逵上，羅綺四時春。路傍避驄馬，車中看玉人。
> 鎮西歌豔曲，臨淄逢麗神。欲知雙璧價，潘夏正連茵。
> （2542）（陳暄）

> 德陽穿洛水，伊闕遍河橋。仙舟李膺棹，小馬王戎鑣。
> 杏堂歌吹合，槐路風塵饒。綠珠含淚舞，孫秀強相邀。
> （2569）（江總）

> 洛陽夜漏盡，九重平旦開。日照蒼龍闕，煙繞鳳凰台。
> 浮雲翻似蓋，流水倒成雷。曹王鬥難返，潘仁載果來。
> （2611）（王瑳）

這些詩展現洛陽的面貌，都是對於城市的榮景、喧囂的渲染，呈現給讀者的是繁榮、活力的城市景緻。在描寫洛陽風貌之時，詩中還帶著豔情色彩。在眾多詩作中，徐陵的詩較為別緻。

　　陳代詩歌內容摛采簡明、情調不俗，沒有一種輕鬆的心情是無法有這種雅興和意境的。其他詩人的作品也如出一轍寫城市的繁榮，但在情感的描摹上都不如徐陵的作品。

（二）陳代的山水詩的特色

其次是陳後主文學集團另一類較有價值的山水詩作：

> 春光反禁苑，爰日曖源桃。宵煙近漠漠，暗浪遠滔滔。
> 石苔侵綠蘚，岸草發青袍。回歌逐轉楫，浮水隨度刀。
> 遙看柳色嫩，回望鳥飛高。自得欣爲樂，忘意若臨濠。
>
> （2514）（陳叔寶〈立春日泛舟玄圃各賦一字六韻成篇〉）
>
> 重岫多風煙，華燈此岫邊。涸浦如珠露，凋樹似花鈿。
> 依樓雜度月，帶石影開蓮。既有常滿照，羞與曉星連。
>
> （2520）（陳叔寶〈三善殿夕望山燈〉）
>
> 法堂猶集雁，仙竹幾成龍。聊承丹桂馥，遠視白雲峰。
> 風窗穿石竇，月牖拂霜松。暗穀留征鳥，空林徹夜鐘。
> 陰崖未辨色，疊樹豈知重。溘此哀時命，籲嗟世不容。
> 無由訪詹尹，何去復何從。（2582）（江總〈入龍丘岩精舍詩〉）

這些山水詩呈現人與自然的親近，寫來相當細緻。且結合各種意象來創造豐富色彩的山水畫面，充塞著想像的空間意境。從各種意象群，創造出一種清遠、清冷的意境，尤其是江總的詩句，用「橋」、「石」、「林」、「花」四組意象群頗得唐人之境。這些作品在這文學集團山水詩所佔比例有限，詩人們仍然以一種賞玩的心態來面對山水，遊樂成分爲其主要。當然也不能因而忽視詩歌的價值，從客觀的，評價來說；整個陳代山水詩，是陳代文學藝術審美的最後一環，對陳叔寶文學集團而言，其山水詩創作對後世的影響亦是不可磨滅的。

綜上所述，陳叔寶的文學集團寫景詩數量雖多、內容豐富，主要表現於兩種情感取向，宮廷遊宴、城市寫景詩以及山水詩，詩人們都出於一種遊賞玩物的態度、以愉悅的心情，去寫庭院、寺院等寫景詩，詩中則夾雜著傷感。這可能因爲伴隨著集體之活動，而後者則在沉澱、獨處與冷靜後的覺知。兩相對比，前者映襯著這一文學集團對美的重視，後者則是冷靜之後的沉思與悲哀，他們構成了陳後主文學集

團寫景詩摛彩紛呈的樣貌。不論意境結構或語意聲律、格調情韻等，都為唐代詩歌留下豐富意蘊，更為唐代詩歌的繁盛，尤以山水詩奠下一定的基礎。

第五章 南朝山水詩的審美態度

　　山水審美意識的自覺，可以說從魏晉以降，但一直以來山川景物，都隨著文學發展的腳步展開其新的生命力，如果我們將魏晉以後遊賞之風日炙當做一種歷史現象追本溯源，就會發現莊子是最先開啓山水審美風氣之先哲，莊子崇尚自然哲學，體現人與天地間自然的親密關係，他遊賞山水的方式，是爲了達成對自然之道的體悟與詮釋；他觀賞山水景物時，透露出「虛靜」的審美心態、超越功利思維的遊賞目的，描繪出主客觀合一的審美境界，莊子筆下的自然是山川雄奇壯闊，超越美感現象和愉悅的特徵，這些對後世的遊賞與山水審美，在理論上和實踐上都具有引導的意義和重要之影響。〔註1〕

第一節　南朝山水詩審美藝術的繼承

　　審美主體基本上發生在人的精神與生活態度中，這是現實生活裡對美學的體悟。山水審美的主體意識，要以遊賞者的自由意識，肯定自然生命之創造力與精神價值觀爲主，因此，南朝山水詩的美學藝術之構成，是一種山水審美的創作活動。南朝詩人在山水審美的藝術創作上有其特殊的發展空間，與個人主體的詩興發揮有著必

〔註1〕 何家駫撰〈莊子與山水審美〉收錄於《山西大學學報（社會科學版）》
　　　　（臨汾；山西師範大學，1993 年 7 月），頁 35。

然的關係，詩人必須解除創作的束縛，傳達山水審美的價值才能符合人的共通性和審美理想。

一、南朝隱士對嬗變中山水詩的影響

中國古代山水詩與隱士文化，有著重要的淵源，隱士文化的形成可以上追至三代，與封建制度相始終。他們以隱逸遁世的生活模式，回歸自然，瞭解自然的生命意識，氤氳人生哲學，無為適性的生活價值觀，清澹玄遠的審美標準下，封閉在自給自足的經濟裡，放棄僵固的宗法制度，當然，士的隱逸攸關家族興衰，在個人與家族的選擇下，總有一些人排除主客觀因素蟄居，有些則徘徊在士與隱之間，隱與士，都是造成國家權力核心穩定的基礎，士隱文化與官僚體系既矛盾卻又有相互依存的關係，這是宗法制度下，保全性命無可選擇的態度。中國不存在士隱對立的觀念，而是清顯與閒適的官僚制度，當然沒有這樣的制度，就不可能產生中國隱士的山水文化與山水詩。

（一）隱士風尚的流變

中國隱、士文化歷經數千年，最初形成於春秋、戰國時期，成熟於魏晉南北朝，達到最鼎盛的時期為唐代。山水詩是隱士文化成熟的一個面向，延續著山水審美與隱士間的關係，是不相悖離的，甚至更為緊密。拒絕禪讓的許由是隱士的先行者，隱遁山林野墅與士進關係因襲發展，萌芽於遠古國家的雛形階段，在春秋、戰國士階層的矛盾衝突下，第一次出現隱逸的高潮，許多優異卓然者選擇隱居，隱在初期也只是個人的生活行為模式，確發展成群體的生活方式，由個人隨意地演繹行為，擴及到群體的意識；遁隱的士文化與理論基礎，也隨著戰國時期諸子百家的出現，隱士所切入的角度開始發生質變，因此這個觀念必須從多方面去探究；道家在這一方面表現得最為積極，以老子為代表，莊子接踵其後，又以《莊子》一書作為隱士的理論基礎，強調精神人格的自由，修養心靈、追求養身，成為歷代隱士人生信仰的的理想目標。較具道家色彩，儼然

不同於儒家，以積極的出世精神爲人生態度，但如果理想與現實出現矛盾時蟄居也是一個暫隱的行爲，理論上蟄居只是待士之道，縱然有積極隱居及被迫隱逸，志仍在積極用世。在隱的流風下莊子的隱士理想人格，與孔孟用行捨藏與兼濟獨善天下的理論，隱士也因爲自身樂於山水審美的意識，初期對山水朦朧意象的詩歌於焉發展，山水描寫於《詩經》、《楚辭》之中，偶然間可以發現零星比興式的山水詩句，是其所發揮的陪襯功能。

　　中國第二個隱逸高峰，出現在魏晉南北朝時期，此時期的重點在於深化與雅化隱士的人格特質，《晉書·本傳》鄧粲（生卒年不詳）曰：「隱之爲道，朝亦可隱，市亦可隱，隱初在我，不在於物。」〔註2〕這在魏晉時期被視爲時尚，而又有所謂士隱與朝隱之說，最主要在追求窮理盡性的說法，以士爲隱，以隱爲士，從根本上除去隱與士的界說，改變了士大夫懼禍企隱，又想追求功名利祿的雙重標準，開闢了既斂冕榮華，有麾塵玄趣，名利雙收的隱逸之路。改變了先秦以來，隱者的生活方式，不再躬耕漁樵，嚴棲穴居，**轉趨**熱衷於遊賞山水，進而**體道悟性**。不要說朝隱之官，就算是在野的隱士也闢居勝境，甚而造園林而棲居。當時的隱士所鍾情的都是自然的審美觀，良辰、美景、賞心、樂事將蘭亭賞會視爲至樂。從隱向山水，到山水體道悟性、遊樂山水、吟詠山水，士人的心裡開始從生活到心靈都將山水雅緻化。在文學自覺下，自抒隱逸情懷擴大了更深化了隱士文化，天下之士普遍的人生追就是嘯傲山林，體悟玄理美化隱者的生活，山水大自然成爲他們精神寄託與審美賞心的對象，自然審美的觀念大行其道，隱士的生活在於體現自我放逐與追求生命意識，隱士的情懷與山水暗合，山水詩的審美觀，在東晉的隱逸者們歌詠及流瀉筆端，山水詩旨因豐富而美，山水畫、山水詩比肩邁進。山水詩產生的因素固然繁複，但其成熟毋庸紛說，其過程爲隱

〔註2〕　〔唐〕房玄齡撰《晉書·卷八二·鄧粲傳》（北京市：中華書局，1974年11月），頁2151。

士文化提供審美的意趣，隱士化的名士僧道，推動著審美客體，山水自然邁向創新的視野，在這些條件下，必然形成南朝山水詩歌的審美藝術。

（二）山水詩的精神旨趣

中國自古既有天人合一的哲學基礎,審視山水的同時亦須審視自我,山水精神貴在其與天地冥合同化,塑造出山水詩人的美學藝術境界,中國古代山水詩,的旨趣與隱士文化的關聯性原因如下：

首先,自然與隱逸遁世爲樂,即使隱或是朝隱而其心應逸於世外,歷代山水詩人,一旦深入山水勝境,其筆必然高蹈自然；士人的政治地位越高,其生命的風險越高,憂危懼禍,因此,激發隱士們的共鳴,大家追求的仍是得道升天,如郭璞就是遊仙隱居,歷代許多詩家如李白、蘇軾都得郭璞〈遊仙詩〉的感召。

其次,山水在人間,遁入山林後生活無疑要過的清苦,以山水對抗人間,這是山水詩人永恆的議題,事實上,我國古代山水詩從東晉起,就一直是以山水美化與山水隱士爲旨歸,詩人大都強調山水與人間的清顯、閒濁、苦樂、雅俗,實際上追其底蘊,山水的玄趣在景不在人,詩人覺得官場苦痛趨入山林,享受純樸,山水如能兼有自然美、社會美、與人情美,詩人理所當然要濡沫山林歌唱山水,樂在山水,更選擇山水爲歸處。

再次,是隱士難從利祿養身,衣食簡陋,編草爲衣,倚木於樹,簷覆其上而居。隱士不但要耐得住寂寞,還要忍著貧苦的生活,歷經悲苦之境而不改歸日,專注超脫於精神之上,鄙視物質。歷來隱者忤逆世俗價值,寧窮困於深山,而不求粒米之溫飽,確保身心靈的平靜。東晉的山水詩人,就是我行我素,袒胸露背醉隱山林嘯歌放蕩,享受林泉雅緻的生活,陶然忘飢,成爲詩中的意象。漫遊山水是隱士高蹈的理想實踐,詩畫中的林深蹊徑,描繪大自然的摯愛,與反璞歸眞的自然恬淡,在隱士的高或下中得到逍遙自在,無拘無束的精神生活,徜徉在千古神奇的山水魅力下,山水可稱隱逸中的奇葩。

　　入世固然有名利的誘因，但生命是危險的；因此，生命的存續，是士人所困惑的基本問題，更是先秦以來，不斷討論的核心價值。儒、道、法、墨各家，處於對立的地位，儒者重視社會利益高於個人，道德始終於命。道家極端的厭惡昏暗現實，以無爲的心態成爲保全生命之道，干祿寶器成爲治國重器；生命對士人存在著變數，生命的存在透過隱逸實踐，這是亂世裡求得保全性命的重要機制，「竹林七賢」的隱逸遁世，普遍傾向道家清談玄理，見素抱樸以覺聖智，文人一旦從紛擾的亂世，棄神器以爲保眞，走進和煦的山水美景，目睹山峙水流，大自然生命的律動下，精神飛騰，體悟生命融會於自然，名利的自我否定才是基調；詩人借山水淨化心智，看破名利，蔑視榮祿，事實上，古代山水詩存在著反對功利價值，當國家有危難時，繫千鈞於一髮之際，詩人卻能一反常態，以積極的態度維護國家利益，這才是可貴的隱士精神。

　　從以上幾點分析，隱於士林，及隱於山林，都是託山水以保眞，山水詩所蘊涵的是遁世與賞悟之精神自由，張顯生命可貴的眞諦，歸返自然，樂在自然，爲人生的宗旨，這是山水詩造成隱士文化之一部份，有其生命理趣。

（三）山水詩的審美理想與藝術

　　山水詩就其嬗變而言，陶淵明、謝靈運、鮑照等的山水田園詩，顯示陶謝身世境遇，思想崇尚，詩與情懷各有不同，但都有隱逸遁禍的趨向，他們崇尚隱士並以其人與詩成爲隱士文化的代表。詩人的審美態度，夠是詩人將其山水隱逸的憧憬視爲最美、最高的理想境界。他們借遠離政壇的塵囂安身保命，藉吟詠山水以紓憤懣；因此，山水詩的審美藝術，是淡化個人社會理想與現實矛盾，追求一種屬於個人心靈感悟的理想境界，中國山水詩具有其魅力與藝術美，他們創作的宗旨，不是在揭櫫黑暗的一面，而是歌頌大自然美妙與陶醉其中的體會，特別擅長描繪合乎現實與超脫現實的飄逸人生。將詩融於自我形象之中，流溢出那精神氣韻的偏好。這正是林下之士寄生於環宇，志

向高遠的心靈藝術寫照，更是失志的士人忘懷失意曠達自適形象化的人生哲學，這類邀遊於燕霞、窮林、野壑的山水詩，涵詠著隱士的審美理想，去領悟天人合一的人生眞諦，認識古代文人遁入山水的心路歷程，及其多重的生命價值。山水詩並非隱士文化所能宥，卻是隱士所能成就與閃爍著理想光輝的詩歌，被推崇爲山水詩的正宗。

詩歌的藝術品味，在創作的漫長過程中，經歷審美文化的形成，詩歌風格與藝術，各有特殊的審美標準與欣賞習慣。山水詩自然素樸，含蓄內斂吟詠出山水詩重視神韻美、意境美的藝術滋味，而這些皆與隱士文化有所相關。司空圖（857～908）《詩品・自然》云：「俯拾即是，不取諸鄰。具道適往，著手成春。如逢花開，如瞻歲新。眞與不奪，強得易貧。幽人空山，過雨採蘋。薄言情悟，悠悠天鈞。」〔註3〕詩人必須從體悟自然之奧，進入自然中賞悟山水情懷，方能體會自然之妙境。司空圖就藉此暗示自然風格是藝術的淵源，和道家的哲學思想。

含蓄有志，這是山水詩的長處，山水詩以摹狀寫景抒懷爲主，切忌率眞淺露，舊題王昌齡（約690～約756）〈詩格〉曰：「詩一向言意，則不清及無味，一向言景，亦無味。是須景與意相兼始好。」〔註4〕這已經觸及了「意境」審美範疇的要旨，含蓄就意味著景爲情設，情偕景出，將情志神理融入自然美景之中，蘊藉不露，餘味無窮，創造具有意境堪稱山水詩的藝術靈魂。〔註5〕魏晉玄學家進一步發揮了老莊與《周易》之說，「得意忘象」讓我們從創作與欣賞兩角度，有意識地推論「象」所蘊含的「味」，不言可喻的「象」，豐富與生動是讓詩有「味」，事實上，藝術剛起步時，陶謝等的山水、

〔註3〕〔唐〕司空圖著，郭紹虞輯注《詩品集解・自然》（北京市；人民文學出版社，2005年12月），頁19。

〔註4〕〔日〕遍照金剛著《文鏡密府論・十七勢・十五理入景勢》（北京市；人民文學出版社，1975年5月），頁43。

〔註5〕章尚正撰〈山水詩與隱士文化〉收錄於《江淮論壇》（合肥；安徽省社會科學院編輯出版，1994年第5期），頁103。

田園詩爲「象」，將大自然作爲獨立審美對象，巧構形似，成功的解決了寫景繪色及眞與幻等藝術難題，提高含蓄詩風的品味，使之成功地成爲詩論家關注的焦點，促成意境與神韻說的誕生。

　　隱士文化，對於個人或國家皆有積極的一面，也有消極的部份，古代山水詩主要以嘯嗷山水、睥睨萬物、逍遙自樂、與天同化的積極精神。山水詩主要是以隱士文化的成熟爲契機，陶謝是山水詩流派的正宗，自然、樸實、含蓄詩風，用以回歸自然爲旨趣，情景交融，涵化出神韻，與意境的古典藝術品味，是審美理想的啓發。

二、郭璞的遊仙詩對山水詩的影響

　　郭璞（276～324），字景純，河東聞喜（今山西絳縣附近）人，他博學有才識卻不擅口才。不僅精通經術、通古文奇字，尤擅於天文卜筮之術。曾注釋過《爾雅》、《方言》、《穆天子傳》、《山海經》、《楚辭》等經典。西晉滅亡後，他過江避亂，深受王導（276～339）和元帝、明帝推重，後來爲王敦（266～324）記室參軍，因爲反對王敦被殺。郭璞與溫嶠（288～329）、庾亮（289～341）等人，曾是布衣之交，但他在東晉卻才高位卑，常爲縉紳所譏，曾著〈客傲〉以抒發自己偃蹇傲世之志。當庾亮、溫嶠位公卿時，他卻沉於下僚，這自然使他不免心生怨懟不平，而身處亂世，特別是殘忍的王敦手下，他消極避世的思想就比較突出，因此，在詩歌創作上，他選擇了遊仙題材，今存遊仙詩十九首，其中九首是殘篇。其〈遊仙詩〉「變創其體」，「始變永嘉平淡之體」，反映當時的生活內容及自己的眞情實感，充分發揮了遊仙詩的社會功能與文學效用，而其〈遊仙詩〉裡的山水描摹，對後來山水詩的形成深具承繼的作用。

　　觀山水詩的發展，可分成三個階段：先秦漢以前到魏晉南北朝時期以前的詩歌選集《詩經》、屈原《楚辭》中的遊仙詩可以看成是山水田園詩的醞釀階段；繼之有秦博士的〈仙眞人詩〉、漢樂府裡的〈王子喬〉、〈董逃行〉等遊仙詩，即遊仙山水階段；劉勰《文心雕龍·明

詩》謂：「宋初文詠，體有因革。老莊告退，而山水方滋。」說的是魏晉南北朝時期，我國山水詩的逐步形成的階段。這一時期，郭璞的〈遊仙詩〉對山水詩的影響深遠，繼之，謝靈運是第一個大量創作山水詩的作家，在經歷官宦的坎坷之後，自然山水成爲他精神的堂奧，他對山川景物的描寫別具聲色，精美而秀逸，謝靈運之後，謝朓是接續發展山水詩的詩人，他的詩擺脫了玄言詩的尾巴，避免了形而上空泛的議論，從而形成了清新瀏麗的獨特風格，將山水詩創作推向了一個新的高峰，即玄言山水階段；到盛唐時期，形成了著力描寫山水田園的閒適生活，風格淡雅恬靜、質樸自然，以王維（701～761）、孟浩然（689～740）爲代表的山水田園詩派，即中國的山水詩到了唐代才臻於完美、純熟，盛唐以後是眞的山水詩階段。

（一）郭璞〈遊仙詩〉的創作嬗變

遊仙詩是以描繪仙人生活、遊覽仙境爲題材的詩，是一種歌詠神仙冥遊之情的詩篇，它的淵源可以追溯到戰國時代的《楚辭》，屈原極盡浪漫的巫覡想像，幻想神遊天界，詩中對仙境的描寫，開後世「遊仙詩」的先河，其〈遠遊〉詩，以浪漫色彩描繪仙人漫遊，主要抒發作者渴望超越現實而舉翮高飛的思想。還有秦始皇時有〈仙眞人詩〉，也可以看成是「遊仙詩」的源頭。玄學興起之後，郭璞深受其影響，其遊仙詩遂蘊運而生。在玄學思想影響下，郭璞遊仙詩的創作與前代遊仙詩，其本質上的區別在於遊仙色彩的淡化，其所描繪的仙境更臻於現實與客觀。郭璞的遊仙詩縱情描繪山水，以體現隱逸生活的內容。

同時期的遊仙詩體裁多爲古體五言詩，句數不等。〔梁〕蕭統在《文選》中首列遊仙詩爲文學體裁。曹操是魏晉時最先以遊仙爲題材抒發個人內在情懷的詩人。但眞正的主題卻是詩人老驥伏櫪，銳意進取的入世情懷。曹操的遊仙詩雖沿襲了求仙、長生之類的遊仙意象，但他的遊仙詩，在神人仙境與詩人的關係中，始終保持著獨

立性，極力突出詩人對於人生、事業的珍愛、執著。眞正以「遊仙」
作爲詩名的，始於曹植的〈遊仙詩〉。曹植是在命運遭到重挫下，把
其現實情感昇華爲超現實的藝術想象，以寄託其人生理想。曹植是
魏晉詩人中第一個運用遊仙題材表現現實人生的不平、不滿和不幸
的詩人，其遊仙詩相對於曹操來說，更具有著反映現實生活的內容。

　　郭璞遊仙詩多藉神仙意象和神遊廣闊恢宏的冥世，寄託自我理
想的追求，其表現出「沖舉飛升，遨遊八極」的浪漫色彩和奇幻的
想像力，其〈遊仙詩〉感情眞實生動，表現出既有對現實的憤懣與怨
懟，南朝鐘嶸在《詩品》中說郭璞「始變永嘉平淡之體，故稱中興第
一……慷慨，乖遠玄宗……乃是坎壈詠懷，非列仙之趣也」〔註6〕，
就是說郭璞深受當時莊、老玄學影響，提倡宅心玄遠，崇尚自然，注
重心神超然，追求逍遙放達的人生態度，和超脫俗世的精神境界，因
此其〈遊仙詩〉具有灑脫瀏亮、意境具妙的審美，表現出超然拔俗的
氣象，同時有著玄遠幽深的哲學意味，矧其詩具有著隱逸情結，其詩
以隱逸之心寫遊仙，把隱逸生活當作〈遊仙詩・其一〉的主要內容云：

　　京華遊俠窟，山林隱遁棲。朱門何足榮，未若托蓬萊。
　　臨源挹清波，陵岡掇丹荑。靈谿可潛盤，安事登雲梯？
　　漆園有傲吏，萊氏有逸妻。進則保龍見，退爲觸藩羝。
　　高蹈風塵外，長揖謝夷齊。(865)

「京華遊俠窟」與「山林隱遁棲」是兩條生活道路的對比；接下來的
兩句則表示作者對生活道路的取捨；最後的「高蹈風塵外，長揖謝夷
齊」則水到渠成，表達了作者對隱逸生活的肯定。不僅如此，在其遊
仙系統中，人的本質被充分地理想化與外化於自然間，於是山水自然
亦擬人化、審美化，成爲人的完美人格、完善人性的基本載體；另一
方面正如《世說新語・文學篇》注引劉宋檀道鸞《續晉陽秋》說：「正
始中，王弼、何晏好莊老玄勝之談，而世遂貴焉。至過江佛理尤盛。

〔註6〕　王叔岷撰《鐘嶸詩品箋證稿・晉弘農太守郭璞詩》（臺北市；中央研
　　　　究院中國文哲研究所，2004 年 11 月），頁 247。

故郭璞五言，始會合道家之言而韻之。」〔註7〕詩句都是以山水體玄、以山水體道。所以其詩，形成了與東晉平典似道德論的玄言詩，詩風大異奇趣，在山水詩發展過程中，有一種啓發的作用。

（二）郭璞〈遊仙詩〉的山水情懷

郭璞的〈遊仙詩〉，或飄逸超然，或玄虛縹遠，寄託著他對神仙世界的憧憬。其遊仙詩主旨是「悲時俗之迫厄兮，將輕舉而遠遊」〔註8〕（〈遠遊〉）。其遊仙詩是早期玄言詩發展的橋樑，是玄言詩發展的契機，又有「詩騷」風味。他成功地以他雋上之才，靈巧地把玄言詩轉移到遊仙詩上，便創出「挺拔而爲俊」的遊仙詩，即保留玄言詩的精神，進而開拓了更遼闊的心靈世界。然而更重要的是其〈遊仙詩〉與前代遊仙詩相比，其山水描寫成分較重，使山水詩從遊仙山水階段過渡到了玄言山水階段。

雖然郭璞〈遊仙詩〉是以山水體玄、以山水悟道，然而其〈遊仙詩〉中寫玄言的比例並不大，其詩有更多的地方體現出了「山水以形媚道，而仁者樂」（宗炳〈畫山水序〉）的特點。因而葉嘉瑩在《漢魏六朝詩講錄·永嘉詩歌》中說：「永嘉時代的郭璞，……他是較早開創向山水詩過渡風氣的一個人，在這裡『臨源挹清波，陵崗掇丹荑。靈溪可潛盤，安事登雲梯』四句，就是非常好的山水描寫。」〔註9〕，明確地指出了郭璞遊仙詩對後來的山水詩形成，起著承上啓下的作用。郭璞的〈遊仙詩〉裡可循跡發現大量的山水美景的描寫。如：〈其二〉詩云：「青谿千餘仞，中有一道士；雲生梁棟間，風出窗戶裡。」〔註10〕詩作一開始就以山水起興，高高的青山上，

〔註7〕 〔南朝宋〕劉義慶著，劉孝標注，楊勇校箋《世說新語校箋·文學第四·條八五》（臺北市：正文書局，2000 年 5 月），頁 245。

〔註8〕 〔宋〕洪興祖撰，白文化等點校《楚辭補注·卷五·遠遊章句第五》，頁 163。

〔註9〕 葉嘉瑩著《葉嘉瑩說漢魏六朝詩·第七章》（北京市：中華書局，2007 年 3 月），頁 458。

〔註10〕 逯欽立輯校《先秦漢魏晉南北朝詩·晉詩·卷十一·郭璞》，頁 865。

清風白雲在檼棟間的自然、清新、優美的山水，進而引出自身所嚮
往的隱逸的生活。又如〈其三〉詩云：

> 翡翠戲蘭苕，容色更相鮮；綠蘿結高林，蒙籠蓋一山；
> 中有冥寂士，靜嘯撫清絃；放情凌霄外，嚼蘂挹飛泉；
> 赤松臨上游，駕鴻乘紫煙；左挹浮丘袖，右拍洪崖肩；
> 借問蜉蝣輩，寧知龜鶴年。(865)

詩人這裡加強了理想仙境的細緻描寫，以審美的觀點將「蘭苕」、「綠
蘿」、「青山」、「寂士」、「清弦」、「飛泉」、「赤松」、「紫煙」等清新的
自然景物、自然界的生態，組合成一幅鮮麗的圖像，在清幽、寂靜、
清新、空曠的大自然中獨自撫弦、遨遊，使想像中的景物具象化，同
時流露出了對山林景物的愛好之情。又如〈其六〉詩云：

> 雜縣寓魯門，風暖將為災；吞舟湧海底，高浪駕蓬萊；
> 神仙排雲出，但見金銀臺；陵陽挹丹溜，容成揮玉杯；
> 姮娥揚妙音，洪崖領其頤；升降隨長煙，飄颻戲九垓；
> 奇齡邁五龍，千歲方嬰孩；燕昭無靈氣，漢武非仙才。
> （866）

詩歌以海鳥棲於魯國的城門這一奇異的傳說開篇，縱筆潑墨，描繪
了一幅海上風浪大作的景象：〈其六〉「吞舟湧海底，高浪駕蓬萊。」
雖然如此，但自然仙界仍是那樣的悠然，逍遙其間的飄渺於九垓之
中，有的年逾千歲，卻貌若孩童。這樣清新、幽靜的大自然正是詩
人所追求的，是其理想的象徵。又〈其一〉：「臨源挹清波，陵崗掇
丹荑」。又〈其七〉：「寒露拂陵苕，女蘿辭松柏。」又〈其八〉：「晹
谷吐靈曜，扶桑森千丈。朱霞升東山，朝日何晃朗。風流曲櫺，幽
室發逸響。……遺世羅，縱情在獨往。明道雖若昧，其中有妙象。」
〔註11〕又如〈其九〉詩云：

> 璇臺冠崑嶺，西海濱招搖；瓊林籠藻映，碧樹疏英翹；
> 丹泉漂朱沬，黑水鼓玄濤；尋仙萬餘日，今乃見子喬；

〔註11〕逯欽立輯校《先秦漢魏晉南北朝詩・晉詩・卷十一・郭璞》，〈遊仙
詩〉，頁 865~866。

> 振髮晞翠霞，解褐禮絳霄；總轡臨少廣，盤虯舞雲軺；
> 永偕帝鄉侶，千齡共逍遙。(866)

詩人開篇從自然景物描寫入手，描繪出了大自然的清新與逍遙，大自然的和諧與悠然，進一步的襯托出了詩人對大自然景物的欣賞與熱愛，及其對自然如此的嚮往與追求。總之，郭璞的遊仙詩，對大自然進行了細緻的描繪，將山水視爲一個獨立審美藝術的欣賞物的同時，寄予詩人的理想與追求，到唐代始臻於完美、純熟的自然山水詩，將山水看成了詩人的朋友或是自己的化身，以求神似的山水詩產生了一定的影響。山水詩的出現，不僅使山水成爲獨立的審美對象，爲中國詩歌增加了一種詩歌體材，並開啓了新一代的詩歌風貌。

　　早在《詩經》和《楚辭》的時代，詩中就出現了山水景物，但那往往只是作爲生活的襯景或比興的媒介，而不是作爲一種獨立審美的對象。兩晉時期郭璞的遊仙詩寫到山水的清音和美貌，在客觀上爲後來的山水詩提供了藝術經驗。魏晉時期，由於社會現實的影響，士大夫們都以山林爲樂，他們常常將自己理想的生活在山水之間作完美之結合。因此山水描寫的成分在詩裡就逐漸增多了。玄言詩中經常以寓玄理於山水，或借山水以抒情，因而出現了不少描寫自然山水的佳句，可以說玄言詩本身就孕育了山水詩。

　　郭璞〈遊仙詩〉以隱逸情結爲主旨，以及詩中所顯露的山水情懷對當時遊仙詩、玄言詩有著重大的影響，對山水詩的醞釀及出現，郭璞扮演著重要的角色與關鍵作用，如何焯在《義門讀書記》中說：「遊仙正體，弘農其變」〔註12〕，鍾嶸亦云：「郭景純用儁上之才，變創其體」，稱其「始變永嘉平淡之體」，並許爲「中興第一」，可謂悉中肯綮。

三、玄佛詩與禪林詩對早期山水詩的影響

　　詩歌，從它的興起就與自然山水結下了不解之緣。劉勰云：「若

〔註12〕〔清〕何焯著，崔高維點校《義門讀書記·文選·卷詩》（北京市：中華書局，1987年6月），頁895。

乃山林皋壤，實文思之奧府，略語則闕，詳說則繁。然屈平所以能洞監《風》、《騷》之情者，抑亦江山之助乎？」〔註13〕古人嘗說；江山與詩人相爲待也。江山不遇詩人，則巉巖淵淪，天地縱與壯觀，終莫能昭著於天下古人之心目。詩人不遇江山，雖則有靈秀之心目，俊偉之筆，而孑然獨處，寂然無聞，何由激發心胸，一吐堆阜瀰瀚之氣？在曹魏以前的詩歌中，自然山水一般起著襯托環境、寄寓情感的作用。「蒹葭蒼蒼，白露爲霜。所謂伊人，在水一方」（《詩經·蒹葭》）爲抒寫女子對情人的思念而渲染氣氛。「昔我往矣，楊柳依依。今我來思，雨雪霏霏」（《詩經·采薇》），襯寫戰士思鄉之情。即便曹孟德的〈觀滄海〉，幾乎全篇寫景，但也還是抒寫其博大的胸懷，山水景物並非直接的審美物件。眞正意義上的山水詩都產生於悠閒自在的遊覽之中，而早期的遊覽山水詩又與玄言聯繫在一起，因而人們曾斷言：山水詩脫胎於玄言。對此，筆者認爲山水詩的內在意蘊，發生在玄理與佛學之前，故若依山水詩的早期發展而言，並無奪胎於老莊，而是在隱士遁入山林後，體道玄思冥悟成性後，結合老莊、佛理昇華其中的作用。

（一）魏晉人寫山水，由景入理，境隨理出

遊覽山水詩萌芽於漢末建安時期。建安是文學開始走向自覺的時代，建安文人多以樂府舊題寫時事、抒情志；而曹丕則走得更遠一點，頗多爲藝術而藝術之作，其中有一些寫景詩，應該說是在遊覽中寫的，詩歌裡很少有具體情感的寄託，但對景物的描寫卻很寫實，如〈其十五〉詩云：「登山而遠望，溪谷多所有。梗枏千餘尺，眾草之盛茂。華葉耀人目，五色難可紀。雉雛山雞鳴，虎嘯谷風起。號羆當我道，狂顧動牙齒。」〔註14〕又〈丹霞蔽日行〉詩云：「丹霞蔽日，采虹潢垂天。谷水潺潺，木落翩翩。孤禽失群，悲鳴雲間。

〔註13〕〔南朝梁〕劉勰著，范文瀾注《文心雕龍注·卷時·物色篇》，頁695。
〔註14〕逯欽立輯校《先秦漢魏晉南北朝詩，魏詩卷四·曹丕·十五》，頁392。

月盈則沖，華不再繁。」〔註 15〕曹丕是貴公子，在相對安靜的鄴下生活中開始了遊山玩水，也開始了對自然景物的描寫，這兩首詩都無所寄託，但卻開始了對「華不再繁」的感嘆。曹魏後期，由於政治黑暗，一些士大夫如阮籍、嵇康等爲躲避政治鬥爭而尙老莊，「越名教而任自然」，並且投身自然山水之中，於是秀美的大自然就正式成爲文學藝術表現的玩物。阮籍〈詠懷詩〉云：「登高遠望，周覽八隅，山川悠邈，長路乖殊。感彼墨子，懷此楊朱。抱影鵠立，企首踟躕。仰瞻翔鳥，俯視遊魚。丹林雲霏，綠葉風舒。造化絪縕，萬物紛敷。」（495）嵇康〈雜詩〉：「微風清扇，雲氣四除。皎皎亮月，麗於高隅。興命公子，攜手同遊。龍驥翼翼，揚鑣踟躕。肅肅宵征，造我友廬。」（485）與曹丕詩相比較，阮、嵇的詩多了一種對大自然的讚美之意和欣悅之情。此後，這種寫景詩就大量地湧現，如張華（232～300）〈太康六年三月三日後園會詩〉、張載（生卒年不詳）〈登成都白菟樓詩〉、陸機（261～303）〈三月三日詩〉、潘岳（247～300）〈金谷集作詩〉等〔註 16〕，從標題上就可看出，這些寫景之作都產生於遊覽之中，而且這些詩對大自然的讚美和悅目之情日趨濃厚。不過，隨著玄風的日益加劇，山水詩中所表現的玄意也日益濃厚。曹丕詩還只有「月盈則沖，華不再繁」之類的感嘆，而阮籍詩則直接闡發「大則不足，約則有餘。何用養心，守以沖虛」（495）之類的玄理來了。太康時，玄風稍衰，潘、陸等人的寫景詩也相對純淨。只不過，他們的詩比較矮板，畫面不太活潑。

　　東晉時期，士大夫們多悠遊於江南的清山秀水之間，對自然山水形成了普遍的興趣，很多人酷愛山水，鍾情於自然山水所蘊藏之美，在文人士大夫中已形成了明確的自然山水審美意識。《世說新語·語言》載：「王司州（王胡之）至吳興印渚中看，嘆曰：『非唯使人開滌，

〔註 15〕 遂欽立輯校《先秦漢魏晉南北朝詩，魏詩卷四·曹丕·丹霞蔽日行》，頁 391。
〔註 16〕 上列爲西晉太康年間三張、二陸、兩潘、一左，文壇重要文學家。

亦覺日月清朗。』」〔註17〕王羲之〈臨河敍〉云:「此地有崇山峻嶺,
茂林修竹,又有清流激湍,映帶左右。引以爲流觴曲水,列坐其次。
是日也,天朗氣清,惠風和暢,娛目騁懷,信可樂也」(743)文士們
成群結隊遊賞山水,品酒作詩,自然山水在詩歌中的比重日益增強,
而此時玄風極盛,自然山水的描寫大多與玄理的闡說結合在一起,山
水詩中玄言成分居多,這時的山水詩意境已稍有進步,也就是說,因
詩中含有理的成分,理的背後又有某種程度的感慨和對大自然的欣悅
之情,因而有時也會出現某種山水詩的意境。其中王羲之、徐豐、謝
安(320~385)等人的蘭亭詩最有代表性,王羲之〈蘭亭詩〉寫道:
「三春啓群品,寄暢在所因。仰望碧天際,俯磐綠水濱。寥朗無崖觀,
寓目理自陳。大矣造化功,萬殊莫不均。群籟雖參差,適我無非新。」
(895)對大自然的賞心之情與對自然之道的體悟交織在一起,畫面
清麗,意理超越。謝安〈蘭亭詩〉云:「相與欣佳節,率爾同褰裳。
薄雲羅陽景,微風翼輕航。醇醪陶丹府,兀若遊羲唐。萬殊混一理,
安復覺彭觴。」(906)由於內心的欣愉,引入對眼前景物的描寫,又
由大自然導出「萬殊混一理」的感嘆。就上述二詩來看,詩人都是在
遊玩中首先欣賞到自然山水,然後才從自然山水中體悟出玄理,而不
是爲了印證玄理而去觀賞山水。因而所謂玄言孕育了山水詩的說法是
很有問題的,山水詩是遊覽山水、品鑒自然的產物,其產生和發展有
它自己的線索,它只是在發展的過程中染上了玄風,滲入了玄言而
已。當然,老莊玄學的滲入也的確給山水詩帶來了一些新的氣象,它
使得詩人筆下的自然山水變得更清麗脫俗,蘊涵更豐富,〔清〕沈德
潛就是以「清超越俗」四字來評價王羲之〈蘭亭集詩〉的,並說「非
學道有得者不能言也」。〔註18〕(《古詩源・卷八》)就總體而言,這
一時期的山水景物描寫仍處在較低的層次,詩歌畫面都不怎麼生動,

〔註17〕〔南朝宋〕劉義慶撰,〔梁〕劉孝標注,余嘉錫箋疏《世說新語・語
　　　言二》,頁310。
〔註18〕〔清〕沈德潛《古詩源・卷八》,頁156。

缺少韻味，意境疏散。可以說老莊玄學在文人的推波下走向大自然，遊仙詩曾起了重要作用，但在藝術上對山水詩的幫助並不很大。

（二）佛教徒「以玄對山水」，山水詩境界初現

佛教自東漢末年傳入中國後，一直試圖擴展其勢力，直到魏晉時濃厚的玄學風氣之下，滲入了大乘般若學以及「性空」學說，與老莊「虛無」較接近，而順利地進入士大夫生活之中。文人們首先接受的是佛教的格義之學，東晉時期許多著名的佛學家如釋道安（312～385）、支道林（314～366）、釋道遠（生卒年不詳）等，都藉機與士大夫交遊，並積極傳播和宣揚佛學，還創立了所謂的「格義」〔註19〕之法，以老、莊的術語來闡釋佛理。同時也以佛理來解說玄理，從而讓老莊與佛理合流。佛家與自然山水也有著密切的聯繫，佛僧雖然視景物為「色」，在排斥之列，但「色即為空，空復異色」須通過「色」才能探究其本體，所以在宗教實踐中，佛教並不排斥自然山水，相反，佛陀甚至訓示佛徒們要通過自然山水來瞭解宇宙中的究境，要走入深山峻嶺，棲身於岩石的裂縫間，止息內心以分別省察，遠離不必要的恐怖，摒除種種放蕩，而默然冥想。因而佛教徒們大都棲身於靜寂的自然山水之中，南朝東晉的僧侶們更以山水為樂。他〈上書告辭哀帝書〉也說：「貧道野逸東山，與世異榮，菜蔬長阜，瀬流清壑。」〔註20〕慧遠率徒往羅浮山，經潯陽，見廬山風光秀麗，就住了下來，還在精舍周圍栽樹壘石，把環境裝點得秀雅清麗。〔宋〕趙抃（1008～1084）〈次韻范師道龍圖三首・其一〉嘆息說：「可惜湖山天下好，十分風景屬僧家。」〔註21〕對於自然山水，佛徒們也像當

〔註19〕格義是一種類比理解的方法，是個哲學概念。「格」有「比較」或「度量」的意思，「義」的含義是「名稱」、「項目」或「概念」。顧名思義，就是用比較和類比的方法來解釋和理解跨文化背景的概念。

〔註20〕〔南朝梁〕釋慧皎撰，湯用彤校注《高僧傳・卷四》（北京市；中華書局，1992年10月），頁161。

〔註21〕北京大學古文獻研究所主編《全宋詩・卷四三一・趙抃三》（北京市；北京大學出版社，1995年12月），頁4169。

時的士大夫一樣，極其欣羨大自然之美，慧遠及其僧徒經常外出遊覽，睹廬山之秀麗風光，僧徒們是「眾情奔悅，矚覽無厭。」（1086）他們甚至覺得，秀麗的山水，「狀有靈焉」，「若玄音之有寄」。特別值得注意的是佛徒們參經禮佛的方式——止息內心的分別省察，摒除種種放蕩，而默然瞑想。他們身在大自然之中，拋棄令人陷入迷幻的形色聲音，超越感官，上升到自性，心中只有佛的境界。反過來，僧侶們以這種禪心佛性，面對自然景物，則又濾去了自然景物富有感官刺激的怡紅酒綠，只將一片青白投入其眼簾，若再融入詩歌之中，詩歌就會呈現某種意境，因而東晉佛徒們的寫景之作初步具有了意境。僧侶中支道林率先以詩歌形式談道論禪，並涉足自然山水，其〈八關齋詩〉云：「靖一潛篷廬，愔愔咏初九。廣漠排林筱，流飆灑隙牖。從容遐想逸，采藥登崇阜。崎嶇升千尋，蕭條臨萬畝。望山樂榮松，瞻澤哀素柳。解帶長陵，婆娑清川右。冷風解煩懷，寒泉濯溫手。寥寥神氣暢，欽若盤春藪。達度冥三才，恍惚喪神偶。遊觀同隱丘，愧無連化肘。」（1080）與王羲之等人的詩相比，支氏寫景詩要自然灑脫一些，意象雖仍疏宕，但寫景之中寓含佛理，因而初具一種幽寂之境。康僧淵（生卒年不詳）也是最早涉足自然山水的詩僧之一，他與張君祖（生卒年不詳）的應答詩都是很好的山水詩，康〈又答張君祖〉云：「遙望華陽嶺，紫霄籠三辰。瓊岩朗璧室，玉潤灑靈津。丹谷挺樛樹，季穎奮暉薪。融飆沖天籟，逸響互相因。鸞鳳翔迴儀，虯龍灑飛鱗。」（1076）詩歌意象都是道學，但詩的後半段說的卻是小乘佛理，畫面清新，意境明確。張君祖的〈贈竺法君頵〉是士大夫中最早的一首禪佛山水詩，詩云：「鬱鬱華陽嶽，絕雲抗飛峰。峭壁溜靈泉，秀嶺森青松。懸崖廓崢嶸，幽谷正寥籠。丹崖棲奇逸，碧室禪六通。泊寂清神氣，綿緲矯妙綜。止觀著無無，還淨滯空空。外物豈大悲，獨往非玄同。不見舍利佛，受屈維摩公。」〔註22〕這首詩是爲了贈竺法師還

〔註22〕〔唐〕釋道宣撰，湯用彤校注《廣弘明集‧卷三十下》（臺北市：新文豐出版社，1986 年 10 月），頁 506。

西山而作，詩人特意描繪出一個幽寂靜逸的自然環境，刻劃出竺法師
虔心坐禪的模樣，畫面空寂幽冷，頗具禪佛境界。

　　支道林可算是禪佛山水詩的開創者，而理論上推動禪佛詩發展
的是慧遠。慧遠是晉宋之際佛教界的領袖人物，他自覺地提倡以文
學的形式來宣揚佛教，他在〈與隱士劉逸民書〉中說：「若染翰綴文，
可托興於此，雖言生於不足，然非言無以暢一詣之感，因驥之喻。
亦何必遠寄古人？」〔註23〕他親自編輯了〈念佛三昧詩集〉並爲作
序說：其所造念佛篇翰，非徒文詠，「鑒明則內照交映而萬象生焉，
非耳目之所暨而聞見行焉。於是睹夫淵凝虛鏡之體，而悟相湛一，
清明自然。」〔註24〕明確地表明，自然山水既是欣賞的對象，又是
反照啓悟的媒介。

　　晉宋士大夫也好玄理，又愛自然山水，他們都從自然山水之中
去體悟玄理，或以自然山水對照玄理，所以他們的詩作都是先寫景，
後言理，即使支道林、康僧淵等佛僧的詩亦是如此。在佛學的影響
下，特別是受佛徒坐禪禮佛方式的影響，士大夫在處理玄與自然景
物的方式上也發生了改變，孫綽〈庚亮碑〉云「方寸湛然，固以玄
對山水」。〔註25〕以玄對山水，並非人們所說的，是從自然山水中去
領悟和思辨玄理，這個「對」就是佛所說的止息內心的省察，默然
冥想，是一種感覺。感覺的具體方式也就是慧遠所說的「氣虛」、「神
朗」，神朗則鑒明，鑒明則能「睹夫淵凝虛鏡之體」，心中呈現某種
形象和境象。同時晉宋間的「玄」也不只是老莊玄理，它還包含著
佛理。晉宋士大夫中以玄對山水最典型的是陶淵明，他的「采菊東
籬下，悠然見南山。山氣日夕佳，飛鳥相與還。此中有眞意，欲辨

〔註23〕〔清〕嚴可均輯《全上古三代秦漢三國六朝文・全晉文・卷一六一・
　　　　與隱士劉逸民書》，頁1763。
〔註24〕〔唐〕釋道宣撰《廣弘明集・卷三十上・念佛三昧詩集序》（臺北市：
　　　　新文豐出版社，1976年10月），頁7。
〔註25〕〔清〕嚴可均輯《全上古三代秦漢三國六朝文・全晉文・卷六二・
　　　　太尉庚亮碑》，頁648。

已忘言」〔註26〕（〈飲酒〉）意趣盎然，內藏玄機，境界明朗。陶淵明不信佛，也不太談玄理，但顯然也是受了玄佛影響。而眞正亦玄亦佛的代表是謝靈運。謝氏既精老莊，又喜禪佛，爲擺脫因政治失意而帶來的苦悶，他一邊遊山玩水一邊研習佛理，他在佛學方面的造詣頗深，曾作〈辯宗論〉闡述竺道生的「頓悟」義，又爲〈金剛經〉作注，並經常與僧侶相伴而遊。他是玄佛山水詩的奠基者，與支道林、康僧淵等人不同的是，他不僅能用佛學的眼光去看待自然景物，而且將佛理禪意，融注於其筆下再造於山水景物之中，因而其山水詩具有濃郁的禪學意境。如其〈登石室飯僧詩〉：「迎旭淩絕嶝，映泫歸澂浦。鑽燧斷山木，掩岸土堇石戶。結架非丹甍，藉田資宿莽。同遊息心客，曖然若可睹。清霄浮煙，空林響法鼓。忘懷狎鷗魚攸，攝生馴兒虎。望嶺眷靈鷲，延心念淨土。若乘四等觀，永拔三界苦。」〔註27〕開頭幾句寫景，詩末幾句主要抒寫其對佛界的嚮往，全詩禪意濃厚，而「清霄浮煙，空林響法鼓」二句則構成了一種空淨幽寂的境界。又〈石壁精舍還湖中作〉：「昏旦變氣候，山水含清暉。清暉能娛人，遊子憺忘歸。出谷日尚早，入舟陽已微。林壑斂暝色，雲霞收夕霏。芰荷迭映蔚，蒲稗相因依。披拂趨南徑，愉悅偃東扉。慮淡物自輕，意愜理無違。寄言攝生客，試用此道推。」（110）精舍是他坐禪禮佛之處，他在這裡坐禪禮佛後，心境寧靜，禪意正濃，觀照外物時，首先感知到的是娛人的清暉，投入其眼簾的正是悄然收斂其美姿的林壑與晚霞，其次是相互映蔚的芰荷和相互依偎的蒲稗。這樣景物組成一幅明淨多姿的動態畫面，一個「變」字貫穿全詩，表現了大千世界的因緣變化。僧肇（384～414）《維摩詰經・弟子品注》云：「諸法如電，新新不停，一起一滅，不相待也。

〔註26〕〔東晉〕陶淵明著，逯欽立校注《陶淵明集・卷三・飲酒詩・其五》（北京市：中華書局，1979 年 5 月），頁89。

〔註27〕〔南朝宋〕謝靈運著，顧紹柏校注《謝靈運詩集校注・過瞿溪山飯僧》，頁90。以下引謝詩僅於引文後注頁碼。

無往則如幻，如幻則不實，不實則爲空，空則常淨。」〔註28〕自然山水中蘊含著佛家精理，不著一字盡得其理。而詩末的言理「慮淡」，如以佛理釋之，也就是「空靜」的意思，實爲重複累贅。謝氏詩中這類寫景言理，寓理於景的現象處處可見，如「初景革舊風，新陽改故陰。池塘生春草，園柳變鳴禽」（63）（〈登池上樓〉）。實言「般若無住」；「雲日相輝映，空水共澄鮮」（83）（〈登江中孤嶼〉），「白雲抱幽石，綠筱媚清漣」（41）（〈過始寧別墅〉），實謂「色即爲空」；而「金膏滅明光，水碧綴流溫」（191）（〈入彭蠡湖口〉）亦謂「諸法如電」。

由於謝靈運多以佛家的眼光看待自然山水，因而他筆下所攝之象多具有幽寂空明的色調，這類意象組合起來，便構成禪意濃重的意境，這種詩境在中國禪詩中極具典型，後人就有專以「白雲抱幽石」爲題來賦詩的，佛家也多引證、襲用這類詩句，禪師們甚至把它作爲公案。總之，謝靈運既是山水詩的開創者，也是山水詩意境的奠基者，而其山水詩境的創建主要得益於禪佛。

由此可知，晉宋之際的「老莊告退，山水方滋」是與佛徒們的努力和佛教滲入山水審美藝術之文學創作是分不開的，在慧遠等人的提倡下山水詩的創作進入自覺和繁榮的階段，而謝靈運則以其精湛的佛學功力和豐富的藝術感染力，使山水詩的情、景與佛理、玄理漸次融合，山水詩具有了一定的神思、韻味和意境，爲山水詩的發展奠下基礎。但是，也因爲玄學和佛學的影響，這一時期的山水詩作一般還停留在「以形寫神」的階段，寫景大多雕鏤而不自然，只有局部意境而缺乏整體意境。

（三）齊、梁山水詩、禪林詩，意境漸趨整飭圓融

齊、梁、陳三代，山水詩沿著兩條路徑發展：一是以謝朓、何

〔註28〕李翊灼校輯《維摩詰集註・弟子品註三》（臺北市；古老文化事業公司，1997年），頁96。

遜等爲代表的情景山水派。謝朓詩寫景清秀，情感充溢，情景緊密
結合，已具完備整體意境。何遜是梁陳時代山水詩作家，清人葉矯
然（1614～1711）說他「體物寫景，造微入妙，佳句實開唐人三昧」
〔註29〕。陰鏗寫江湖風光，更具意境，其〈和登百花亭懷荆楚〉、〈渡
青草湖〉等詩都是情景交融，境界寬廣，更具唐人三昧。二是禪林
山水詩派，這類詩不僅在數量和規模上佔了優勢，而且對後世山水
詩意境的影響也較前者爲深。齊、梁、陳時期，佛風熾盛，三朝統
治者和貴族尤其重視佛寺、佛像的建造，更熱衷於各種佛教活動，
於是描寫佛教勝蹟，敘寫佛事，讚美佛像的詩作也如潮似湧，而且
多爲寫景、體物和言理之作，據初步統計，梁、陳二代，這類詩現
存大約一百餘首，可以說是一股不小的禪林詩潮。

　　禪林詩或蘊含禪意的山水詩，以往多被人忽略，很少人深入瞭解
和研究它，實際上它對後世山水詩影響甚大。禪林詩因多描寫與佛教
有關的事物，所以一般說來禪意很明顯。當時，慧遠「神道無方，觸
象而寄」的思想在佛教界影響已很廣泛，在佛教徒的眼中，佛寺、招
提、佛像及各種法物都是佛的象徵，於是大量攝取入詩，因而詩中的
意象也富有象徵性，使得詩歌具有特殊的風韻和濃郁的禪學意境。當
然還有一些詩，是一些奉和之作，由於這類物象攝入太多而顯得凝重
呆滯。如蕭綱〈望同泰寺浮圖〉詩云：「遙看官佛圖，帶壁復垂珠。
燭銀踰漢汝，寶鐸邁昆吾。日起光芒散，風吟宮徵殊。露落盤恒滿，
桐生鳳不雛。飛幡雜晚虹，畫鳥狎晨鳧。梵世淩空下，應眞蔽景趨。
帝馬成千轡，天衣盡六銖。意樂開長表，多寶現金軀。」（1935）璧
珠、燭銀、露盤、飛幡、金軀等佛物佈滿了畫面，詩境顯得很凝重，
但又泛著佛的靈光，有一種嚴肅靜穆神秘的氣氛。其他像蕭統等人的
禪林詩多屬此類。因爲當時士大夫奉佛都是一種風尚，較少人像謝靈
運那樣深諳佛理，不能以佛教的觀點來面對描寫景物，只能以聖物入

<hr>

〔註29〕郭紹虞編選，富壽蓀點校《清詩話續編‧葉矯然‧龍性堂詩話初集》
　　　　（上海市：上海古籍出版社，1983 年 12 月），頁 960。

詩，以表達對佛的崇敬和嚮往。人們一旦擺脫這種對佛的崇敬之意，
以欣喜的心態面對佛教勝蹟在內的自然山水，情形就不同了，如蕭綱
〈往虎窟山寺〉詩：「塵中喧慮積，物外眾情捐。茲地信爽塏，壚壈
曖阡綿。藹藹車徒邁，飄飄旌旄懸。細松斜繞徑，峻嶺半藏天。古樹
無枝葉，荒郊多野煙。分花出黃鳥，掛石下新泉。蓊鬱均雙樹，清虛
類八禪。棲神紫臺上，縱意白雲邊。徒然嗟小藥，何由齊大年。」(1934)
詩人擺脫了宮廷塵世的喧慮，來到大自然之中，心情極其愉悅輕鬆，
其筆下的景物也顯得明快、清逸。僅以「紫台」、「雙樹」兩個佛的象
徵意象就使全詩矇上一層佛光，與細松、斜徑、峻嶺、古樹、野煙等
眾多意象共同構成了具有象徵意義的、顯示佛性永恆悠遠的境界。陸
罩（生卒年不詳）其和詩〈奉和往虎窟山寺〉也是如此，詩云：「雞
鳴動晬駕，奈苑眷晨遊。朱鑣陵九達，青蓋出層樓。歲華滿芳岫，虹
彩被春洲。葆吹臨風遠，旌羽映光浮。喬枝隱修徑，曲澗聚輕流。徘
徊花草合，瀏亮鳥聲遒。金盤響清梵，湧塔應鳴桴。慧音方靡靡，法
水正悠悠。實歸徒荷教，信解愧難酬。」(1777) 全詩以寫景為主，
畫面明淨，景物生機蓬勃，加上佛音梵唄、靡靡飄飆和悠悠法水等象
徵性意象，構成了一種明淨空靈的境界。如果說謝靈運詩中的禪境還
難以感覺到的話，那麼，蕭、陸二人詩中的禪境就非常明顯，以欣賞
的心情面對自然山水，再加上幾分禪意，詩境就會清揚空遠，且煥發
著靈光。

陳代士人仍然佞佛，仍然喜愛自然山水，所以禪林詩仍然是山水
詩的主體。如果說梁代文人寫山水，而禪意確還有些欠周圓，意境還
欠缺整體感；陳代詩人筆下的自然山水變得更明澈了，詩境也更圓
美，且普遍具空靈的特色。如江總〈三善殿夜望山燈〉詩云：「百花
疑吐夜，四照似含春。的的連星出，亭亭向月新。采珠非合浦，贈佩
異江濱。若任扶桑路，堪言並日輪。」(2593) 燈火點點，四照含春，
繁星閃爍，新月澹澹，幽清空寂而蕭穆的禪佛境界，有一種高遠飄逸

的佛國情調。象徵意味十分靈巧，詩人以潔淨的「珠」和「佩」來比喻燈，既寫景又傳情，還表達了「清靜自性」的禪義。言禪而不見禪，意境空靈圓整，頗具唐人風韻。其實，這樣的手法在陳代禪林詩中已運用得很普遍，如釋惠標（生卒年不詳）〈詠山〉詩云：「丹霞拂層閣，碧水泛蓬萊。敖岫含煙聳，蓮崖照日開。松門夾細葉，石砧染新苔。能令平子見，淹留未有回。」（2621）敖岫、蓮崖為佛的象徵物，丹崖、蓬萊則是道教的象徵物，佛道意象兼具，清麗詩境，饒富禪趣。

　　更有一些詩人繼承謝靈運融禪入景、寫景言禪的傳統，創造一種明淨幽遠的禪境。如陳後主〈同江僕射遊攝山棲霞寺〉詩云：「時宰礎溪心，非關狎竹林。鷲岳青松繞，雞峰白日沉。天迥浮雲白，山空明月深。摧殘枯樹影，零落古藤陰。霸村夜鳥去，風露寒猿吟。自悲堪出俗，豈是欲抽簪。」（2513）全詩以寫景為主，僅以「鷲嶽」二字就使詩歌籠罩一層佛光，再以青松、浮雲、明月、枯樹、古藤等意象，組成一幅佛國淨界圖，境界幽寂明淨。謝靈運的山水詩在選景造意上已開始造成這樣的傾向，到梁陳時基本上已決定。禪林詩常用的意象首先是佛的象徵物，如鷲嶺、奈苑、蓮花、法輪、法鼓、梵唄等。其次是普通山水中色調幽寂的景物如崇嶺、巉岩、幽澗、寒泉、古樹、枯藤、孤山等，色調明淨空悠的景物如寶鏡、白日、浮雲等等。梁人多取佛的象徵物入詩，陳人則都以一般山水景物入詩，因此，境界更空靈；南北朝的山水詩在佛教助瀾下到陳代基本上已經成熟。

　　綜言之，山水詩產生於魏晉的遊覽詩之中，莊老之學在推動上，使士大夫走向自然山水過程中發揮了重要作用，而佛家對文學活動的參與和佛理的滲入，給山水詩的發展注入了新的活水，孕育了山水詩幽寂、明淨、空靈的禪學意境，促成了山水詩的成熟，為唐代山水詩的成熟奠下基礎。唐代以後山水詩的幾種主要風格意境，都脫離不了明淨澄澈、空靈灑脫，僧詩的幽寂、清冷等，在南北朝時期的山水詩裡卻已具備。

第二節　南朝山水詩的創作藝術

　　通常我們說山水詩，一般都指魏晉以後肇發於摹山範水的詩歌謂之，經過仔細探究山水詩的摹寫早在先秦以前就存在，它的角色還是以比興為重，而不是專為審美所寫的山水美景詩，然真的以美的角度來寫審美的山水景物詩，應該出現在魏晉以後，此時山水審美的意象物比較明確，因此，本節所要探究的是山水詩裡的意象創作，來看山水美學藝術的審美意象。

一、南朝山水詩的意象創作

（一）何謂意象

　　「意象」在我國古代文學理論中已經早就存在的一個概念，然而這個概念在中國古代學術論述裡，隨著不同時期的發展一直沒有明確的涵義，且沒有一致的用法。如要上溯其淵源可論及《周易》和《莊子》。《周易・繫辭》中有「聖人立象以盡意」，仍未對「意象」一詞的完整概念提出一個客觀的闡說，而「意」與「象」的關係，在論述上確已經產生深遠的影響。「意」與「象」合為一詞出現在東漢王充（27～約 97）《論衡》裡的「禮貴意象，示義取名也。」〔註 30〕此處將意象釋義為象徵。而劉勰對意象下了定義後，從此在文學理論作詩評時，該理論的範疇被廣泛運用，「使玄解之宰，尋聲律而定墨；獨照之匠，窺意象而運斤。此蓋馭文之首術，謀篇之大端。」〔註 31〕劉勰說的是，意中之象，也就是意念中的形象，說明了意象在謀篇者的構思中甚為重要。「意象應曰和，意象乖曰離。」〔註 32〕這裡的意象，指意也說象，也論到它們主客觀間的關係；一直要到

〔註 30〕〔東漢〕王充著，黃暉撰，《論衡校釋・卷十六・亂龍篇》（北京市；中華書局，1990 年 2 月），頁 705。
〔註 31〕〔南朝梁〕劉勰著，范文瀾註，《文心雕龍・卷六・神思篇》（北京市；人民文學出版社，1962 年 12 月），頁 493。
〔註 32〕郭紹虞編《歷代文論選第三冊・何景〔明〕與李空同論詩書》（上海市；上海古籍出版社，2001 年 10 月），頁 37。

明代王廷相（1474～1544）說：「夫詩貴意象透瑩，不喜事實粘著。古謂水中之月，鏡中之影，可以目睹，難以實求是也。」〔註33〕，此論一出意象一詞在中國的詩論中有較具體的含義，但歸納後其主要核心，可以歸成一個範疇與意義，從主客觀的角度去結合審美的形態，也就是文學形象或藝術形象。意象通常存在於文學中有兩種方式，如單個意象和意象群。所謂的單一意象是構成文學語境裡最基本的單位，一個物體，是相對獨立的形象；意象群則是由一個象徵物或一串單個意象體所形塑而成，是一個有意義的整體畫面之體系。一個意象無論其主要呈現的都是所謂的「意」或「象」，主客觀上假設為真，或個別一般地確定或模糊的等，由作者融匯成一完整的成像。文學的類別與形態大同小異，其根本都是意象，不同的形態及組合所創作出來，給讀者鑑賞的文類，接受的不只是作者，勾劃的「象」最重要的還是能感同身受創作者的「意」。能讓觀賞者的畫面栩栩如生，未入其景卻宛若其境的感覺，便是一個成功營造意象的作品。

我們論及南朝山水詩的意象時，分析每一首山水詩的結構與詩歌創作時，詩人對意象物的組成，其目的為何？當然今人追究前人的詩作，未必能達到盡善，透過分析至少可以瞭解現在的語境與意象群構圖，這是一個有趣的議題，接下來我們僅取部份詩作來分析，南朝山水歌的意象及其審美觀。

（二）南朝山水詩意象審美

南朝時期是中國古典山水詩審美意象的發端，如果我們拿曹操的〈觀滄海〉詩的自然意象來做審美分析，詩裡的意象有，山水、樹木、秋風、波濤、日月等，從這些意象的展開我們可以瞭解，詩人當時寫作的背景、時間，所在的景、情、物及地點，還有作者當時作詩的心理情緒為何？就詩而言，我們可以感受到秋日滄海的壯美。因此，詩

〔註33〕〔明〕王廷相著：《王氏家藏集・卷二八・與郭價夫學士論詩書》（臺北市：偉文圖書出版社，1971 年 5 月），頁 1212。

的意象分析，是認識作者寫作思維的依據。所以研究山水詩的審美藝術，就應該從詩的意象著手，而非僅從詩裡一句或片面的詩句去分析詩情、詩意，就能完整釋詩，那是不可能的，要從詩裡的意象物，所聚集的意象群來作分析討論，才能窺知詩人寫作山水詩時其審美內涵，這樣詩歌藝術的全貌及其意境才會全開。

　　山水詩的先驅應該具象在當時的應制詩或公宴詩，詩人參加一些飲宴活動時，即興下吟詠風月藉園囿華麗的山水景物興象，而這些詩不可免俗的在傳統之讚頌下，存在著濃厚的政治色彩。江左文士每到雅日群聚，也可憑藉嘆詠山水詩發展意象。如：潘岳（247～300）的〈金谷集作詩〉云：

　　　綠池泛淡淡，青柳何依依。濫泉龍鱗瀾，激波連珠揮。
　　　前庭樹沙棠，後園植烏椑。（632）

孫綽〈蘭亭詩‧其二〉詩云：

　　　流風拂枉渚，停雲蔭九皋。鶯語吟脩竹，遊鱗戲瀾濤。
　　　攜筆落雲藻，微言剖纖毫。時珍豈不甘，忘味在閒韶。
　　（901）

石崇（249～300）的金谷園或蘭亭文人的典型賞會，「賞」的表意就是瞰，透過感物的過程穿過眼簾，經過詩人的內在運思，透過筆觸將所察覺每一意象體，串接每一意象成為一首意象群構的詩。如上兩詩綠池／青柳／濫泉／激波／鳥椑，流風／枉渚／雲／鶯語／脩竹／遊鱗／瀾濤／筆／纖毫／時珍／閒韶。兩首詩的意象全然不同，上一首從每個意象物，比較是休閒宴遊，在綠池賞著垂柳，汎舟於池上激起水珠，後寫金谷園的前庭後院賞鳥，一副閒適自得的筆調。孫綽似乎不是那麼快樂地面對這次文人雅士的蘭亭會，先寫天氣，再用停雲蔭，比喻遮蔽了這些有才德的隱士來到這蘭亭，聽棲息於竹林的鶯啼，撫著河水的波濤，內心正惆悵想著對面的家園，想說卻又覺得所言就像毫芥哪般看不見，眼前的珍饈食不下咽，吃起來也沒什麼味道，只想聽那故國美好的韶音。

　　雖然詩作都是面對大自然，同樣的宴遊詩、山水詩或意象濃厚的應制詩，還是比較含蓄，但描寫風景卻是生動自然。南朝的奉和、應制等的山水詩不論數量或內涵，在魏晉的基礎上已經非常成熟，對景物的範寫也比較精緻。如張正見的〈初春賦得池應教〉詩云：

　　　　遙天收密雨。高閣映奔曦。雪盡青山路。冰銷綠水池。
　　　　春光落雲葉。花影發晴枝。琴樽奉終宴。風月豈雲疲。
　　　（2494）

又如徐陵〈奉和簡文帝山齋詩〉云：

　　　　架嶺承金闕。飛橋對石梁。竹密山齋冷。荷開水殿香。
　　　　山花臨舞席。冰影照歌床。（2534）

跟著南朝山水詩的成熟發展，詩人對賦得、應和、同詠等形式的山水詩在意象形塑上有更顯著的進步，尤其在群聚時賦得、同詠等山水詩，在藝術審美上更爲明確。

　　在魏晉南北朝的山水詩裡，吟詠香草的意象也很重要；如，謝混〈遊西池詩〉「褰裳順蘭沚，徙倚引芳柯。」（934）還有謝朓的〈王長史臥病詩〉「願緝吳山杜，寧袟楚池荷。」（1444）這香草意象是延續《楚辭》裡像蘭、蕙、辛夷等這類的意象來描寫，這些所謂的香草，在先秦前也不過就是一種草或花，因爲它們都帶有一些特殊的「香」氣、味，便被賦予了高貴的擬人色彩。這些香草都象徵文人高尚亮潔的身份，屢被引用來讚美，逐漸形成特定的代名詞，暗示詩人或被稱讚人的人格高貴與氣質的標榜，使得山水詩在雅緻和清新氣息上多了一層描摹的意蘊。尤其帶有騷體句式的山水詩，在創作上更是；如，江淹〈愛遠山〉詩：

　　　　楓岫兮筠嶺，蘭畹兮芝田。紫蒲兮光水，紅荷兮豔泉。
　　　　香枝兮嫩葉，翡累兮翠疊……（589）

尤其如江淹〈應謝主簿騷體〉詩句：

　　　　使杜蘅可翦而棄，夫何貴於芬芳（1589）

騷體詩及樂府相同，累積太多前人創作的模式，所以有所謂的美人遲

暮,或思歸等山水意象夾於詩裡,是非常自然地!像沈約〈登玄暢樓〉
詩云:

> 水流本三派,台高乃四臨。上有離羣客,客有慕歸心。
> 落暉映長浦,煥景燭是潯。(1634)

何遜〈渡連圻詩・其二〉詩云:

> 暮潮還入浦,夕鳥飛向家。寓目皆鄉思,何時見狹斜。
> (1690)

這些山水詩與思歸和愁苦的意象是相關聯的,其實是暮色、夕鳥、
離群客、暮歸心理意象的延伸,「暮」本是古代迎娶的時辰,後來
都把此意象託寄相思之情愫,《詩經》裡〈王風・君子于役〉是開
啟這意象的詩篇,「雞棲於塒,日之夕兮,羊牛下來,君子于役,
如之何勿思?」(236)到了《楚辭》、《古詩十九首》則成為美人遲
暮遷逝之悲;歸鳥的意象在陶淵明的詩裡經常被拿出來討論,從這
裡可以瞭解一個意象的形塑,與其象徵意義的重要性。日人興膳宏
就說,謝朓最愛薄暮,或許詩人喜歡在夕陽染紅天際時,那一種短
暫的自然現象中體會美的意象,意象也會引發詩人在西沉的夕陽
下,勾起他的鄉愁思緒及悲哀的心情寫照〔註34〕,尤其暮色對歸隱
與歸思帶著濃烈的主題意識,透過感興、構思、選練語言,當然也
許在官場上失意後消解感傷的形式。六朝是一個悲壯的年代,也暗
含著生活中對生命的無奈。

除這些官宦的遊宴,應制,奉和詩外,僧人與道人對山水意象吟
詠以奉和佛寺的山水詩也很普遍,如:王喬之(生卒年不詳)的〈奉
和慧遠遊廬山詩〉云:

> 超遊罕神遇,妙善自玄同。徹彼虛明域,曖然塵有村。
> 眾阜平寥廓,一岫獨凌空。宵景憑岩落,清氣與時雍。
> 有標造神極,有客越其峰。長河濯茂楚,陰雨列秋松。
> 危步臨絕冥,靈壑映萬重。風泉調遠氣,遙響多喈嗈。

〔註34〕〔日〕興膳宏著,彭恩華譯《六朝文學論稿・謝朓詩的抒情》(長沙;
岳麓書社,1986 年 8 月),頁 93。

遐麗既悠然，余眄覯九江。事屬天人界，常聞清吹空。
（938）

又釋慧遠〈廬山東林雜詩〉云：

崇巖土清氣，幽棲神遠。希聲奏群籟，響出山溜滴。

有客獨冥遊，徑然忘所適。揮手撫雲門，靈美安足辟。

流心叩玄扃，感至理弗隔。（1085）

寺廟的山水意象通常比較清新，空靈虛化的神靈意象，僧侶們也會透過這種詩來寫唱和詠誦及體佛的方式，來讚頌佛教聖地的聖潔與清靜，南朝時佛教大多數還處於上層社會與文人雅士交友的高尚活動，說玄悟佛的地方，意象的營造就較爲神聖莊嚴。佛教在齊、梁時因帝王的推崇與信仰，山水詩的意象流風就較爲單純彈性，結合景物的描寫下更是動人，如蕭綱〈往虎窟山寺詩〉云：

塵中喧慮積，物外眾情捐。茲地信爽塏，墟壟曖阡綿。

靄靄車徒邁，飄飄旌旆懸。細松斜繞徑，峻嶺半藏天。

古樹無枝葉，荒郊多野烟。分花出黃鳥，掛石下清泉。

（1934）

這些是皇室的佛詩，將前後做個呼應就可以得知其詩的意象，都在讚說佛教義理，這種佛學山水意象詩，對唐代佛詩也提供一些延續性的滋長。

南朝是中國古代山水詩的開端，對山水詩的描寫，從上面的詩作可見一斑，除了單純的山水詩對自然物的精緻描摹範寫外，山水詩裡的意象更是亮麗靈動，所以山水意象是多變的、多樣的，在山水詩裡是值得一提的，也可供後人作爲詩論中的借鑑。尤其二謝的詩更是一個範本，我們舉謝靈運的〈初去郡〉詩：

負心二十載，於今廢將迎。理棹遄還期，遵渚騖脩坰。

溯溪終水涉，登嶺始山行。野曠沙岸淨，天高秋月明。

憩石挹飛泉，攀林騫落英。戰勝臞者肥，止監流歸停。

即是羲唐化，獲我擊壤聲！〔註35〕

〔註35〕 〔南朝宋〕謝靈運著，顧紹柏校注《謝靈運詩集校注・初去郡》，頁97。

及謝朓的〈冶宅〉詩云：

> 闢館林秋風，敞窗望寒旭。風碎池中荷，霜翦江南菉。
> 〔註36〕

二謝在這兩首詩裡用大自然的真實之意象，傳達給我們如在目前的景色，而不是用虛擬的意象來描寫。

綜論之，依據我國古代文論和美學理論，「意象」的具體含義有三：第一、意象是一種象，可以理解為「人心營構之象」，即是審美主體意識與審美客體的審美觀念一致。第二、意象指藝術形象，特別是明清的文藝理論，普遍採用它來評論詩、繪畫和書法，第三、以意象指自然景象的形象。南朝山水詩的意象，具體含有這些特徵，從公宴、應制、奉和聚會時華麗的藝術形象，從人物的品藻到香草意象，再到山僧寺廟山水中的義理意象詩，直到真正的山水審美對大自然清新意象的捕抓及描摹，表示我們中國山水詩從讚頌比興到自然意象地發揮，可以說明山水藝術在獨立自由發展下，成為一個獨立的山水詩派。

二、南朝山水詩的意境創作

（一）何謂意境

「意境」的概念更複雜，這語詞是我國文論上獨創的見解，是一種特殊的審美情趣與審美理想。意境一詞最早可以說是從南朝劉勰《文心雕龍》與鐘嶸的《詩品》的文論中可見一些珠璣，到〔盛唐〕王昌齡（約690～約756）的〈詩格〉裡直接使用「意境」一詞，王氏將「意境」與「物境」、「情境」並舉，將意境作為詩歌創作的最高層次，「詩有三境：一曰物境：欲為山水詩則，張泉石雲峰之境，極麗絕秀者，神之於心，處身於境，視境於心，瑩然掌中，然後用思，了然境象，故得形似。二曰情境：娛樂愁怨，皆張於意而處於身，然後馳思，深得其情。三曰意境：亦張之於意而思之於心，則得其真實

〔註36〕 〔南朝齊〕謝朓著，曹融南校注《謝宣城詩集校注・冶宅》，頁268。

矣。」〔註37〕情境；即人生經歷和生活感受，直抒胸臆稱作「意境」；指文藝作品通過形象描寫所表現出來的藝術情調和境界，而情景交融稱爲「物境」。之後皎然（730～799）、劉禹錫（772～842）、司空圖（837～908）都曾對意境理論加以引申，提出了「緣境不盡曰情」與「境生象外」，「象外之象，景外之景」與「韻外之致，味外之旨」豐富及完成意境論的基本架構。〔註38〕王國維的《人間詞話》及其他論說中，是意境理論的倡導與集大成者。意境的本質和創造不僅要注意到詩人的主觀情意的一面，也要注意客觀物境的面向，體悟此兩者之交融才能融匯出意境，這是缺一不可的，詩失意境便不是文學。有造境、有寫境，此理想與寫實兩派的說法，只要是詩人所創作必合乎自然之境，所寫的境必趨其理想。有關意境的類型或創造方式，都要虛實相生，意境開拓出豐富審美的想像空間與整體的意象營造，這些特徵都能關照即能達意境之功。

　　葉朗在《胸中之竹──走向現代中國美學》裡講到「意境」與「意象」的問題時他認爲很多人都把「意境」與「意象」混爲一談。他說意境被認爲是「情景交融」的解釋是出自清朝一位畫家布顏圖（生卒年不詳）開始，他把「境界」說成情景交融，而接著王國維也在《人間詞話》的意境說，與境界說也解釋爲情景交融，葉朗認爲在中國傳統美學裡，情景交融所說的概念是「意象」而不是「意境」。中國傳統美學認爲藝術的本體就是「意象」，而「意象」的基本規定就是情景交融。任何藝術作品都要創造意象，因此任何藝術作品都應該情景交融。但是並不是任何作品都有「意境」。「意境」除了有「意象」的一般規定之外，還有自己特殊的規定性。「意境」的內涵大於「意象」，「意境」的外延小於「意象」。〔註39〕

〔註37〕〔宋〕陳應行編《吟窗雜錄‧王昌齡‧詩格》，頁206。
〔註38〕劉勇強撰〈「意象」與「意境」辨〉收錄於《哈爾濱師專學報》（哈爾濱市；哈爾濱大學，1999年第4期），頁98。
〔註39〕葉朗著《胸中之竹──走向現代中國美學》（合肥；安徽教育出版社，2002年4月），頁50。

　　前面我們討論了南朝山水詩的「意象」，意象它是單一的感知行為，「意境」、「意象群」結合後產生的「情景交融」、「神形兼備」下，才能觸發內在心裡的悸動。也就是主客觀意識下與現在所發生的自然物或情感氛圍，所產生的一種融澈更讓內在情感得以抒發，外顯的情態可以沁人心脾者，所寫的景情如在目前的眞切感受，那就可以說是「意境」，話雖如此，仍會給人造成多義的理解，我們從文學藝術的角度來省視，鐘嶸在《詩品注・總緒》中說：「使未知者無極，聞之者動心，是詩之至也。」〔註40〕又說「思君如流水」，既是即目：「高台多悲風」，亦唯所見；「清晨登隴首」，羌無故實；「明月照積雪」；據出經史？觀古今勝語……鐘嶸反對用晦澀深奧的語言去堆砌典故妨礙美，這是錯誤的，所以他主張直尋、直抒胸臆與自然眞實。

（二）南朝山水詩的審美意境

　　談到南朝詩歌理論及其審美藝術時，多數人都會認爲此時期的詩作及詩風應是遊仙詩或是玄理詩的文學發展時代，東晉時有應制詩、遊宴詩、奉和詩等詩歌；到了劉宋初期出現較具代表性的山水詩，然在情景交融中，最後還是免不了落入玄說理趣之中，就算劉宋後期詩歌出現清新瀏亮的詩風，齊、梁卻又落入宮體詩的框架裡，詩歌離不開詠物詩的範圍，齊、梁之後佛僧對士大夫的影響甚巨，詩歌中再次跺入佛趣法相之中，山水詩裡依舊可從寫景詩裡雜糅佛影、佛器，以至於詩歌裡的意境，較難形成詩歌藝術審美上最重要的時代，雖然詩歌在藝術上有其時代上不可分割的因素，然每個時代的詩歌都還有它時代的美學意境。

　　以下我們從南朝的眾作中，分析幾位詩人詩歌在審美意境上的貢獻，及南朝在詩歌藝術意境上的嬗變。南朝是從動盪中稍微得到喘息的年代，北方的動亂及政治上的詭譎多變下，能呈現一片勝景，卻是經過一番的苦痛之後，大家開始理性思考，更認眞地去追求屬於自己

〔註40〕〔南朝梁〕鐘嶸著，陳延傑注《詩品注・總緒》（北京市：人民文學出版社，1980年2月），頁2。

理想美的生活方式，反抗一切的束縛及人性上的壓抑，於是乎崇尚自
由的老莊爲士大夫所接受，在這環境氣氛中，他們發現歌詠大自然，
可以進入抒懷的情境中，此時大量的——山水詩開始出現，山水最能
代表這個時代的文學意境，謝靈運的山水詩開始大量創作，如〈過始
寧墅〉、〈遊南亭〉、〈富春渚〉等，我們舉他的兩首詩來分析詩的意境，
〈登池上樓〉詩云：

> 潛虯媚幽姿，飛鴻響遠音。薄霄愧雲浮，棲川怍淵沉。
> 進德智所拙，退耕力不任。徇祿反窮海，臥痾對空林。
> 衾枕昧節候，褰開暫窺臨。傾耳聆波瀾，舉目眺嶇嶔。
> 初景革緒風，新陽改故陰。池塘生春草，園柳變鳴禽。
> 祈祈傷豳歌，萋萋感楚吟。索居易永久，離群難處心。
> 持操豈獨古，無悶徵在今。〔註41〕

這是詩人在政治上第一次受到打擊，遭貶到永嘉後的第一個冬天，他
到永嘉後就坐痾，直至次年春時初癒，於是登樓觀景，寫下〈登池上
樓〉此一名篇，抒發郁悶之情。第二首〈登江中孤嶼〉詩云：

> 江南倦歷覽，江北曠周旋。懷新道轉迥，尋異景不延。
> 亂流趨孤嶼，孤嶼媚中川。雲日相暉映，空水共澄鮮。
> 表靈物莫賞，蘊眞誰爲傳。想像崑山姿，緬邈區中緣。
> 始信安期術，得盡養生年。〔註42〕

謝靈運這首詩也是寫在永嘉太守任上，詩的大部份是記敘遊覽的歷
程和孤嶼山的風光，「雲日相暉映，空水共澄鮮」句，寫那白雲麗
日、澄江、藍天互相輝映的景色，鮮明生動。最後雖流露一些遠處
海隅的牢騷，但以慕神仙、求長生而又落入了凡塵。這兩首詩不免
有一些玄風典故在詩裡，但詩的意境已不是憤懣埋怨，而是景、情、
理都融匯於詩裡，尤其被人傳誦的「徇祿反窮海，臥痾對空林。」、
「進德智所拙」、「傾耳聆波瀾，舉目眺嶇嶔」、「雲日相暉映，空水

〔註41〕〔南朝宋〕謝靈運著，顧紹柏校注《謝靈運詩集校注・登池上樓》，
　　　　頁63。
〔註42〕〔南朝宋〕謝靈運著，顧紹柏校注《謝靈運詩集校注・登江中孤嶼》，
　　　　頁83。

共澄鮮。」，詩人描寫著悲觀的現在「懷新道轉迴」、「始信安期術，得盡養生年。」、「初景革緒風，新陽改故陰。池塘生春草，園柳變鳴禽。」我們從詩中看見，南朝的詩歌出現新的氣象，對大自然的描摹更爲客觀，尤其在自然美的意境襯托下，詩的意境全開，尤其詩裡還留下大自然美麗的姿容，由觀賞自然美感中自我調適與新環境的和諧共融，人生的理趣與自然美景相互連繫，生活中又得到新的契機，詩人自己營造一個美的意境，人生的境界全部敞開，而意境的表達方式不就所謂的「言不盡意」，山水詩可以描繪可感的景情，是意境的載體，因此當詩人的託意之作，讓一般正常人得到快意，人之生理與心理的功能得到內外和諧下，就是意境藝術審美的最佳表現。

山水詩往往是寫景與抒情緊密結合，情景交融，融匯一體，呈現著和諧的意境美。展現眞實景物的繩墨之美，是一首意境詩的藝術表現，端賴詩人對社會及人生的體悟，謝客有顯赫的家庭，但面對險峻的宦途，在收與放之間及貶抑的挫折中進退失據，只有在描寫山水詩時才會融入眞實情感與意境。

人們常說人生的過程是一種不可言喻的境界，那麼我們說的是哪一方面？表現的是屬於哪種境界呢？人生的過程中，人所追求的本質是什麼？我們一生中用生命去體悟的是什麼？以下我們用謝朓的〈晚登三山還望京邑〉詩來看這些問題：

> 灞涘望長安，河陽視京縣。白日麗飛甍，參差皆可見。
> 餘霞散成綺，澄江靜如練。喧鳥覆春洲，雜英滿芳甸。
> 去矣方滯淫，懷哉罷歡宴。佳期悵何許，淚下如流霰。
> 有情知望鄉，誰能鬒不變？〔註43〕

這首詩把自然山水美麗的景色完美呈現，詩人沒有點明在山水中留連凝望的時間有多久，但從「白日」變爲「餘霞」的景色轉換中，自然

〔註43〕〔南朝齊〕謝朓著，曹南融校註《謝宣城集校註・晚登三山還望京邑》，頁278。

就顯示出時間的推移過程。「餘霞散成綺，澄江靜如練。」絢爛、明亮堪稱千古絕唱，如何才能寫出如此的佳境，端詳之下，詩人從眼前的景想到他的家鄉建康，而後句「有情知望鄉，誰能鬢不變？」的感嘆，詩的意境全開，情感的真摯，思鄉的強烈才能垂煉出千古佳句，當然也有從後天學習中體驗下所悟得，這首詩所思的是故園，還是受煎熬的生民，此首詩讓人產生特殊的情感與意境，因此我們再談意境時，不能從片面的象、或景象、或物象、或境象中去瞭解詩人要表達的意境所在，一般普遍的愛戀情感下，是無法表達如此的意境，那才是山水詩真正的意境美。

又如陰鏗的〈江津送劉光祿不及〉詩云：

> 依然臨江渚，長望倚河津。鼓聲隨聽絕，帆勢與雲鄰。
> 泊處空餘鳥，離亭已散人。林寒正下葉，釣晚欲收綸。
> 如何相背遠，江漢與城闉。〔註44〕

這是一首透過山水詩意來描寫抒發對故友的懷念，士人群聚時不論我們跟他的緣份如何？不論階級或身份，以及道德面貌等，每個人都有懷念過往的情愫，且人都有豐富的情感，也都離不開曾經有過的奮鬥，詩人用「鼓聲隨聽絕，帆勢與雲鄰」，寫來淋漓的鼓聲絕，帆與雲鄰，沒有一個離卻離的意境全開，那藝術美的畫面如耳所能聽，而目卻能看到最遠的天際線。

從審美的角度來看，所謂意境，就是超越具體有限的物象、事件、場景，進入無限的時間和空間，我們舉的這幾首山水詩就是從時間感與空間感中，獲得哲理上的領悟和感受。一方面山水詩在描寫的過程裡，要超越有限的象，另一方面就是要從具體的事物、景象去感受整個「意」。這種帶有哲理的人生感受，就是山水詩裡特殊的象外之象，所蘊涵的「意境」是「意象」中最豐富，有形而上意味的審美藝術。

〔註44〕〔南朝梁〕、〔南朝陳〕陰鏗、何遜著，劉暢，劉國珺注《陰鏗、何遜詩集註・江津送劉光祿不及》，頁278。

第三節　南朝山水詩的美學範疇

　　本節試圖對南朝山水詩的美學範疇，進行探討與分析，山水詩的發展從哪個年代肇始，學者們的意見是分歧的，但談到山水詩的範疇定義應該是肯定的。那就是詩人對山水詩的審美藝術所持的內在觀點，所謂的山水詩之範疇就是自然物與人在情景交融下約定俗成的觀念，山水詩就是描寫山水自然景物的詩。這樣的論述是有欠周詳的，從美學的角度來審視，山水詩應該是以揭示自然美，並用以陶冶人為目的，以人與自然的關係為審美範疇的文學類型。接著我們從兩個面向來討論南朝山水詩的美學範疇，一個從山水詩的美學結構來看，另一個就是山水詩的美學造境而言，作為探究，以瞭解南朝山水詩人對山水詩的圖像構思為何，與對自然物的詩學中美學造境的旨趣為何？

一、南朝山水詩的美學結構

　　詩學領域中自然景觀的描摹範寫，其存在的形勢是複雜的，詩人必須針對各個自然山水美的結構物來摹狀，從詩人內在思維與情緒，透過山水景觀的形態來表達對山水審美藝術，在得到感悟下運斤於筆墨，以反映自然景色在山水詩裡不同於山水審美藝術所造成的山水詩。

（一）山水詩的媒材結構

　　山水在此是詩歌的媒材，是文學的表現形式，自然景觀的描寫可分成三個基本的形態，以成為審美的範疇，來反應自然景物在詩歌中不同的審美特徵，形塑不同的詩學功能。第一、自然山水作為人物審美活動的環境；從自然的角度來看，自然景觀都是人活動的範圍。而從狹隘的觀點來說，因審美範疇不同，大自然和人造自然（林園）的結合，作為遊賞中的詩人活動的範圍是受到制約的，要參與者和相應的景物諧和一致，景物與敘事性成為詩裡的描摹對象，基本的景緻與情感的表達是有所限縮的，雖然有一定的時空限制，但虛擬結構，在主客環境的主導下，南朝山水詩變成應制、酬答、宴遊、奉和的山水

詩。第二、自然山水景物作爲社會的擬態；自然景觀形成社會生活思想感情的寄寓，或形象化的物體。景物成爲抒情言志的詩歌，因此，在不同的時空環境下，詩人的思想情感需保持一定的調性與氛圍，用主觀的詩語作爲客觀山水詩的描繪。第三、自然景物作爲審美主體的對象；如以山水景物爲主體，不用造作或制約下，在自由意識下以審美爲主要目的，對山水作有意義的審美活動，詩人表情達意的就是山水詩的形態。

　　然而事實上，這三種形態往往同時呈現在於同一作品中，尤其長篇巨擘更是如此，這三種情況的景物描寫，在一定程度上都在揭示自然審美的範疇。山水詩人與自然物的關係，詩人對山水自然在主觀審美狀態下，進行審美意識的心理活動；這是山水詩的基本特性，否則，即使摹物寫狀，也不能視爲山水詩，以下舉吳均（469～520）的〈梅花〉詩爲例：

　　　　梅性本輕蕩，世人相陵賤。故作負霜花，欲使綺羅見。
　　　　但願深相知，千摧非所戀。（1751）

在這首梅花詩作爲審美對象的媒材結構，其實是有名無實的，吳均把梅作爲某人的品格象徵，寄予自己鄙薄的情感結構，梅花已喪失了作爲審美對象的主體結構性質。全詩以景爲詩的主要結構，抒發作者思維上主觀行爲，失去詩原有的審美主體（梅花）結構，卻投射於詩人的性情中，會使人落入豐富的自然美的意境之中，而全然不是審美享受。

　　自然美在本質上，是自然物美學結構上的象徵，自然景觀卻可以作爲我們的擬態對象，對審美上它的結構是完整的，只是審美主體象徵物轉化爲詩人的個人內心的表現，因而山水詩審美結構上轉變爲次要的地位。如劉勰說「山水方滋」的時候，對這種新的文學提出許多正確的審美結構觀念，「物色之動，心亦搖焉」、「寫氣圖貌，既隨物以宛轉；屬彩附聲，亦與心而徘徊。」〔註45〕、「凡摛表五色，

─────────────────────

〔註45〕　〔南朝梁〕劉勰著，范文瀾注《文心雕龍注・卷十・物色篇》，頁693。

貴在見時，若青黃履出，則繁而不珍。」（694）但是他不是把山水文學看成獨立的文學類型，卻是抒情言志，詩歌的傳統標準，在〈明詩〉、〈神思〉、〈風骨〉、〈比興〉〈時序〉及〈物色〉等篇，劉勰並沒有針對山水文學作正面的褒貶，在批評南朝文學形式時，用了「情必極貌以寫物」的文學審美結構。

（二）山水詩「景」的結構

1、關於自然景物的描寫有三種結構形態，山水詩描寫自然景觀，與抒情文學重神韻輕形貌，主觀上移情與敘事可以虛構環境，因為自然不受傳統的倫理道德約束。主要建構在形式美作為形象的主觀審美結構物有關，因此，山水詩在結構上「意與境」、「景與情」都是獨立的，屬個別的審美物體，景物也有類似的問題。山水詩描寫景物，主要表現在題材的選擇及獨立審美之價值，對詩的結構內涵不是在詩的虛構幻想與詩人的主觀審美。陶淵明的〈桃花源記〉，雖然描寫了落英繽紛，芳草鮮美的「桃花風光」給人在虛擬視覺的結構美上得到某種程度的自然美的享受，因為它是虛構的所以在文學上並沒有人將其視為山水文學。歷代的文學家給我們留下許多的紀遊詩，以真實的景物美為結構，作家以特定的角度達到審美的形象化，以山水景物為主要審美結構成為描寫對象，或人煙罕至幽美的景，這類的山水美學結構上就是嚴格的山水文學，當然如果以詩主要呈現意義的山水景物詩，在客觀真實下，描摹寫景的審美結構詩，即為山水詩。

2、山水詩形象美的審美結構山水詩給人的形象從正面的價值意義來說，其形象給人的感覺是美的，而不是醜的。這正是因為景物沒有論理性，它主要是透過山水詩的形式美之結構為範疇，山水的意象為主要審美內容與特性。人是以行為活動作為審美的思考，而山水詩則把重點放在自然美的形式，給人主觀的審美感受，審美形式和形象結構分離，形式上自然美在形象上與心理的層次意象卻是醜的，山水文學的景物形象的審美結構，不可能出現這樣的架構，人對哪些不合

於自然美的組織形式與自然景物，正因其有意識的欣賞，對這樣的景物審美觀，應該是現代社會求知欲使然的審美價值與結構意識下的產物。

3、山水詩景物描寫的量之審美結構南朝的山水詩，很多學者都從山水詩裡描寫山水的詩，以煉句多寡來區分山水詩以及篇幅上的細節問題，當然這不可能用精確的數字或比例來回答，山水詩人的摹情寫狀，視讀者的標準，若達一定數量的描繪山水景情的句式，方認同其為山水詩。

二、南朝山水詩的美學造境

所謂的山水詩的美學「造境」就是指山水詩裡面，詩人主觀情感下所營造的「情境」，王國維：「有造境，有寫境，此理想與寫實二派之所由分。然二者頗難分別。因詩人所造之境，必合乎自然，所寫之境，亦必鄰於理想也。」〔註46〕讓審美者的內在胸臆中產生一個境象；這代表審美者的主觀精神綜合各種因素所構成的美學觀，確實造成審美者內心情緒的波動。主要包含情緒的形塑、情趣的表現，心理傾向的感受等。這是在整個真實的山水自然的情境中形成的，因此，與我們的生活中的各種景、情關係相結合下所塑造的情境即為美學造境。他必須跨越自然和人與人的基本關係，自然環境中「人」與「情」透過自然環境的底蘊與聯繫必然交織，相互影響，彼此滲透融通。如果我們把「人」與「情」看成互不相關，那就是在造境上出了問題。造境的形態是無限多樣的，它不是計量的層次，也由於自然景觀的無限多樣與主觀精神的無情變化，聯繫美學藝術意境，與審美者的情緒，無論主客觀，每一方面的改變都會影響美學造境上的遞嬗，山水自然的主觀精神，構成任何一種變化，都會在不同的程度上影響審美，尤其是人與自然間的微妙觀照下，自然提供一種審美，不同的素養，不同的閱歷，不同的審美能力，美學上的造境都會有所差異，更何況我

〔註46〕王國維著，徐調孚注，王幼安校訂《人間詞話・卷一》，頁191。

們在欣賞山水詩作時，因「人」與「自然」的關係引起共鳴，山水詩的「造境」主要都是由那些山水景觀直接引發，譬如自然裡的形式美讓人之感官產生愉悅，自然對人的物質價值激發更高一層次的愉悅。自然景觀的形式美對感官的愉悅上升，和自然對人與物質，在美學環境的營造基礎上是悖離的，自然環境直接對生活所引發的「情」是山水詩的基本精神，是山水詩的美學造境，雖然造境是一個間接的觀念，不拘審美的主導地位，因此，對山水詩人來說，沒有「情」是進入不了山水文學裡的，要進入則必須採取符合山水詩的審美需要與具審美特性的特定形式。

南朝山水詩的美學審美理論，最先應該認識到人與自然的關係，是可以成為獨立審美的對象，而不是一種附庸，在我國的古代文學中，抒情詩與山水詩的分界是極為複雜和模糊的，這主要是古代抒情詩是通過景物形象表達情感的。郭外岑在〈意象本質上不是比喻、象徵、寄托〉一文中，把藝術活動分為三類；藝術、形象藝術、意象藝術。他認為意象藝術，其象只是一種達意的特殊手段，形勢已完全轉變為內容本身。〔註47〕實際上南朝山水美學抒情詩的表現僅為，一是觀念的象徵，二是把情與景的高度融合產生有意境的詩。正是因為這樣，自然景物的審美特徵，都是寄托於社會的情狀，只是比意象詩更加含蓄雋詠耐人尋味，山水詩要描寫景物的客觀真實，由遠離自然之社會的人去發展或引發情感，則必須採取捨棄的事實，與山水審美藝術保持一致的藝術抽象美。

（一）造境的偶然與必然

意境是詩歌的基本審美範疇，是詩或不是詩，全看它有沒有意境，詩的美與不美，就看它意境的創造如何，王國維說：「文學之工與不工，亦視其意境之有無，與其深淺而已。」〔註48〕古今詩人和

〔註47〕任玉堂、王建平撰〈山水文學審美特性〉收錄於《晉陽學刊》（太原；
　　　　晉陽學刊編輯部，1995年），頁79。
〔註48〕王國維著，徐調孚注，王幼安校訂《人間詞話·附錄》，頁256。

學者，並無定論對於造境的問題。情與境會，意與象通；這境是意境。意境是如何生成的呢？當情景物與詩人隱匿在內心的情感偶合的那瞬間，就產生靈感，詩人的造境就是這樣發端。看來意境的產生實是偶然的，山水詩的造境亦復如此，情與境不會是詩人刻意安排下熔煉的美句，詩歌的意境來自於客觀的外界，外界的情境卻在偶然中，在詩人的胸臆中必然的表現出來。環境的變遷，時歲的轉換，物換星移，每個人的境遇等；即會觸發詩人的內在心靈，因景情而激發內心波瀾，而觸景生情，因景抒懷之後達到情景交會的融合境界，這一定在詩人生活中長期的體會下必然會產生的結果。因此，心靈的內涵是詩人累積的情緒與智慧下，所闡發具體的感性印記，且能在瞬間將內外情境一次偶然的觸發，而興起了新的造境，營造新的美的情景，形成新的藝術景象，如：「池塘生春草，園柳變鳴禽」，所以詩歌的造境是偶然的，更是詩人長時間醞釀下必然的結果，這也說明了，造境是不能勉強地，那是想寫也寫不出境界來的，矧以拚湊的方式加上數筆，也不會造成意境，更無法成其詩。什麼時候才能醞釀成熟呢？情志於此，而讓自己內心發出吟詠，讓感情涵詠在其中，無法抗拒，那樣的山水詩境，才有藝術美的眞情實感，有氣勢、有意境。

（二）造境的憂與樂

中國是詩的王國，從漫長的數千年來，多少優異的詩人，常因個別的理想沒把自己炙熱的情感，寄託在詩歌創作上。他們因個人的遭遇，或疼惜百姓，或憂國亂邦，在無法轉變的實際情況下，專心於文學上而有高深的造詣，如嵇康、阮籍、竹林七賢，才秀人微地鮑照，在官場不得志，士途失意和生活困頓下，對國家是失望的，對社會一切情況的了解是清醒的，也比較接近百姓，因此詩歌上有個人的成就。這些在詩歌中有所成就的詩人，都有共同的內心與境遇，在憂愁中煉字造句；其一、人在憂患中，心情恬淡，善於沉思，宜於推敲和琢磨字句。「語不驚人死不休。」多是窮途潦倒中的造

作。而那些華車巨馬，躊躇志滿，驕奢淫佚的人們，是絕不會有哪種雅興地。其二、淡泊的生涯更能引起人們的聯想和想像。如屈原在〈離騷〉中的想像。其三、懷才不遇或政治上失意的人，是決不善罷甘休的。他們隨時都想得到施展抱負的機會，雄心勃勃，至死不渝。〔註49〕詩人處在亂世或憂患中較接近百姓，感情才會顯得真摯深厚，才能創作出優美的詩歌，山水詩人對山水才會在宦遊時投射更多的感情在詩歌中，以詩歌來隱喻時事，抒發胸中不平的襟懷，或藉詩來表達他在意氣風發時心情的愉悅，然這一切的詩句都會在詩人心情稍獲平靜後，詩人的構思才會將詩的造境美表現出來。

（三）造境之大與小

所謂小，就是詩人能觀察山水景緻最細微處來進行描寫，更能創作出深厚的意境，給人所謂的美感。給人鮮明深刻的印象，山水詩歌的創作中在語言的精煉，對於大景確實不易產生美的感受，該用多少的筆墨來描繪，那麼大的山水景物，才能顯示出它的美或壯美，像這首〈敕勒川〉：「敕勒川，陰山下。天似穹廬，籠蓋四野。天蒼蒼，野茫茫，風吹草低見牛羊。」（2289）一陣風吹過，是無邊無際的草原，天空像大的帷幕，籠罩大地，這首〈敕勒川〉除了給人一種遼闊與空曠的壯美外，又可以引起賞析者的美感，這就是詩歌營造的具體境的美，這是以小景形塑大景的美，用美學的觀點，只有無窮大或無限小的景是沒有所謂美的，一般大的造境相對來說是比較容易設計的。所以古今的山水詩在營造山水意境時，無論所處的大境或小景，都能激盪詩興，抒發胸臆，創作詩歌藝術審美的詩境。

（四）造境裡的弛與張

作文章要講究弛與張，文章才能塑造那種波瀾壯闊，引人入勝的

〔註49〕朱志灌撰〈詩歌造境小議〉收錄於《雲夢學刊》（岳陽：湖南理工學院，1981年第1期），頁20。

情節中。山水詩也要有同樣的效果，也要講求弛與張，詩人造境是有感情的，情感的經營要有所起伏，意境才有所變化，詩歌的閱賞者，通過閱讀詩歌裡的婉轉變化，才能領略詩的意境，與作者的情感相融恰。太過或不及都會讓人感到不適，欠缺美感；如岳飛（1103～1142）的〈滿江紅〉或王昌齡（698～765）的〈從軍行〉：「青海長雲暗雪山，孤城遙望玉門關。黃沙百戰穿金甲，不破樓蘭終不還。」〔註50〕前兩句描摹西北塞外的風光，自然幽靜，絲毫無緊張的氣氛。後兩句寫的是將士們殺敵的決心，霎時讓人精神一震，這是詩歌裡掌握很好地弛張度的類型。

（五）造境裡的新與舊

有人認為讀新詩如嚼蠟，讀起來乏味異常。也就是說，新的詩裡欠缺意境的營造，無法產生美感，引不起人們的興趣，所以不會想看。其實這是片面性的看法，我們今天讀的古詩已經流傳一千多年以上，它們都是經過精挑細選才流傳下來的，這些詩詞都是字字珠璣，意境當然深遠，讀來感人肺腑。相對地，新詩也有它的意境，也需要時間與鍛鍊才能營造美的情境，讀起來讓人播動心弦，給人美的悸動。寫情於景或寫景於情，都能給讀者帶來美的賞心，與神奇的幻想世界，還憑添一些神秘的色彩，給讀者神奇飄幻的美感滋味。

無論詩人如何去營造他的氣氛，或他的景都需要詩人用心去造境，有美的意境才有悠美的詩歌意境，從形式上來論，今天的詩歌存在著一些現代的聲音，在內容上而言，實際上存在著傳承與發展的問題。新詩裡也有好詩，真正的好詩是可以流傳不衰的。

詩歌的造境非常重要，尤其是山水詩的造境更形必要，他不是從詩人內心發出的詠嘆，卻是他觸景而移情於胸臆之中，經過內在的構思及醞釀下，落筆成千年不衰的詩篇，不論景的大小或詩句的弛張，造境要警策，不要太多或太粘，而影響讀者，理解與欣賞，便失去它

〔註50〕黃益庸、衣殿臣編著《歷代愛國詩・王昌齡・從軍行》（北京市；大眾文藝出版社，1998 年 1 月），頁 101。

的美感，甚至失去它的藝術性，因此，山水詩人要造境時要把握當前景情的審美藝術價值的補捉，與適當性，否則落入鹹澀中，完全失去藝術審美的美學價值。